4

SCHATTENNACHT

V

ier Welten stehen vor dem Abgrund. Ihre Besten reisen in

eine fremde Dimension, um die Katastrophe abzuwenden.

Ciara von den Schattenkindern will ihrem Bruder beweisen, was sie wert ist und die Sippe retten, der sie beide angehören.

Die Dryade Bell will ihre Göttin retten, die von einer mysteriösen Krankheit heimgesucht wird.

Snow, eine Magieschülerin, wird ausgesandt, um zu verhindern, dass ihre Heimatstadt in ewiger Dunkelheit versinkt.

Zara, die Hohepriesterin des Kriegsgottes, muss versuchen, ihr Land vor einem Krieg zu retten, den es nur verlieren kann.

KRISTIN
WÖLLMER-BERGMANN

SCHATTENNACHT

Bibliografische Information der Deutschen Nationalbibliothek: Die Deutsche Nationalbibliothek verzeichnet diese Publikation in der Deutschen Nationalbibliografie; detaillierte bibliografische Daten sind im Internet über dnb.dnb.de abrufbar.

Herstellung und Verlag: BoD – Books on Demand, Norderstedt

Umschlag- und Buchgestaltung: Kristin Wöllmer-Bergmann, Photo by Anna Subbotina, Lizenz über Shutterstock

ISBN: 9783752667066

TEIL 1

SCHATTEN

Die Sippe der Skythier (Auszug)

Skyth, Anführer und Namensgeber der Sippe
Ciara, seine jüngere Schwester
Caterina, seine Geliebte und Schülerin der Schriftenlehre
Jacobus, Meister der Schriftenlehre
Shelley, Musikerin, Ciaras beste Freundin
Nate, Krieger, Skyths Auserwählter für Ciara
Doria, Schneiderschülerin und Sippenjüngste
Ride, Freundin Ciaras und Künstlerin
Echo, Waffenschmied, Rides Geliebter, Shelleys Ex-Geliebter
Lucia, Schneiderin, Ciaras wildeste Freundin
Mason, Waffenschmied, Lucias Geliebter
Bevan, Krieger, Ciaras heimlicher Geliebter

*C*iara stand an der Tür des großen Bankettsaals

und beobachtete ihren Bruder, der mit finsterer Miene am mannshohen Kamin stand. Er brütete über einem Problem, das erkannte sie an seiner gerunzelten Stirn. Sie fragte sich, was es sein mochte.

Solch schlechte Laune kannte sie von ihm nicht, obwohl er keine Frohnatur war. Jeder andere wäre vor diesem Gesichtsausdruck zurückgeschreckt. Sie nicht, deswegen stieß sie sich von dem dunklen Holz der Tür ab und ging zu ihm hinüber.

»Skyth, kann ich dich sprechen?«

Er drehte sich zu ihr um, sie sah seinen Unwillen, den er sonst gut zu kaschieren wusste. Als er sie erkannte, wurden seine Züge weicher. »Natürlich.«

Sie blieb neben ihm stehen, suchte nach dem passenden Einstieg. Er sprach ungern über Probleme, auch mit ihr, und sie musste behutsam vorgehen. »Heute Nacht gehen wir auf die Jagd, wirst du mitkommen?«

»Ich denke nicht.«

»Hält dich etwas davon ab?« Er schwieg, also trat sie näher an ihn heran und sah in sein Gesicht, das die gleiche schmale Form wie ihres hatte. »Möchtest du mit mir darüber sprechen? Vielleicht kann ich helfen.« Er schüttelte den Kopf. »Ich fürchte nicht. Aber es ist nichts Schwerwiegendes, also sorge dich nicht.«

Sie hasste es, wenn er sie anlog.

»Wir können auch über nicht schwerwiegende Dinge sprechen. Du weißt, dass ich immer an deiner Seite bin.« Er atmete frustriert ein.

»Ja, Ciara, das weiß ich.«

»Dann sprich mit mir.«

»Unnötig, ich habe bereits eine Lösung gefunden.«

Ciara teilte seine Frustration und ballte die Hände zu Fäusten. »Soll ich Nate holen, damit du mit ihm darüber sprechen kannst?«

»Auch Nate könnte mir nicht helfen. Aber du kannst ihn dennoch suchen und eure Verbindungszeremonie vorbereiten.« Er wollte sie abwimmeln und wählte dazu das Mittel, das sie am empfindlichsten traf: Ihre unfreiwillige Verlobung mit seiner rechten Hand, die er über ihren Kopf hinweg entschieden hatte.

»Warum?« Sie ballte die Hände zu Fäusten und schob die Unterlippe vor. »Bevor du als Sippenoberhaupt nicht den ersten Bund eingegangen bist, wird die Zeremonie ohnehin nicht stattfinden. Oder willst du auf das Privileg der ersten Verbindung verzichten? Aber das ist es doch sicher nicht, worüber du nachdenkst, oder?«

»Ciara!« Sie zuckte vor seinem harschen Tonfall zurück. »Ich sagte, dass ich nicht mit dir darüber sprechen will. Akzeptier das!«

»Ich bin deine Schwester, nicht irgendein Sippenmitglied!«, zischte sie.

»Ich weiß, denn jedes andere Sippenmitglied hätte mir längst gehorcht. Und wenn nicht, läge es jetzt blutend am Boden.« Skyths schwarze Augenbrauen zogen sich zusammen und seine schmalen Lippen waren aufeinandergepresst. »Geh jetzt zu Nate und bereite die Verbindungszeremonie vor. Dann mach dich für die Jagd bereit. Ich will, dass Nate dich begleitet, beim letzten Mal waren Jäger unterwegs.«

»Ich habe keine Angst vor Jägern«, erwiderte sie schnippisch.

»Das solltest du aber. Xera ist beim letzten Mal nur mit knapper Not davongekommen.«

»Xera ist viel ungeschickter als ich und außerdem unvorsichtig. Wir wissen jetzt, dass die Jäger da draußen sind, also ist das Überraschungsmoment dahin. Wenn ich einen in die Finger bekomme, werde ich sein Blut trinken und seine Leiche auf dem Marktplatz ablegen, damit die Menschen sehen, was mit ihnen passiert.«

»Du wirst dich von den Jägern fernhalten!« Skyth wurde lauter. »Und du wirst jegliche waghalsigen Aktionen unterlassen, hörst du? Ich weiß, dass du geschickt bist, das musst du mir nicht beweisen. Sollte ich davon erfahren ...«

»Schon gut«, unterbrach sie ihn wütend. »Behandle mich nicht wie ein Kind, ich weiß, was ich tue. Sind es die Jäger, um die du dir Sorgen machst?«

Er packte sie an der Schulter und drehte sie in Richtung Tür. »Ich wünsche, nicht gestört zu werden.« Sie spürte, dass sie den Bogen überspannt hatte. So viel dazu, behutsam vorzugehen. Ihre Ungeduld war schon immer ihre größte Feindin.

Mit ausladenden Schritten verließ sie den Saal und unterdrückte nur mühsam den Impuls, die schwere Holztür hinter sich zuzuschlagen. Sie hasste es, wenn er sie so behandelte. Er sah in ihr immer noch das Kind, das sie gewesen war, als Skyth damals seine eigene Sippe gründete.

Gerade diese Zeit müsste ihn daran erinnern, dass sie schon immer zu ihm gehalten hatte. Mittlerweile war sie in seinen Augen erwachsen genug, um den Blutbund mit seinem besten Mann einzugehen, nicht aber, um ihm bei Problemen zu helfen.

Fieberhaft dachte sie darüber nach, wie sie dennoch herausfinden konnte, was ihn umtrieb. Wenn er es ihr nicht sagen wollte, musste sie das zähneknirschend hinnehmen, das hieß aber nicht, dass sie es akzeptierte.

Ihre eisblauen Augen leuchteten auf, als ihr ein Gedanke kam, den sie unverzüglich in die Tat umsetzen wollte.

•Ciara eilte durch die stille Eingangshalle zur Treppe, die in den ersten Stock führte. Um diese Zeit, etwa drei Stunden vor Sonnenuntergang, waren die meisten Mitglieder ihrer Sippe noch im Bett und ruhten sich für die kommende Nacht aus.

Sobald der tödliche Tag vorüber war und sie das Haus verlassen konnten, füllten sich die Räume des Herrenhauses, in dem sie lebten. Diejenigen, die heute Nacht Jagd auf Menschenblut machen wollten, kämen genau hier zusammen.

Die Jagd hatte Ciara vollkommen vergessen, als sie die Stufen erklomm und den Korridor hinunterschritt, von welchem die Schlafzimmer abgingen. Ihr Ziel war jedoch nicht ihr eigenes Gemach, sondern das daneben.

Skyths Schlafzimmer.

Sie zögerte, als sie die Tür erreichte.

Was sie vorhatte, war Verrat.

Erfuhr Skyth davon - und das würde er, wenn sie ihn mit dem Ergebnis ihres Plans konfrontierte - , bedeutete das eine weit größere Auseinandersetzung als eben. Sicher würde er sie bestrafen, im schlimmsten Fall verlor sie sein Vertrauen. Aber vielleicht konnte sie ihm helfen und ihm eine Möglichkeit eröffnen, die er selbst noch nicht gesehen hatte.

Entschlossen drückte sie die Klinke hinunter.

Es war dunkel, doch das machte ihr nichts aus. Ihre Augen sahen auch in der Finsternis gut. Sicheren Schrittes ging sie in die hintere Ecke des Raumes, dorthin, wo Skyths Schreibtisch stand. Hier lagen einige Papiere und Bücher scheinbar achtlos übereinander, doch sie kannte ihren Bruder: Er war schon immer misstrauisch und die augenscheinliche Unordnung war Strategie.

Mit den Augen suchte sie die Dokumente und Einbände ab, doch da war nichts, was ihr Interesse erweckte. Sicher verwahrte er die brisanten Unterlagen nicht zuoberst. Mit raschelnden Röcken ging sie in die Hocke und suchte nach einem Anhaltspunkt. Dabei stiegen Zweifel in ihr auf.

Es wäre möglich, dass Skyth seine Gedanken gar nicht schriftlich niedergelegt hatte und sie vergeblich in sein Schlafzimmer eingedrungen war. Er war verschlossen und hatte seine Gedanken noch nie gern geteilt, vielleicht war ihm das Risiko zu groß, dass jemand seine Notizen finden könnte.

Ein Buch erregte ihre Aufmerksamkeit: *Magische Objekte als Energiespeicher*.

Stirnrunzelnd betrachtete sie den abgegriffenen Ledereinband. Im Laufe der Jahre hatten sie einige Bücher zusammengetragen, doch die meisten hatten den Menschen gehört, die als ihre Mahlzeit endeten. Als sie damals ihre Ursprungssippe verlassen hatten, war keine Zeit gewesen, um viele Bücher mitzunehmen.

Unwillkürlich griff Ciara an ihren Hals, dorthin, wo eine wulstige Narbe von ihrem Halsband verdeckt wurde. Diese Verschandelung würde sie immer an diese Zeit erinnern und daran, dass sie nur knapp mit dem Leben davongekommen war.

Unter dem Buch lag ein Pergament, das mit breiten Buchstaben beschrieben war.

Ein Brief.

Ciara runzelte die Stirn. Wer mochte Skyth Briefe schreiben? Vorsichtig zog sie ihn hervor und merkte sich dabei genau, wie er unter dem Buch gelegen hatte. Unter dem Bogen rutschte ein Stück Papier zu Boden, das sie aufhob, ohne es sich anzusehen, denn allein die erste Zeile des Briefes alarmierte sie:

Skyth aus der Sippe der Lycaner,

dein Gesuch wird abgelehnt. Dir als Abtrünnigen ist es nicht erlaubt, in den Sippenrat einzutreten, da du deine Sippe verraten und dein Oberhaupt betrogen hast. Wir werden darüber beraten, wie mit dir zu verfahren ist und dich darüber in Kenntnis setzen. Wisse, dass wir den Sippenkodex in vollem Umfang anwenden werden.

Du kennst die Regeln.

Darunter hatten alle acht Mitglieder des Rates unterschrieben.

Ciara schluckte. Sie hatte nur selten einen Gedanken daran verschwendet, welche Konsequenzen Skyths Handeln nach sich zog. In den ersten Wochen und Monaten, als sie und diejenigen, die sich ihnen angeschlossen hatten, auf der Flucht vor Lycanus waren, war sie sich der Gefahr bewusst. Doch als sie das Herrenhaus fanden, in dem sie heute lebten und Skyth ein magisches Juwel auftrieb, das sie beschützte, vergaß sie diese Ängste.

Jetzt waren sie zurück.

Ihr Blick fiel auf das Papier in ihrer Hand, kleiner als der große Bogen des Rates, aber ebenso mit Tinte beschrieben. Sie erkannte die Schrift:

Ich werde nicht auf die Entscheidung des Rates warten.

Angst erfasste sie.

Der Brief war nicht unterschrieben, dennoch wusste sie, von wem er stammte.

Wieder fasste sie an ihren Hals. Schwer atmend versuchte sie, die Erinnerungen zu vertreiben, doch schon spürte sie die kalten rauen Hände auf ihrer Haut und den scharfen Schmerz, als seine Zähne ihre Haut durchschlugen. Das Kribbeln, das der Blutverlust mit sich brachte und ihre schwindenden Sinne.

Lycanus hatte sie beinahe umgebracht. Nur um Skyth zu beweisen, dass er allein der Anführer der Sippe war und solche Dinge tun konnte.

Sein Brief war ein Versprechen, dass es viel schlimmer werden würde, wenn er ihrer habhaft wurde. Dass er aus dem Versuch Tatsachen schaffen würde.

Jetzt verstand sie Skyths Sorgen. Und sie wusste nicht, wie sie ihm helfen sollte.

Als Ciara zurück zum Bankettsaal kam, fand sie die Tür geschlossen vor. Nein, halt, sie war einen winzigen Spalt offen, das Schloss war nicht richtig zugefallen. Konnte sie es wagen, erneut zu Skyth zu gehen und ihm zu eröffnen, dass sie wusste, was ihn umtrieb?

Sie legte die Hand an die Klinke, da hörte sie Stimmen.

»Warum bist du außerstande meinen Auftrag zu erfüllen?« Skyths Stimme war gefährlich leise. Er war also nicht allein. Mit klopfendem Herzen trat Ciara näher an den Türspalt heran.

»Herr, ich tue mein Bestes, aber scheinbar gibt es keine Lösung für unser Problem mit dem Opal. Nichts hat je auf einen Energieverlust hingedeutet. Eventuell ist dies eine Anomalie, die zuvor niemals aufgetreten ist und für die es deswegen keine Vorgehensweise in einem der Sippenbücher gibt.«

Sie erkannte die Stimme des anderen: Jacobus war der Schriftgelehrte ihres Bruders, zuständig für die Sippenchronik.

Ihr stockte der Atem. Was hatte es mit dem Opal auf sich? Das magische Juwel war die Quelle der Magie, die manche von ihnen wirken konnten, er speiste die Wälle, die sie vor den Menschen und ihresgleichen schützten.

»Unsinn! Es ist ausgeschlossen, dass unser magisches Zentrum das einzige ist, das an Energie verliert. Du hast etwas übersehen!«, donnerte Skyth. Ciara zuckte zusammen. In dieser Stimmung war ihr Bruder äußerst gefährlich. »Streng dich mehr an! Finde eine Möglichkeit, wie wir den Energieverlust ausgleichen können, oder willst du für das Versagen der Schutzbanne verantwortlich sein?«

»Skyth, ich ... ich ...« Jacobus rang nach Atem, Ciara konnte es ihm nicht verdenken. Die Tür knarrte und öffnete sich ein kleines Stück weiter, sodass sie in den Raum sehen konnte.

Skyth stand am oberen Ende der langen Tafel in der Mitte des Raumes, Jacobus, ein untersetzter Mann mit schütterem braunen Haar, stand vor ihm und wand sich wie ein Aal. Silber färbte das Blau von Skyths Augen, ein untrügliches Zeichen dafür, dass seine wahre Natur im Begriff war, die Oberhand zu übernehmen. Wenn das geschah, sah es schlecht für den Schriftgelehrten aus. Jacobus bemerkte es und wich vor ihm zurück.

Er räusperte sich und nestelte am Revers seiner Brokatweste, die er über seinem weißen Hemd trug, auf dem sich Schweißflecken abzeichneten. Nur widerwillig rang er sich die nächsten Worte ab: »Ich ... wir ... Caterina glaubt, etwas gefunden zu haben, Herr. Ich kann nicht erklären, wie sie darauf kommt, aber sie will mit dir darüber sprechen. Meiner Meinung nach wird es uns nicht helfen können.« Jacobus' Stimme war der Verdruss über den Ungehorsam seiner Schülerin anzumerken.

»Was ist es?«, fragte Skyth lauernd.

Ciara verzog den Mund. Ihr Bruder und Caterina standen einander näher, als es ihr gefiel. Viel näher und dafür hasste sie die andere. Sollte ausgerechnet sie eine Lösung präsentieren können, würde das ihre eigene Verbindung zu Skyth weiter schwächen. Im schlimmsten Fall erwog er, sich mit Caterina zu verbinden.

»Sie sagte etwas von einem Dimensionssprung. Völliger Unsinn, dessen bin ich mir sicher, doch sie beharrt darauf.«

»Ein Dimensionssprung? Wie kommt sie darauf? Und was hat das mit dem Opal zutun?«

Jacobus wand sich unter seinem Blick und schien sich nichts sehnlicher zu wünschen, als sich auf der Stelle in Luft aufzulösen. »Ich weiß es nicht, Herr. Ich habe mir die Unterlagen nicht näher angesehen, weil ich sie als Nonsens abtat«, erklärte er und seine Stimme zitterte.

»Sieh sie dir an und komm zurück. Aber schnell!«, zischte Skyth. Jacobus lief so eilig aus dem Raum, dass er fast über seine eigenen Füße stolperte. Ciara sprang hinter eine Säule, doch der Schriftgelehrte sah sie nicht, als er durch die Halle in Richtung der Bibliothek eilte. Caterina war also ebenfalls bereits wach.

Ciara schloss die Augen und sammelte sich. Die ganzen Informationen waren schwer zu verdauen und die Probleme wogen weit schwerer, als sie befürchtet hatte. Was sollte sie tun?

Sie konnte ihn damit nicht allein fertig werden lassen.

Schweigend sah sie in den Saal, aus dem er sie erst vor kurzem herauskomplimentiert hatte. Unwahrscheinlich, dass er sich jetzt über ihre Hilfe freute. Sein scharfgeschnittenes Gesicht war ernst und seine Körperhaltung angespannt. Kein Wunder, bei der Last auf seinen Schultern.

»Was ist, Ciara?«, fragte er, ohne sie anzusehen. Er hatte sie also bemerkt. Sie biss sich auf die Lippe und trat näher. Diesmal musste sie es geschickter anstellen.

»Ich habe Jacobus aus dem Saal stürzen sehen. Da wurde ich neugierig.« Mit raschelnden Röcken trat sie an ihn heran und legte die Hand auf seine Schulter. Er sah sie scharf an.

»Hast du gelauscht?«

»Nicht absichtlich. Ihr wart nicht gerade leise.«

»Was wir besprochen haben, geht dich nichts an.«

»Warum nicht? Ich bin schließlich auch Teil dieser Sippe. Alles, was dich betrifft, geht mich auch etwas an. Lass mich dir doch helfen.«

»Und wie?« Endlich wandte er sich zu ihr um. »Du hast doch gehört, was Jacobus und ich besprochen haben. Wie also willst du mir helfen?«

»Ich könnte Jacobus und Caterina dabei helfen, die Schriften durchzugehen.«

Er sah sie zweifelnd an. »Du? Seit wann kannst du dich für Schriften erwärmen? Du hast es abgelehnt, dich damit zu befassen, weil es dir zu trocken ist.«

»Meinungen kann man ändern«, beharrte sie wütend. Natürlich musste er wieder damit anfangen. Jacobus war ein Langweiler, die Aufgabe passte exzellent zu ihm. Und Caterina war so klug, dass es Verschwendung wäre, sie etwas anderes tun zu lassen.

Ciara war weder das eine noch das andere. Sicher war sie klug, aber bei Weitem nicht so strebsam und Skyth hatte recht: Sie fand es langweilig, etwas anderes als Romane zu lesen. Doch wenn sie ihm damit helfen könnte, würde sie auch die ödeste Aufgabe auf sich nehmen.

Das sollte er wissen.

Ihr Bruder aber schüttelte den Kopf. »Du solltest dich um die Aufgabe, um die du mich gebeten hast, kümmern.« Ciara biss sich auf die Lippe.

»Es gibt momentan Wichtigeres als Jagdstrategien.«

»Das klang gestern noch anders.«

»Verdammt, Skyth, warum behandelst du mich immer so?« Sie wollte nicht schreien, aber ihre Stimme wurde lauter. »Ich will dir doch nur helfen! Ich weiß von den Briefen vom Rat und Lycanus und ...«

»Woher weißt du davon?« Als sie sein wütendes Gesicht sah, wusste sie, dass sie einen Fehler gemacht hatte. Sie schwieg trotzig und sah zu Boden.

»Du warst in meinem Zimmer.« Das war keine Frage, sondern eine Feststellung. Leugnen war zwecklos, also nickte sie. »Ciara, genau das ist der Grund, ich ...« Es klopfte an der Tür. »Herein, verdammt!«

Noch nie war Ciara so froh, Caterina zu sehen. Skyths Geliebte war die schönste Frau der Sippe und bewegte sich anmutig wie eine Tänzerin. Ihre vollen Lippen waren zu einem Lächeln verzogen, das nun, da sie sein wütendes Gesicht sah, dünner wurde.

»Störe ich?«

»Nein, wir sind fürs Erste fertig«, grollte er, eine klare Anweisung für Ciara, die beiden allein zu lassen.

Sie dachte gar nicht daran.

Caterina war gekommen, um Skyth von ihrer Idee mit dem Dimensionssprung zu berichten, auf keinen Fall würde sie gehen. Er war ohnehin wütend auf sie, aber vor Caterina würde er dieses Problem nicht ausbreiten.

Als halbes Friedensangebot zog Ciara sich von der Tafel zurück und stellte sich an den Kamin. Damit verschwand sie aus seinem Sichtfeld, was hoffentlich auch dazu führte, dass er seinen Zorn vergaß.

Falls Caterina irritiert war, ließ sie es sich nicht anmerken. Stattdessen trat sie an ihn heran. »Ich hörte, du und Jacobus hattet eine Diskussion.« Spott schwang in ihrer Stimme, Skyth überging das.

»Offenbar bist du der Ansicht, mir eine bessere Gesprächspartnerin zu sein.«

»Es ist meine Entdeckung und Jacobus glaubt nicht einmal daran.« Sie hielt ihm eine vergilbte Schriftrolle hin. Stirnrunzelnd entrollte er sie.

»Woher hast du das? Die Schrift stammt nicht aus unserer Bibliothek.«

»Das ist wahr, aber ihr Inhalt ist unfassbar wertvoll für uns«, berichtete sie und Glanz trat in ihre goldenen Augen. »Die Schrift enthält einen Bericht von einem der unseren, der die Grenzen zwischen den Dimensionen passiert hat.« Sie legte ihre Hand auf seinen Arm und deutete auf einen Teil des Pergaments. »Sieh nur, hier ist es genau beschrieben. Skyth, er schreibt von einem schier unerschöpflichen Vorkommen an wilder Energie, die für Magie genutzt werden kann. Das könnte die Lösung für unser Problem sein. Für all unsere Probleme«, fügte sie leiser hinzu, doch Ciara hatte sie trotzdem gehört.

Sie wurde blass, als sie verstand, was Caterina meinte: Skyth hatte ihr von den Briefen berichtet. Seiner Geliebten vertraute er sich an und sie, seine Schwester, schickte er weg. Sie biss die Zähne zusammen, um die Worte, die ihr durch den Kopf gingen, nicht hinauszuschreien.

»Das sehe ich. Aber du hast meine Frage nicht beantwortet.« Skyth hatte ein Gespür für Unaufrichtigkeiten. Caterinas Wangen röteten sich unter seinem lauernden Blick.

»Nun, ich ... aus der Bibliothek ...«, erwiderte sie ausweichend.

»Doch nicht aus unserer«, unterbrach er sie unwirsch. »Ich kenne jedes einzelne Dokument von unseresgleichen, das ich besitze. Diese Schriftrolle habe ich noch nie gesehen. Und du tust gut daran, mir die Wahrheit zu sagen, Caterina.«

Ciara sah die andere schlucken. Die Röte war Blässe gewichen, weißer als ihre Haut naturgemäß war.

»Bitte verzeih mir, Herr«, flüsterte die Schriftgelehrte. »Ich musste etwas tun, das dich enttäuscht. Die Schriftrolle habe ich von Thoas.«

Einen Moment lang lag bleierne Stille über dem Saal. Im Kamin knackte ein Holzscheit, das Prasseln des Feuers war das einzige Geräusch, das zu hören war.

»Thoas«, wiederholte Skyth. »Wie hast du Kontakt zu dem Einsiedler aufgenommen? Soweit ich weiß, lebt er, wo ihn niemand finden kann und meidet jeden Umgang mit anderen.«

»Ich benutzte einen Zauber und ging selbst zu ihm«, gestand Caterina leise. Skyth trat einen Schritt von ihr zurück. »Deine Wut ist berechtigt, doch ich sah keinen anderen Ausweg. Bitte verzeih mir!«

»Du hast einen Zauber benutzt, obwohl du weißt, wie es um den Opal steht?« Ciaras Stimme war lauter, als sie es beabsichtigte. »Wie kannst du das tun, wenn wir kaum genug Energie haben, um unser Leben zu schützen?« Vor Wut ballte sie die Hände zu Fäusten und griff die andere nur deswegen nicht an, weil Skyths Arm ihr den Weg versperrte. Die Miene ihres Bruders war wie versteinert und er blickte Caterina wortlos an.

Diese warf Ciara einen Blick zu, der sagte, dass die Studentin nichts von ihrer Einmischung hielt.

»Es musste sein, Ciara. Skyth«, wandte sie sich ihrem Herrn zu und Lebhaftigkeit brachte ihr Gesicht zum Leuchten. »Thoas mag ein Sonderling sein, aber er verfügt über eine Fülle an Wissen, wie ich sie noch nie erlebt habe. In seinem Haus ist ein Portal, durch das wir in die andere Dimension gelangen können!« Sie trat an ihn heran. »Lass mich gehen. Lass mich dir diese Energiequelle bringen. Ich bitte dich.« Beschwörend legte sie eine Hand auf seinen Unterarm, doch er schüttelte sie ab. Gekränkt sah sie ihn an. »Skyth ...?« Sie wich einen Schritt zurück, als sie seine Miene sah.

»Nein«, antwortete er scharf, bittere Enttäuschung verzerrte sein Gesicht. »Du bist gegangen, ohne jemanden darüber in Kenntnis zu setzen und hast mich getäuscht. Mein Vertrauen in dich ist zerstört, ich kann dir diese wichtige Aufgabe nicht übertragen. Ich werde Nate dorthin schicken. Geh mir aus den Augen!«

Er drehte ihr den Rücken zu. Ciara sah Tränen in Caterinas Augen. Abrupt drehte sie sich um und eilte aus dem Saal. An Jacobus vorbei, der die ganze Zeit an der Tür gestanden und zugehört hatte.

»Jacobus, ab sofort unterliegt sie deiner ständigen Aufsicht. Und halte sie vom Zaubern ab«, befahl das Sippenoberhaupt, ohne ihn eines Blickes zu würdigen. Damit war Jacobus entlassen und schloss leise die Tür.

Ciara verfolgte Caterinas Abgang mit gemischten Gefühlen. Sie war wütend über deren Betrug an Skyth, aber hatte sie nicht selbst sein Vertrauen ebenso missbraucht? Natürlich war ein Durchsuchen seiner privaten Unterlagen nicht mit Caterinas Verrat zu vergleichen, aber sie beide wollten ihm nur helfen.

Gleichzeitig keimte in ihr eine Idee, die ihr beinahe ein Lächeln auf die Lippen zauberte. Vorsichtig sah sie zu ihrem Bruder hinüber, der mit finsterer Miene vor dem Kamin stand, die Arme vor der Brust verschränkt.

»Ich werde an Caterinas Stelle gehen«, eröffnete sie ihm. Er reagierte nicht. »Skyth?«

»Nate wird gehen.«

»Warum? Ich bin keine schlechtere Wahl.« Er seufzte und wandte sich zu ihr um.

»Ich möchte nicht, dass du dich in Gefahr begibst.« Er wog die Schriftrolle in den Händen. »Noch ist die Not nicht so groß, dass ich kopflose Entscheidungen treffen muss. Zuerst muss ich das Dokument prüfen.«

»Wie lange wird die Prüfung des Sippenrates noch dauern? Und wie lange wird Lycanus noch warten, bis er seine Drohung wahr macht?« Skyth fuhr herum.

»Gut, dass du es ansprichst: Wie soll ich dir vertrauen, nachdem du meine Privatsachen durchwühlt hast?«

»Würdest du nur einmal mit mir reden, wäre das nicht notwendig!«, begehrte sie auf. »Caterina vertraust du dich an und mich schickst du weg. Das hast du ...« Sie biss sich auf die Lippe. Es hatte keinen Sinn, einen Streit anzufangen. Skyth war wütend genug, wenn sie jetzt weitermachte, kam sie niemals ans Ziel.

»Nate hat mich noch nie hintergangen. Er wird gehen. Nein«, unterbrach er sie, als sie zum Protest ansetzte. »Diese Entscheidung steht.«

»Wenn mein Vertrauen in dich so gering wäre wie deines in mich, wäre ich damals gestorben«, flüsterte sie. »Ich hätte dir meine Sorgen wegen seines Befehls, in sein Gemach zu kommen, nicht mitgeteilt und du hättest mich nicht retten können.« Ihre Blicke trafen sich. »Ich bitte um eine Möglichkeit, mich zu revanchieren und dir zu beweisen, dass ich einen Wert für dich habe.«

»Den hattest du schon immer«, erwiderte er. »Du bist das Wichtigste für mich.«

»Dann zeig mir deine Zuneigung auf andere Art, als mich immer nur von allem fernzuhalten.«

Er wollte gerade etwas erwidern, als es nachdrücklich an der Tür klopfte.

Auf Skyths Ruf trat Nate in den Saal, seine rechte Hand. Ciaras Mundwinkel sanken zeitgleich mit ihrer Laune. Seitdem Skyth entschieden hatte, dass sie sich mit Nate verbinden sollte, war ihre Sympathie für ihn beinahe verschwunden.

Skyth hatte sie nach ihrer Meinung zu Nate gefragt und da Nate ihre Schwäche für charismatische Männer bereits ausgenutzt hatte, äußerte sie sich positiv. Niemals hätte sie gedacht, dass ihr Bruder dies zum Anlass nehmen würde, ihre Verbindung zu bestimmen.

Bei ihresgleichen war das ein unwiderruflicher Akt, der einen Blutaustausch beinhaltete. Anschließend hätte sie nie wieder Interesse an einem anderen Mann, es sei denn, Nate starb. Dass Skyth ihr diese Entscheidung abnahm und sie vor vollendete Tatsachen stellte, nahm sie ihm ebenso übel wie Nate, weil er eingewilligt hatte.

Sie hatte einen Weg gefunden, sich zu rächen.

Doch als Nate jetzt auf die Geschwister zukam, gab es offenbar dringendere Themen. Noch dringender als die, die sie den ganzen Abend diskutierten.

»Verzeih mir, es ist wichtig.« Nate berührte Ciaras Schulter und wandte sich seinem Herrn zu. »Es sind Jäger. Sie haben vor der Anhöhe Stellung bezogen und warten darauf, dass wir herauskommen. Ein Hinterhalt, den Bevan glücklicherweise entdeckt hat.«

»Wie viele?«

»Acht, sie haben sich strategisch günstig verteilt.«

Ciara schluckte. Acht Jäger stellten eine große Bedrohung für sie dar.

»Wir werden abwarten, bis sie ihre Stellung verlassen. Niemand soll verletzt werden«, ordnete Skyth an.

»Das war auch meine Strategie, doch wir haben ein massives Problem: Der Schutzwall ist soeben zusammengebrochen. Desmond und seine Schülerinnen bemühen sich, den Zauber zu knüpfen. Das sollte ihnen gelingen, aber ...«

Nate musste den Satz nicht beenden, sowohl Skyth als auch Ciara kannten die Konsequenzen: Erfuhren die Jäger davon, könnten sie gemeinsam mit den Menschen aus der angrenzenden Stadt in das Herrenhaus eindringen und versuchen, sie zu töten.

Sicher würden sie nicht alle erwischen, doch auf keinen Fall käme Skyths Sippe vollzählig aus diesem Überfall heraus. Das wiederum würde ihn vor Lycanus und den anderen weiter schwächen.

Skyth fluchte unterdrückt.

»Die Situation ist unter Kontrolle«, sagte sein bester Mann. »Ich bin nur hier, um dich zu informieren.«

Skyth nickte. »Dennoch ist es gut, dass du hier bist. Ich hatte soeben eine Unterredung mit Caterina.«

Kälte breitete sich in Ciaras Eingeweiden aus. Skyth würde Nate in ihrer Anwesenheit den Auftrag erteilen, Caterinas Mission zu übernehmen. Enttäuschung brach wie eine Welle über sie herein und sie wandte den Blick ab.

»Sie denkt, dass sie eine Möglichkeit gefunden hat, um unser Problem mit dem Opal zu lösen.« Skyth zeigte Nate die Schriftrolle, die der Krieger mit mildem Interesse betrachtete. Er hatte wenig für Bücher und Pergamentrollen übrig und bevorzugte Stahl. »Ich muss das noch überprüfen, doch sollte sich herausstellen, dass sie recht hat, will ich, dass du Ciara unterstützt. Sie wird sich der Sache annehmen.«

Ciaras Kopf ruckte hoch, sie meinte, sich verhört zu haben. Nate sah überrascht aus, doch sie ignorierte ihn und sah ihren Bruder an. Es war ihm ernst. Er übertrug ihr die Verantwortung.

Stolz durchflutete sie und sie biss sich auf die Innenseite ihrer Wangen, um nicht breit zu lächeln. Sie musste gelassen bleiben. Kühl. Sie würde den beiden Männern nicht zeigen, wie sehr sie sich freute.

»Selbstverständlich werde ich Ciara mit aller Kraft unterstützen«, versprach Nate sofort. Sein Blick sagte ihr, dass er die Angelegenheit mit ihr besprechen wollte. Ausführlich.

Ihre Haut prickelte. Dieses Mal könnte sie nachgeben, es wäre zu ihrem eigenen Vorteil.

Durch die offene Tür trat Bevan, einer der Krieger der Sippe, die sich um deren Schutz kümmerten. Mit einem Räuspern zog er die Aufmerksamkeit der anderen auf sich. »Die Jäger ziehen die Schlinge zu«, berichtete er gelassen. »Ihr solltet euch das ansehen.«

Sofort setzten sich Skyth und Nate in Bewegung und auch Ciara beeilte sich, ihnen zu folgen. Bevan blieb an der Tür stehen und ließ seinen Herrn und seinen Kommandanten passieren.

Er und Ciara tauschten einen Blick, den die beiden nicht bemerkten.

Die vier eilten die Treppe in den zweiten Stock hinauf. Von dort aus waren die beiden Türme des Herrenhauses zu erreichen, welche die Krieger zur Überwachung nutzten. Bevan führte die Geschwister und Nate in den Nordost-Turm, wo zwei Krieger Wache hielten.

Sie neigten die Köpfe, als sie die drei erkannten, und machten Platz, damit Skyth hinaussehen konnte.

»Sie haben Stellung hinter dem großen Tor bezogen«, erklärte Bevan und deutete in die entsprechende Richtung. »Zweifellos warten sie darauf, dass wir hinauskommen, um uns anzugreifen.«

Ciara reckte den Hals und ließ gleichzeitig ihre wahre Natur die Oberhand gewinnen. Silber färbte ihre hellblauen Augen, als sich ihr Sehvermögen erweiterte und sie die Wärme der menschlichen Körper hinter dem Tor erblickte. Sie hatten sich gut getarnt, trugen Kleidung, die ihre Körperwärme abschirmte, doch die Augenpartie ließ sich nur schwer bedecken. Genau das war ihre Schwachstelle, die es ihr ermöglichte, sie zu finden.

Es waren in der Tat acht Jäger, fünf Männer und drei Frauen, die an ihrer Grundstücksgrenze lauerten. Ciara holte tief Luft und konzentrierte sich auf sie. Sie roch Metall ... Silber. Im schlimmsten Fall von einem Priester geweiht. Eine tödliche Mischung für ihresgleichen.

Obwohl sie Menschen waren, konnten die Jäger ihnen gefährlich werden, sie im Kampf sogar töten. Sie waren, abgesehen von ihrer eigenen Art, die größte Bedrohung, der sie sich stellen mussten. Die siebenundzwanzig Mitglieder der Sippe waren nicht alle waffenerprobt und setzten ihre Kraft hauptsächlich für die Jagd auf wehrlosere Menschen ein. Einem gut ausgebildeten Jäger hätten viele von ihnen wenig entgegenzusetzen.

Wenn diese darauf warteten, dass sie zur Jagd herauskamen, konnte das übel enden.

»Der Schutzwall steht wieder«, berichtete Cass, ein blonder Krieger mit schiefem Grinsen, und verschränkte die Arme vor der Brust. »Die Magier waren eben hier und haben es uns mitgeteilt.«

»Gut.« Skyth trat zurück. »Damit haben wir wenigstens heute Nacht Ruhe vor ihnen. Die Jagd ist abgesagt. Für morgen werden wir uns eine Strategie überlegen, wie wir sie zur Strecke bringen.«

Ein Krachen ließ alle sechs herumfahren.

»Die Bastarde haben einen Pfeil abgeschossen«, knurrte Arcan, der mit Cass zusammen Wache hielt.

»Jetzt wissen wir wenigstens, dass die Banne stabil sind«, erwiderte Bevan und lehnte sich an die Wand. »Ansonsten hätten wir wohl eine neue Wanddekoration hier im Turm.« Ein zweites Krachen ertönte und sie hörten menschliche Stimmen fluchen.

›Sie haben bemerkt, dass der Bann instabil ist‹, schoss es Ciara durch den Kopf und Angst fasste wie eine kalte Hand nach ihrem Herzen. Wenn sie den richtigen Moment abwarteten und der Opal erneut versagte, wäre es möglich, dass sie in das Haus eindrangen.

Ein Blick in die Gesichter der anderen sagte ihr, dass sie es auch begriffen hatten.

Ihre Probleme wurden immer größer.

»Überwacht das«, befahl Skyth. »Sollten sie angreifen, will ich sofort informiert werden.« Die drei Krieger nickten. »Ciara, ich will mit dir sprechen.«

»Das trifft sich gut. Ich auch mit dir.«

Die Geschwister kehrten in den Saal zurück, Skyth wies sie an, an der Tafel Platz zu nehmen. Sie saß für gewöhnlich zu seiner Linken, dort, wo Caterinas Schriftrolle auf dem Tisch lag.

»Wie kommt es, dass du mir den Auftrag nun doch anvertraust?« Sie brauchte eine Antwort auf diese drängende Frage. Davon hing ab, mit welchem Gefühl sie an die Mission heranging.

Er musterte sie. »Dein Argument, wie ich dir meine Liebe zeigen sollte, war richtig. Allerdings hatte ich es so zuvor noch nie gesehen. Die Zeit drängt und obwohl ich das Risiko als hoch erachte, will ich dir die Chance geben, dich zu beweisen.«

»Ich werde dich nicht enttäuschen!«, versprach sie impulsiv und wollte sich erheben, doch er hielt sie zurück.

»Nicht so schnell.« Er deutete auf die Schriftrolle. »Es ist Arbeit zu tun, bevor du deinen Auftrag ausführen kannst. Außerdem bin ich noch nicht fertig.« Sie ließ sich auf ihren Stuhl zurücksinken. Es war zu befürchten gewesen, dass sie sich mit dem langweiligen Geschreibsel befassen musste.

»Ich will, dass du weitere Begleiter auswählst«, fuhr Skyth fort. »Ich kann dir wegen der Jäger nicht mehr als zwei Krieger zur Seite stellen, aber vielleicht ist das auch nicht notwendig. Falls du feststellen solltest, dass die Energiequelle nur durch einen Kampf errungen werden kann, helfen dir auch sechs Krieger nichts. Du wirst dich auf deinen Kopf verlassen müssen und danach deine Begleiter auswählen. Dir als Leiterin der Mission obliegt es, hier eine kluge Entscheidung zu fällen, ich werde sie dir nicht abnehmen.«

»Ich werde Shelley mitnehmen«, erwiderte Ciara, deren Gedanken sich überschlugen. »Und Ride. Sie sind beide klug und besonnen.«

»Das mag sein, aber wähle nicht nur Freunde aus«, warnte Skyth. »Als zweiten Krieger solltest du Slade in Erwägung ziehen.«

»Ich dachte an Bevan«, sagte Ciara schneller, als sie nachdenken konnte. Sie hielt inne und fragte sich, ob das eine gute Idee war. Bevan war ein wichtiger Bestandteil ihrer Rache an Nate und Skyth für die Verlobung über ihren Kopf hinweg. Das Konfliktpotenzial war enorm.

»Von mir aus.« Skyth vertraute jedem Mann und jeder Frau der Sippe und alle Krieger und Kriegerinnen wären ihm recht.

Nein, er vertraute nicht jedem. Seit heute gab es eine Person, die sein Vertrauen nicht verdient hatte. Er ließ den Blick über die Tafel mit den siebenundzwanzig Stühlen schweifen, versuchte, abzuschätzen, wie viele Leute er entbehren konnte, um seine Schwester in Sicherheit zu wissen.

»Ich will, dass du acht Begleiter erwählst, Nate eingerechnet. Ich werde nun die Schriftrolle studieren und mir einen Überblick verschaffen. Such dir einen ruhigen Ort, an dem du nachdenken kannst, nimm Nate dazu, er kann dir helfen. Nutze die Zeit. Komm drei Stunden vor Sonnenaufgang zurück zu mir und sag mir, wie du dich entschieden hast. Und haltet euch bereit, notfalls spontan aufzubrechen. Ich fürchte, uns fehlt die Zeit für eine lange Planung.«

»Das macht mir nichts aus«, sagte Ciara. »Ich werde Gefährten auswählen, die mir helfen, mit jeder Herausforderung fertig zu werden. Wir werden den Opal stärken und dann, lieber Bruder, haben die anderen Sippenführer keine Wahl, als dich in den Rat aufzunehmen.«

Sie erhob sich und trat an ihn heran. »Ich werde dich nicht enttäuschen, das verspreche ich dir.«

*

Die Xareniden (Auszug)

Xarenia, eine Eichenwaldgöttin
Bell, ihre liebste Tochter, Cellistin
Tyler, Bells Verlobter, Kontrabassist
Pace, Xarenias klügster Sohn, Hornist
Feliné, Pace' Verlobte, Lyristin
Cora, Bells beste Freundin, Bratschistin
Saw, Coras Verlobter, Paukist
Albion, Gitarrist

Im Wald der Xareniden

$\mathcal{B}$ell stand auf der Wiese nahe der Waldlichtung, auf der sie lebte, und betrachtete die Wildblumen, die sich sanft im Südwind wiegten. Es waren alle Arten da, die sie erwartet hatte - leider. Sie hatte auf eine Besondere gehofft, vergebens. Es schien so, als müsste sie ihren Kopfschmuck für die Verlobungsfeier aus den üblichen Blumen winden, die sie sonst auch verwendeten.

Enttäuschung breitete sich in ihr aus. Ihr Blumenschmuck sollte genauso außergewöhnlich wie dieser Tag sein, ein Vorhaben, das sich nicht in die Tat umsetzen ließ. Abermals lief sie über die Wiese, betrachtete jede Blüte, doch es blieb dabei: Von einer Gleia war nichts zu sehen.

Zwischen den Stämmen sah sie jemanden auf die Wiese treten. An seinem roten Haar erkannte sie ihn sofort: Es war Tyler, mit dem sie heute ihre Verlobung feiern wollte. Ein zärtliches Lächeln verzog ihre Lippen, wie immer, wenn sie ihn sah.

Xarenia, ihre Göttin, die die Verlobung bestimmt hatte, sagte ihr bei der Verkündung, dass die Liebe der beiden beinahe mit Händen greifbar war. Sie hatte keine Sekunde gezögert, ihre Verbindung zu beschließen. In der Tat lag zwischen ihnen schon länger etwas in der Luft, ein kleines Knistern, das stärker wurde, je näher sie einander kamen. Sie waren die Ersten, denen Xarenia erlaubte, den Bund einzugehen.

Ob sie eine Gleia fand oder nicht, es änderte nichts an dem Glück, das Bell empfand.

Sie drehte um und lief auf ihn zu. Er breitete die Arme aus und schloss sie darin ein, als sie ihn erreichte. Seinen Duft einatmend lehnte sie sich an seine Schulter.

»Warum bist du allein hier auf der Wiese?«, fragte er.

»Ich habe nach dir gesucht, bis Cora sagte, du seist hier.«

»Ich suche nach einer Gleia«, erklärte sie ihm. »Für dich wollte ich besonders schön heute Abend aussehen.«

»Dir macht keine Blume Konkurrenz. Hast du eine gefunden?« Bell schüttelte den Kopf und Tyler ließ den Blick schweifen. »Ich habe neulich eine gesehen, als ich mit Saw am Fluss war. Sollen wir dort nachschauen?«

Der Weg zum Fluss war viel länger als zur Wiese, aber wenn sie sich beeilten, konnten sie es schaffen, ohne in Zeitnot zu kommen. Es war erst kurz nach Mittag und das Fest begann in der Abenddämmerung.

Bell strahlte und ergriff seine ausgestreckte Hand. Gemeinsam fanden sie den Weg zwischen den Stämmen, der sie zum Fluss führte. Beide genossen die Sonnenstrahlen, die durch das Blätterdach brachen und unterhielten sich angeregt, bis das Fließen des Wassers zu hören war.

»Bist du nervös wegen heute Abend?«, fragte sie und sprang über eine Baumwurzel.

»Bis eben nicht.« Tyler lächelte. »Meinst du, wir sollten es sein?«

»Die Verbindungszeremonie wird wunderbar«, erwiderte Bell. »Ich frage mich, ob wir einen Unterschied spüren werden.« Tyler blieb stehen und sah in ihr Gesicht mit den großen blauen Augen, aus denen er eine hellbraune Locke strich.

»Ich glaube nicht, dass ich dich noch mehr lieben könnte«, sagte er und beugte sich vor, um sie zu küssen. Bell ließ seine Lippen ihre Wangen treffen, eine zarte Röte färbte ihr Gesicht. Abermals stieg ihr sein Geruch in die Nase und sie schloss seufzend die Arme um seine Taille.

Sie liebte es, wenn er sie berührte. Jedes Mal wurde das Verlangen nach weiteren Berührungen größer und schwerer zu beherrschen, auch wenn es sein musste.

Tylers Finger streichelten ihren Nacken und sie bekam Gänsehaut auf den Armen. Seine Lippen verharrten auf ihrer Wange, dicht neben ihrem Mundwinkel. Es schien ihr, als wanderten sie millimeterweise dorthin.

Sie wusste nicht, ob sie ihn aufhalten konnte. Ob sie ihn aufhalten sollte.

»Hallo ihr beiden, habt ihr euch eine ruhige Ecke gesucht?«, zerriss eine vergnügte Stimme die Zweisamkeit.

Erschrocken fuhren die beiden auseinander und erblickten Stilla, eine Najade, die Bell von Besuchen kannte. Sie war freundlich, aber redselig und neugierig. Die Quellnymphe betrachtete ihre entfernten Verwandten interessiert, ihr silbernes Haar reflektierte das Sonnenlicht wie Wasser. »Ich fürchte, hier ist keine gute Ecke für ein Stelldichein, meine Geschwister suchen nach Beeren. Aber ich kann euch ein schönes Versteck zeigen, wenn ihr möchtet.«

»Wir wollten nur zum Fluss und nach einer Gleia suchen«, erwiderte Bell und zupfte an ihrem Kleid aus Spinnenseide, um ihre Verlegenheit zu überspielen.

»Eine Gleia?« Stilla zog die Augenbrauen hoch und legte den Kopf schief. »Das ist doch eine Wiesenblume. Solche wachsen hier nicht, das solltet ihr doch wissen.«

Überrascht sah Bell zu Tyler, der seinerseits ein wenig betreten wirkte. Hatte er sie etwa bewusst hergelockt, obwohl er wusste, dass hier keine Gleiae wuchsen? Wenn sie sich Stillas wissendes Lächeln anschaute, schien die andere ihren Verlobten besser zu kennen als sie selbst.

Die Najade schien gerade etwas sagen zu wollen, als eine ihrer Schwestern zu ihnen herübereilte. »Jäger!«, rief sie atemlos. »Schnell weg!«

Stilla warf noch einen Blick auf die Dryaden, dann setzte sie ihrer Schwester nach. Bell und Tyler konnten ihr nicht folgen, die Baumnymphen brauchten ein anderes Versteck.

Erschrocken sahen sie einander an. Jäger in diesem Teil des Waldes! Es war äußerst selten, dass Menschen hierherkamen, doch sie wussten, wie gefährlich sie waren.

Bell sah sich hektisch um und entdeckte eine mächtige Eiche. Der Stamm hatte viele Äste und die Baumkrone war dicht, sodass sie ihnen genug Schutz bot.

Sie kletterten behände hinauf, Bell voran. Sie betete, dass sie schnell genug waren und er sie nicht entdeckte. Ihre grüne Kleidung bot ihnen Schutz, doch der Baum war fremd und sie mussten sich konzentrieren, um keinen Lärm zu machen.

Bells Herz klopfte gegen ihre Rippen und ihre Handflächen waren feucht. Menschen waren dumm und gefährlich - fiel man ihnen in die Hände, kehrte man nie zurück.

Sie erreichten die Baumkrone und kauerten sich auf eine Astgabel. Tyler schmiegte Bell an sich und hielt sie fest.

Wieder waren sie einander so nah. Viel näher, als Xarenias Regeln es vorsahen, solange sie nicht verbunden waren. Sein Geruch stieg in ihre Nase. Sie schloss die Augen und vergaß beinahe die Gefahr, in der sie schwebten.

Ihre Blicke trafen sich und sein Atem streifte ihr Gesicht. Niemand würde es erfahren, wenn sie sich küssten. In seinen Augen sah sie, dass er den gleichen Gedanken hatte. Seine Lippen kamen ihren näher, sie schloss die Augen, bereit für diesen verbotenen Kontakt.

Unter ihnen knackte es im Gehölz. Schuldbewusst fuhren die beiden auseinander und sahen hinunter. Ein Mensch kam in Sicht, gekleidet in Leder und bewaffnet. Bell brach der Schweiß aus, als sie das Eisen roch. Das Metall war tödlich für Dryaden, schon die bloße Berührung brannte wie Feuer und verursachte schwere Verletzungen.

Sie tauschte einen angespannten Blick mit Tyler. Er war nicht der erste Mensch, den sie sahen, fand er sie jedoch, wäre es ihr erster Kontakt. Es war unklar, was dann geschah, ob sich ihre schlimmsten Befürchtungen bewahrheiteten. Vielleicht erkannte der Jäger nicht sofort, dass sie nicht wie er waren, vielleicht legte er aber auch einfach einen Pfeil an und versuchte, sie zu töten.

Es war besser, es nicht darauf anzulegen und unbemerkt zu bleiben.

Ein weiteres Knacken ließ die beiden herumfahren. Ein zweiter Jäger schloss zu dem ersten auf. Angst kroch in Bells Brustkorb.

Was wollten sie hier?

Die Lichtung der Dryaden lag zwar abseits des Flusses, doch die Menschen waren beunruhigend nah. Normalerweise verirrte sich nur selten ein Jäger soweit ins Innere, nur wenn es kälter wurde und das Wild sich zurückzog, jetzt waren es gleich zwei.

Sie wechselte einen Blick mit Tyler und sah in seinem Gesicht die gleiche Unruhe. Er sorgte sich ebenso um ihre Familie und ihre Sicherheit. Sollten sich die Jäger ihrer Lichtung nähern, mussten sie ständig auf der Hut sein. Ein Umzug kam wegen ihrer Bäume nicht infrage. Keine Dryade würde freiwillig den Baum verlassen, mit dem ihr Leben verbunden war. Als Dryaden der ersten Generation hatten ihre Bäume sie geboren.

»Hier ist nichts«, sagte der erste Jäger und sah sich um. In seiner Hand hielt er einen eisernen Dolch, vor dem Bell trotz der Distanz zurückscheute.

»Verflucht, ich hätte schwören können, dass der Keiler in diese Richtung gelaufen ist.« Der zweite Jäger trat einen Stein ins Gebüsch.

»Das hilft uns nichts, wenn du die Fährte verlierst. Wir werden zurückgehen. Hier war er nicht, so viel ist sicher.« Der Jüngere nickte und folgte seinem Gefährten, der sich umwandte. Bell lauschte ihren Schritten mit angehaltenem Atem, bis sie verklangen.

»Ein Keiler«, flüsterte sie. Auch das war keine gute Nachricht, denn Wildschweine richteten Schäden an Bäumen an, die sie mühsam pflegen müssten.

»Sie haben uns nicht entdeckt«, sagte Tyler leise und schlang seinen Arm um ihre Taille. »Und hier sind auch keine Najaden.« Bells Gesicht wurde heiß, als sie Tyler so nahekam. Sie wollte es auch, unbedingt, doch Xarenias Regeln ließen keinen Spielraum.

»Tyler«, seufzte sie und schloss die Augen. Das Verlangen war so stark, dass sie es nicht mehr bändigen konnte. Wenn sie ihm einmal nachgab, wäre das verzeihlich, oder nicht?

Seine Finger fuhren ihre Arme hinauf und zu ihrem Nacken, gleichzeitig kamen seine Lippen immer näher.

Ein eiskalter Windstoß fuhr über sie. Für einen Moment schien es, als wäre die Sonne verschwunden und es war totenstill. Bell riss die Augen weit auf und sah sich um, da kehrte das Licht zurück und Vogelstimmen waren zu hören.

Das ungute Gefühl blieb.

»Was war das?«, fragte sie, obwohl ihr klar war, dass Tyler keine Antwort darauf hatte. So etwas hatte sie bisher nur ein einziges Mal erlebt, danach war ein so starker

Sturm durch den Wald gefegt, dass Bäume entwurzelt wurden. Wie erwartet schüttelte Tyler ratlos den Kopf.

»Wir sollten zurückgehen«, sagte er leise. »Die Jäger müssten weit genug entfernt sein.«

Gemeinsam kletterten sie zurück zur Erde und beeilten sich, zu ihrer Lichtung zu kommen.

Der Weg erschien Bell unnatürlich weit, wegen des Tempos brach ihr der Schweiß aus. Gleichzeitig wuchs ihre Angst davor, dass ihnen etwas, was auch immer es war, zuvorkam. Völlig in Gedanken versunken stolperte sie über eine Baumwurzel. Tyler konnte sie im letzten Moment am Arm packen und am Fallen hindern.

Trotzdem schrie sie erschrocken auf und musste ein paar Sekunden stehen bleiben, um ihr pochendes Herz zu beruhigen. Ihr Gesicht war heiß und Schweiß lief an ihrem Rücken hinunter.

›Ruhig Blut, Bell‹, sagte sie sich selbst. ›Es wird nichts sein. Es *darf* nichts sein.‹

Doch in Tylers Gesicht sah sie die gleiche Angst. Die Spur der Jäger hatten sie längst verloren, sie konnten nur hoffen, dass sie nicht auf sie aufmerksam geworden waren. Auch von dem Keiler war keine Spur zu sehen.

Doch der kalte Wind streifte ihr Gesicht und ließ sie frösteln. Ihr Mut sank, sie hatte nicht den blassesten Schimmer, woran es lag.

Etwas stimmte nicht, dessen war sie sich beinahe schmerzlich bewusst.

Aber was?

Sie erreichten schweratmend ihre Lichtung.

An ihrem Ende stand Xarenias mächtige Eiche. Ihre eigenen, jüngeren Bäume gruppierten sich um sie. Sie schlangen ihre Äste ineinander, als umarmten sie sich, genau wie die Familie, zu der sie gehörten.

Bell hatte Seitenstiche und ihre Kleidung war schweiß-getränkt, gleichzeitig fror sie. Doch als sie in die über-raschten Gesichter ihrer Geschwister sah, wusste sie, dass das böse Omen hier nicht zu sehen gewesen war.

Unsicher wandte sie sich zu Tyler um, der ihren Blick ratlos erwiderte. Wie konnte es sein, dass das Phänomen nur für sie sichtbar war?

Eine junge Dryade kam auf sie zu. Ihr dunkelgrünes Haar war mit unzähligen Blumen geschmückt, auch sie hatte einen Grund zu feiern. Doch als sie die Rückkehrer sah, versetzte das ihrer Laune einen Dämpfer.

Cora betrachtete ihre Freundin ängstlich. »Ist alles in Ordnung, Bell?«, fragte sie zaghaft.

Bell wusste nicht, was sie antworten sollte. Hatte sie sich alles nur eingebildet? Aber das konnte nicht sein, Tyler hatte es auch gesehen.

Als sie Coras ängstliches Gesicht sah, brachte sie es nicht über sich, es ihr zu sagen. Vielleicht betraf das O-men einen anderen Teil des Waldes. Oder den Fluss, nicht aber ihre Lichtung. Sie musste zunächst mit Xare-nia sprechen und bis dahin schweigen.

»Wir hatten Angst, uns zu verspäten, deswegen sind wir gelaufen«, erklärte sie. »Wir suchten am Fluss nach einer Gleia, leider erfolglos.«

»Eine Gleia? Aber das ist eine Wiesenblume.« Cora legte den Kopf schief. »Sie wächst nie in Flussnähe.«

»Ja, das weiß ich jetzt auch«, erwiderte Bell mit einem Seitenblick auf Tyler. »Hast du Xarenia gesehen?«

»Ja, sie bereitet die Zeremonie vor.« Jetzt war Coras Ei-fer zurück. »Sie hat sich zurückgezogen und wird kurz vor Beginn zurückkommen.«

Bells Laune sank. Wenn Xarenia diese Ebene verließ, konnte sie sie nicht erreichen. Ausgerechnet jetzt, wo sie sie so dringend brauchte!

»Wo ist dein Kranz?«, wollte Cora wissen und versetzte Bells Gemüt damit den Todesstoß.

»Ich habe keinen«, flüsterte sie. Und sie hatte vor lauter Aufregung auch nicht mehr daran gedacht.

Cora schüttelte seufzend den Kopf. »Dein Glück, dass ich einen zweiten für dich angefertigt habe.« Sie lächelte über Bells Überraschung, dann machte sie eine strenge Miene. »Jetzt macht euch fertig, alle beide. Es ist gleich soweit!«

Trotz ihres unguten Gefühls lief Bell zu ihrem Baum und bereitete sich auf die Zeremonie vor. Sie kleidete sich um, brachte ihr Haar in Ordnung und ließ sich dann von Cora bekränzen. Dabei versuchte sie, sich ihre Nervosität nicht anmerken zu lassen.

Außer ihr und Tyler wurden Cora und Saw sowie ihre Freunde Feliné und Pace verbunden. Ein besonderes Ereignis, sie waren die ersten ihres Stammes, die den Bund eingingen. Bell wünschte, sie könne sich darauf freuen, doch ihre Unruhe machte das unmöglich.

Wenn sie nur mit Xarenia sprechen könnte!

»Du erscheinst mir gar nicht glücklich«, sagte Cora und riss Bell aus ihren Gedanken. »Du hast es dir doch nicht anders überlegt, oder?«

»Niemals!« Dieser Gedanke wäre ihr in einhundert Jahren nicht gekommen. »Aber vorhin am Fluss waren Jäger. Gleich zwei. Sie verfolgten einen Keiler, haben aber seine Spur verloren.« Coras Hände hielten in ihrer Arbeit inne.

»Glaubst du, sie sind in der Nähe?«

»Nein, sie liefen in westliche Richtung. Und von dem Keiler war auch nichts zu sehen.« Cora machte weiter, ihre geschickten Finger verbanden den Kranz mit Bells langem braunen Haar.

»Aber dann gibt es keinen Grund zur Sorge. Vermutlich hatten sie sich verirrt und kommen nicht zurück.«

Dagegen konnte Bell nichts sagen, wozu auch? Sie überlegte, ob sie Cora von dem Omen berichten sollte, doch ihre Freundin war von Natur aus ängstlich. Es wäre kaum möglich, mit ihr in Ruhe darüber zu sprechen, und es würde einen Aufruhr verursachen, den Bell vermeiden wollte.

»Wir haben Stilla getroffen«, erzählte sie von ihrer anderen Begegnung. »Sie war der Meinung, Tyler und ich seien auf dem Weg zu einem Stelldichein.« Dieses Thema war heikel genug, aber es beschäftigte Bell. Sie hatte sich beschämt gefühlt, obwohl sie nichts dergleichen im Sinn hatte.

»Najaden«, schnaubte Cora. »Sie verstehen nicht, nach welchen Regeln wir leben. Ich habe einmal versucht, es ihnen zu erklären, aber den Atem hätte ich mir sparen können. Sie sind so ... haltlos.«

Es gab zwingende Gründe, aus denen ihre Göttin ihnen körperliche Nähe untereinander verbot, solange sie noch nicht verbunden waren. Bell kannte die Einzelheiten und verstand, warum Xarenia solchen Wert darauf legte. Es schauderte sie bei der Erinnerung an die Geschichte, die dahinter stand. An Xarenias Erfahrungen mit anderen Waldgeistern und wie übel sie ihr mitgespielt hatten.

Natürlich wollte sie das nicht für ihre Kinder und Bell wünschte sich nicht, jemals in eine ähnliche Situation zu kommen.

Anscheinend ging es Cora anders als ihr und sie fühlte nicht die gleiche Sehnsucht nach Saw, die es Bell so schwermachte, den Abstand zu Tyler einzuhalten. Wie nahe sie einander trotz der Regeln gekommen waren. Sie konnte ihrer Freundin deswegen nicht davon erzählen und ließ das Thema ruhen.

Endlich war sie fertig, es dämmerte bereits. Die beiden jungen Frauen kletterten aus Bells Eiche und traten auf die Lichtung, wo sich alle für das Verlobungsfest versammelt hatten.

Tyler wartete bereits auf sie und hielt ihr Violoncello in der Hand.

»Es wird noch eine Weile dauern«, sagte er. »Würdest du für uns spielen?« Bell lächelte und ergriff das immerwarme Holz.

Ihr Cello bestand aus dem Holz ihres Baumes, ein Geschenk von Xarenia, die Musik liebte und ihre Kinder dazu anhielt. Jede Dryade besaß ein anderes Instrument, manche klein wie eine Flöte, andere groß wie Tylers Kontrabass.

Die anderen saßen oder standen um sie herum, ihre Instrumente in den Händen. Sie ließen ihr den Vortritt und richteten sich nach der Weise, die sie anschlug. So hatte Xarenia es für das erste Stück einer Symphonie festgelegt.

Liebevoll strich Bell mit den Fingerspitzen über das polierte Holz. Sie setzte sich und legte den Bogen langsam, fast bedächtig an, bevor sie ihn das erste Mal über die vier Saiten gleiten ließ.

Als der erste Ton erklang und sie eine Melodie aus der Tiefe ihres Herzens spielte, vergaß sie ihre Unruhe und ihren Zweifel wegen des Nachmittags. Sogar ihr Glück mit Tyler rückte wegen der Musik in den Hintergrund.

Die Melodie nahm sie mit in eine andere Welt, ließ sie alles um sich herum vergessen. Sie entführte sich selbst weit weg, an Orte, die so sagenumwoben waren, dass jeder Erzähler ihnen ein wenig von seiner eigenen Fantasie vermachte.

Das Cello sang von Bäumen und Wiesen, von Bergen und Flüssen, vom Meer und Wellen, die gegen eine Küste brandeten. Es sang von Abenteuern, davon, wie ein Vogel auf dem Rücken des Windes zu reisen, immer weiter fort, um eines Tages dorthin heimzukehren, wo man geboren war.

Bell beendete den ersten Akt und es war Zeit für die anderen, einzustimmen. Ihre engen Freunde, die ebenfalls Saiteninstrumente spielten, saßen neben ihr und fielen in ihr Spiel ein. Allen voran Tyler auf dem Kontrabass und Cora auf ihrer Viola.

Saw, Coras Verlobter, und die anderen Perkussionisten spielten einen Rhythmus. Nach und nach fielen immer mehr Instrumente in das Stück ein, bis alle Dryaden eine Harmonie spielten.

Bell wünschte sich, Xarenia wäre hier. Sie übernahm für gewöhnlich die Leitung und dirigierte sie durch die Melodien, setzte neue Akzente und erzeugte so eine perfekte Symphonie. Sie fehlte ihnen, doch sicher hörte sie die Musik und erfreute sich daran.

Nach der Verbindungszeremonie würden sie weiter musizieren, unter Xarenias Leitung. Bell sehnte sich danach und vergaß für einen kurzen Moment ihre Angst.

Bell stand neben Tyler und wartete vor den Wurzeln von Xarenias Eiche auf die Göttin. Endlich war es soweit. Die Blätter des gewaltigen Baumes rauschten, als sie erschien. Die Eichengöttin unterschied sich von ihren Kindern: Ihr Haar bestand aus feinen Zweigen, ihre grüne Haut war mit einem Kleid aus lebendigen Blättern bedeckt.

Ein Lächeln erhellte ihr Gesicht, als sie die drei Paare erblickte, die auf sie warteten, um den ersten Schritt zu ihrer Verbindung zu machen. Ihnen würden weitere folgen, sobald sie sich festlegte und sich noch mehr Liebesverbindungen abzeichneten. Bei diesem Gedanken hob sich Xarenias Herz. Als sie ihnen das Leben schenkte, Baum für Baum, wünschte sie sich, sie verbänden sich miteinander, da ihre schöpferische Kraft mit ihrer Erschaffung verbraucht war.

Es war an den jungen Dryaden, den Stamm in Zukunft wachsen zu lassen und die Eichengöttin mit ihren Nachkommen zu erfreuen. Zwar war sie ihrer aller Mutter, doch ihre Kinder waren keine Geschwister, sondern Individuen, die gemeinsam mit ihren Bäumen wuchsen und reiften. Und bald würden sie die ersten Früchte tragen.

»Heute Abend wollen wir das höchste Gut feiern: die Liebe. Belladria und Tylerion, Coraly und Sawariades, Feliné und Paceval, ihr habt sie bereits gefunden und erfüllt mein Herz mit Freude. Ihr seid die Ersten unseres Stammes, die diesen Bund eingehen und bildet die Wurzel für das Wachstum unserer Familie. Tretet vor und reicht euch die Hände.«

Die drei Paare taten wie geheißen und Bell sah in Tylers Gesicht. Sie spürte Glück und Zuversicht für ihr gemeinsames Leben, doch da war noch immer diese Angst.

Die Baumwipfel rauschten über ihnen und der kalte Wind kehrte zurück. Sie bildete es sich nicht ein!

Erschrocken drehte sie sich zu den anderen um. Cora hatte ihre Hand in Saws Ärmel gekrallt und die Augen ängstlich aufgerissen, Feliné sah sich ebenso unruhig um wie Pace. Dann fiel ihr Blick auf Xarenia, die das Gesicht gen Himmel gewandt hatte und unbeweglich dastand.

»Xarenia?«, flüsterte sie. Ihre Göttin reagierte nicht, sie hielt die Schale mit Nektar, aus der die Paare trinken sollten, in den Händen. Jetzt sah Bell, dass sie zitterten.

Ein Donnergrollen zerriss die unheimliche Stille und jemand schrie auf - Bell konnte nicht einmal sagen, ob sie es war oder eine der anderen Frauen. Ein dumpfes Poltern ertönte und sie fuhr herum. Xarenia hatte die Schale fallen lassen, deren goldener Inhalt sich über den Waldboden ergoss.

Neben ihr keuchte Tyler auf und packte sie am Arm, doch Bell riss sich los und stolperte auf ihre Mutter zu. Xarenia schwankte, ihre Knie gaben nach. In letzter Sekunde bekam Bell ihren Ellenbogen zu fassen und sah erleichtert, dass Pace ebenfalls auf sie zugestürzt war.

»Bei allen Göttern!«, stieß Cora aus. »Xarenia!«

Jetzt kam Bewegung in die übrigen Dryaden, ein ängstliches Stimmengewirr wurde lauter und sie rückten näher. Immer wieder erklang die Frage, was geschehen war, sie riefen Xarenias Namen und Bell hörte ein paar von ihnen weinen.

Ein Blitz zuckte krachend über den dunklen Himmel. Für eine Sekunde war es taghell. Dann schien es, als wären die Sterne und der Mond verloschen und die Glühwürmchen, die auf der Lichtung getanzt hatten, verschwanden. Jemand schrie in Panik auf und es wurde eiskalt.

Bells Zähne klapperten, um ein Haar hätte sie Xarenia losgelassen. Ihre Glieder fühlten sich merkwürdig taub an, als sei sie in einen zugefrorenen See gefallen. Als schnitten die Eissplitter in ihre Haut, prickelten ihre Nerven und sie verlor jedes Gefühl für ihren Körper.

Dann war es vorüber und das Licht kehrte zurück.

Bell blinzelte und verstärkte den Griff um Xarenias Arm. »Wir müssen sie ablegen«, rief sie Pace zu. Er nickte und umfasste die Taille der Göttin. Gleichzeitig trat Tyler an sie heran und befreite Bell von ihrer Last.

»Lass mich das machen. Kümmere dich um die anderen.«

Obwohl sich alles in ihr sträubte, musste Bell einsehen, dass dies ihre Aufgabe war. Xarenia hatte sie als ihre Stellvertreterin bestimmt. War die Göttin abwesend, oblag ihr die Verantwortung für die Dryaden.

Dies war eine der Situationen, vor denen Bell sich fürchtete. Dennoch stellte sie sich vor die anderen und blickte in verängstigte Gesichter. Ihre Geschwister standen dicht zusammengedrängt, einige hielten sich aneinander fest. Vor ihr standen Helly und Brooke, zwei ihrer Freundinnen, in deren Mienen Hoffnung kroch, als sie sie sahen.

»Bitte beruhigt euch!«, rief sie. Wieder rauschten die Blätter, der eisige Wind kehrte zurück.

»Bell, was ist mit Xarenia?«, rief jemand.

»Das wissen wir noch nicht, sie ist ohnmächtig geworden.« Erneutes Stimmengewirr erscholl und sie sah Tränen.

»Wie kann das sein?«, fragte Albion, der oft mit Bell zusammen musizierte. Viel sprach er für gewöhnlich nicht, doch jetzt stellte er genau die Frage, die sie nicht beantworten konnte. Ratlos hob sie die Schultern.

»Ich weiß es nicht«, gestand sie. »Ich hoffe, sie kommt gleich wieder zu sich.«

»Was ist das für ein Wind?«, fragte Helly und sah sich um. Sie hielt ihre Violine in der Hand, mit der anderen klammerte sie sich an Brooke fest.

Bell musste ehrlich mit ihnen sein. »Er kommt mir wie ein Omen vor«, erwiderte sie und erhob die Stimme, um gegen das Geflüster anzukommen. »Sobald Xarenia wieder bei Bewusstsein ist, wird sie uns darauf sicher eine Antwort geben können.«

»Und wenn nicht?«

»Dann werden wir gemeinsam eine finden«, sagte Bell mit einer Zuversicht, die sie nicht verspürte.

»Bell!« Pace rief nach ihr. Erleichtert drehte Bell sich um und eilte zu ihm. Er und Tyler hatten Xarenia gegen ihren Baumstamm gelehnt, die Göttin war noch immer bewusstlos.

»Pace ...«, begann sie und griff nach Xarenias Hand.

»Hier stimmt etwas nicht«, unterbrach er sie. Pace genoss hohes Ansehen im Stamm, er war äußerst klug und Bell froh, ihn an ihrer Seite zu haben. Neben ihm kniete Feliné, die stets besonnen war und ihr ebenfalls eine Hilfe sein würde. Im Gegensatz zu Cora, die in Saws Weste weinte.

»Ich fürchte, wir müssen hier weg. Wir sind zu leicht zu finden, falls es ein böses Omen ist«, sagte Pace. »Denkst du nicht auch?«

Bell dachte darüber nach. Alles in ihr sträubte sich dagegen, ihr Zuhause schutzlos zurückzulassen. Und wenn ein Sturm aufkam und einen ihrer Bäume entwurzelte? Doch am wichtigsten war es, dass sie die anderen in Sicherheit brachte. Wäre Xarenia bei Bewusstsein, bestünde sie darauf. Sie war es ihr schuldig, so zu agieren, wie sie es erwartete.

»Lass uns zu den Höhlen der Oreaden gehen«, sagte sie zu Pace. Er holte tief Luft.

»Bei Rupes sind wir sicher, doch es ist weit bis zu seinem Berg, wenn wir sie tragen müssen.«

»Auch das schaffen wir, wenn wir müssen«, erwiderte Tyler. Pace nickte und sah sich nach einer Möglichkeit um, sie zu transportieren. Bell tat es ihm gleich, da wurden ihre blauen Augen leer.

Als einzige besaß sie eine Gabe: Sie empfing Visionen. Meistens verschwommen und unklar in ihrer Bedeutung, doch manchmal gaben sie ihr Hinweise auf Dinge, die geschehen würden.

So sah sie einst einen sintflutartigen Regen vorher und brachte die anderen Dryaden dazu, sich auf ihren Bäumen in Sicherheit zu bringen. Gerade noch rechtzeitig, kurz darauf floss Wasser wie ein reißender Fluss durch den Wald und richtete Zerstörung an.

Sie konnte die Visionen nicht heraufbeschwören, doch diesmal kam eine zur rechten Zeit.

Vor ihrem geistigen Auge sah sie einen finsteren Himmel. Dann erblickte sie einen hohen Berg und dunkle Höhlen, in deren Wänden Silberadern schimmerten. Ein helles Licht erschien, danach ein weiterer Berg. Das grelle Licht kehrte zurück und zerbrach in vier Teile, die einander umkreisten und sich wieder verbanden.

Dann sah sie einen in Flammen stehenden Himmel, tiefe Nacht und eine weiße Stadt. Emotionen rasten durch ihren Körper, Freude, Trauer, Wut und eine Hitze in ihren Eingeweiden, die sie nicht näher beschreiben konnte. Sie war schmerzhaft und köstlich zugleich. Der Wald erschien, doch er war schwarz und bedrohlich.

Mitten in diesem Chaos endete die Vision und sie sah in die Gesichter ihrer Freunde.

»Was hast du gesehen?«, fragte Pace.

»Ich weiß es nicht genau. Die Bilder ergeben keinen Sinn. Ich sah Berge ... und Dunkelheit. Das Omen hat sich wiederholt. Etwas finsteres ist in Gange und im schlimmsten Fall bedeutet es Gefahr für unseren Wald«, murmelte sie. »Aber wir sollten gehen. Je eher, desto besser.«

Pace nickte ernst. Bells Visionen wiesen meist auf negative Ereignisse hin - zum Glück, so konnten sie bisher Schlimmeres verhindern. Es war vernünftig, schnell zu handeln, denn die Ereignisse, die sie sah, geschahen meist kurz nach der Vision.

Bell rappelte sich auf und trat erneut vor die wartenden Dryaden, die sie hoffnungsvoll ansahen.

»Leider ist Xarenia noch nicht wieder bei Bewusstsein. Es erscheint mir ratsam, dass wir Schutz bei Rupes in den Bergen suchen. Was auch immer vor sich gehen mag, dort ist der sicherste Ort für uns alle. Bitte packt zusammen, was ihr braucht, und kommt schnellstmöglich zurück.«

Die anderen Dryaden akzeptierten die Anweisung, ohne zu murren. Bells Autorität wog schwerer als jede Unsicherheit und sie wussten, dass sie nur in ihrem Interesse handelte. Sie gingen zu ihren Bäumen, packten ihre Sachen zusammen und traten mit ihren Instrumenten zurück zu Bell und Pace. Cora brachte Bells Bündel und Saw hatte sich um Tylers gekümmert.

Bell sah sie Abschied von ihren Bäumen nehmen, was sie selbst gern getan hätte, doch sie mochte Xarenia nicht allein lassen. Die grüne Haut der Göttin sah fahl aus, krank. Aber wie konnte das sein?

Wie konnte eine Göttin krank sein?

»Bell?« Sie sah auf. Vor ihr stand Albion, seine Gitarre in der Hand. »Kann ich dir helfen?«, fragte er und zeigte ihr seine leere Hand, bereit, ihr etwas abzunehmen, wenn sie es wollte. Bell lächelte ihn überrascht an.

»Momentan nicht, aber bleib in unserer Nähe. Sicher werden wir froh sein, wenn uns jemand ablösen kann.«

Albion nickte. Er war ein Einzelgänger, redete nicht viel und war für ihre Art beinahe draufgängerisch. Narben an Kinn und Brust, die er sich bei einem Sturz zugezogen hatte, trug er wie Trophäen und das Hemd immer etwas weiter geöffnet als die anderen Männer.

Bell wusste, dass ein paar ihrer Freundinnen für ihn schwärmten. Eine Zeit lang war sie sicher, dass Cora ernsthaft in ihn verliebt war, doch dann hatte sie sich für Saw entschieden. Er war die bessere Wahl für ihre emotionale Freundin.

Dennoch war Bell froh über sein Angebot. Gerade jetzt kam es auf den Zusammenhalt an. Nun mussten sie die Oreaden erreichen. Bell kannte den Weg zu den Bergnymphen von diversen Besuchen, ihn zu finden war unproblematisch.

Normalerweise.

Sie und Pace hievten Xarenia hoch und suchten den Pfad, der in den Wald hineinführte. Sie mussten den umständlichen Weg gehen, querfeldein kam wegen ihrer kostbaren Fracht nicht infrage. Das bedeutete aber auch, dass sie länger unterwegs sein würden und die Strecke weiter war.

Xarenias Körper schien unnatürlich schwer, viel massiver als ihre schlanke Gestalt vermuten ließ, als sei sie aus Holz. Ihr Kopf rollte nach vorn und die Zweige, die ihr Haar bildeten, stachen Bell in Hals und Arme.

Sie durfte sich davon nicht irritieren lassen, ihnen saß die Zeit im Nacken. Das Schlimmste daran war, dass sie nicht einmal wusste, wie lange ihnen blieb, bevor sich ihre Vision erfüllte.

Würden sie es rechtzeitig schaffen oder brach das Unglück vorher über sie herein?

Die Magier Starcitys (Auszug)

Es ist Brauch unter Magiern, einen zweiteiligen lateinischen Namen zu führen. Jüngere Magier rufen sich außerdem bei einem einfacheren **Spitznamen**.

Snow (Niva Nivea), Studentin in der Mittelstufe, Sonnenorden
Blanche, Snows beste Freundin, Sternenorden
Alec, Tutor in der Oberstufe, Mondorden
Evelyn, Freundin, Juwelenorden
Kassie, Freundin, Flammenorden
Rain, Student der Oberstufe, Quellorden
Damocles, Student der Oberstufe aus Cloud, Erdorden

Aus dem Stadtrat:

Algor Albatus, Vorsitzender, Snows Vater
Luna Lutea, Snows Mutter
Rabior Russo, Blanches Vater
Vega Verde, Blanches Mutter
Nimbus Nigro

Lúthien

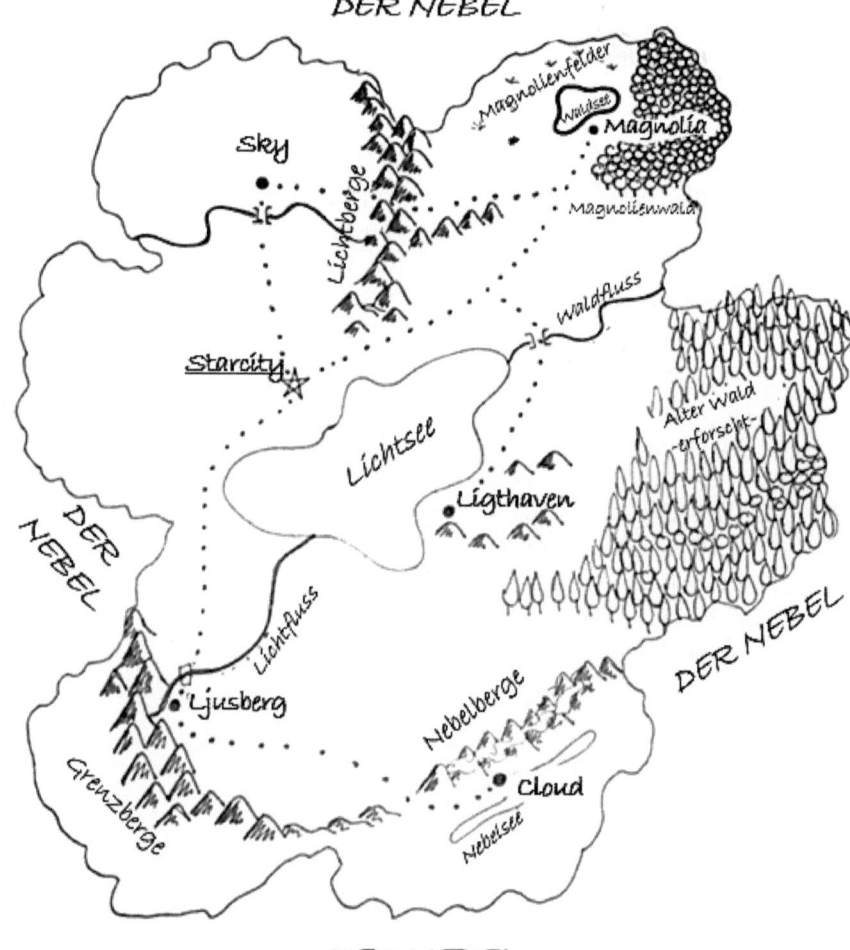

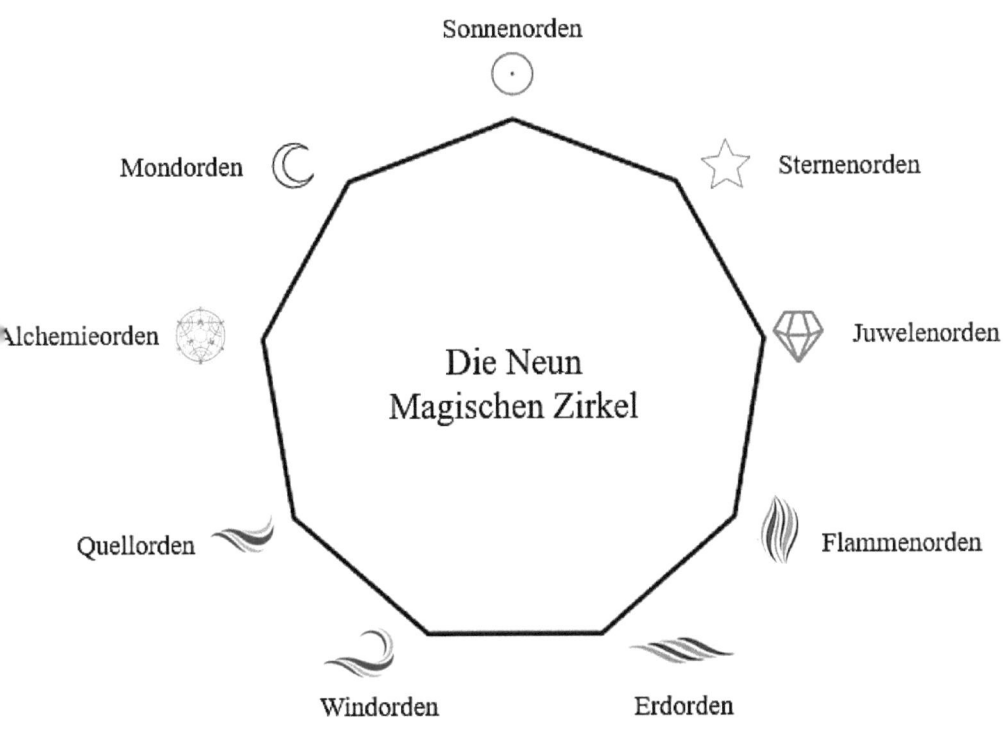

Die Neun
Magischen Zirkel

Sonnenorden

Sternenorden

Juwelenorden

Flammenorden

Erdorden

Windorden

Quellorden

Alchemieorden

Mondorden

*A*n der Akademie der Magischen Künste von Starcity war Prüfungstag.

Jeder der angemeldeten Studenten löste in seinem Hauptfach eine schwierige Aufgabe. Mit ihrem Bestehen stieg er in die nächste Klasse der Akademie auf und kam seinem Abschluss ein Stück näher. Fiel er allerdings durch, musste er die Klasse wiederholen und bis zum nächsten Prüfungstermin warten.

Diese Schande wollten sich die Studenten ersparen, deshalb überlegte jeder von ihnen sorgfältig, ob er dafür bereit war.

Auch Niva Nivea, eine junge Magierin, die derzeit die Septemia, die siebte Klasse, besuchte, hatte sich für diesen wichtigen Schritt entschieden. Sie hatte sich die Entscheidung nicht leicht gemacht, doch schließlich, nach wochenlangem Lernen, beschlossen, dass sie bereit war.

Niva, die von ihren Freunden Snow genannt wurde, gehörte dem Sonnenorden an, einem der Neun Magischen Zirkel Lúthiens, die es in jeder Stadt gab. Entsprechend würde ihre Aufgabe mit Sonnenenergie zu tun haben.

Jedenfalls rechnete sie fest damit.

Die Studenten fanden sich in einer Wartehalle ein und wurden aufgerufen. Es dauerte ewig, bis sie an der Reihe war. Zeit, die sie einer Ohnmacht nahe zugebracht hatte, weil die Nervosität sie schier umbrachte. Ihre Freundin und Mitbewohnerin Blanche hatte ihre Prüfung bereits bestanden, das erhöhte den Druck noch weiter.

Sie durfte nicht versagen, sonst konnten sie und Blanche nicht die gleichen Kurse besuchen. Und was würden ihre Eltern sagen?

Auch ihre Freundinnen Kassie und Evelyn wurden vor ihr aufgerufen, die Prüflinge wurden alphabetisch sortiert. Snow war sich sicher, dass auch sie die Aufgabe problemlos lösten und damit in die Oktavia aufstiegen.

Sie war eine der Letzten, die zur Prüfung antraten, hoffentlich kein schlechtes Zeichen, weil die Meister die Geduld verloren und es für heute gut sein lassen wollten. Oder noch schlimmer: Falls die Durchfallquote nicht erreicht worden war, wollten sie es ihr hoffentlich nicht extra schwer machen.

Snows Handflächen waren kalt und feucht, als ihr Name gerufen wurde. Es war so weit.

Mit weichen Knien stand sie auf und lächelte dem Tutor, der sie in den Raum begleitete, schüchtern an. Der Oberstufenschüler erwiderte das Lächeln, was verschiedene Gründe hatte: Zum einen konnte er die bescheidene Studentin leiden und zum anderen sah sie mit ihrem langen schneeweißen Haar äußerst interessant aus.

Der Saum ihres weißen Kleides verursachte ein Rascheln, als sie ihm den Flur hinunter zum Prüfungsraum folgte. Ihr mannshoher Magierstab klackte, wann immer sie ihn auf den Marmorboden aufsetzte, doch das war nichts im Vergleich zu ihrem Herzklopfen.

Der Tutor stieß die Tür auf und Snow trat vor das Prüfungsgremium. Mit klopfendem Herzen stand sie vor ihrem Meister für Bannsprüche und bereitete den Verschlüsselungszauber vor, den die Prüfung vorsah. Es war kein sonnenmagischer Zauber, sondern ein allgemeinmagischer. Das musste sie schaffen. Als Hilfestellung gab es eine kurze Anleitung, in wie vielen Schritten der Zauber durchgeführt werden musste, außerdem stand das notwendige Equipment bereit.

Snow runzelte die Stirn.

In ihrer Erinnerung gab es keine Magieutensilien, die sie zur Durchführung brauchte. Hatte sie sich etwa den falschen Zauber eingeprägt? Oder war das eine Falle?

Sie schluckte und ignorierte die Kerzen und Seltenen Erden. Sie würde es ohne sie versuchen.

Vor ihr auf der Stele stand das silberne Buch, das sie mit dem Zauber belegen sollte. Snow holte Luft und konzentrierte sich. Sie richtete das magische Juwel an der Spitze ihres Stabes auf den Gegenstand. Der goldene Stein glühte sanft, als sie Energie bündelte.

Sie hob die rechte Hand mit der Fläche nach vorn. Jetzt ging es darum, die richtige Energiemenge zu speichern, sie in der passenden Dosierung auszugeben, in die Bewegung zu führen und zum richtigen Zeitpunkt das Zauberwort zu sprechen.

Und wenn sie doch eine Kerze benötigte, die als Energieleiter fungieren musste? Was, wenn es ein Bann zweiten Grades sein müsste und nicht nur ein schnöder Verschlüsselungszauber, der schnell zu lösen war?

Hatte sie die Aufgabe falsch verstanden?

Sie schob die aufkommende Panik beiseite und bemühte sich um Zuversicht. Banne zweiten Grades wurden erst in der Oberstufe behandelt. Die siebte Klasse beschäftigte sich mit praktischen Zaubern ersten Grades.

Und das konnte sie.

Sie hatte es so oft geübt.

Ihre Haut wurde warm, als sie die Kraft durch ihren Körper in ihre Fingerspitzen leitete, ein angenehmes Kribbeln, wie es nur Magie auslöste.

Mit dem Zeigefinger beschrieb sie einen Kreis gegen den Uhrzeigersinn, den sie mit einem Schnörkel beendete. Anschließend machte sie eine Bewegung, als verriegle sie ein Schloss. »Perfini!«

Ein trockenes Klicken ertönte.

Snows Herz schlug bis zum Hals und das angenehme Kribbeln wich Angst.

Und wenn sie doch die Utensilien vergessen hatte?

Dann würde sich das Buch problemlos von Hand öffnen lassen, es bräuchte nicht einmal Magie dafür.

Ihr Meister ging mit ernster Miene zur Stele, hob das Buch auf und drehte sich zu den übrigen Prüfern um. Mit großer Geste legte er beide Hände an die Längsseiten und zog sie auseinander.

Das Buch blieb geschlossen.

Sie hatte es geschafft.

Die Prüfer klopften mit ihren Knöcheln auf ihr Pulte.

»Herzlichen Glückwunsch, Niva Nivea. Du hast die Prüfung bestanden«, sagte ihr Meister. »Und, das möchte ich hinzufügen, dir ist es in der kürzesten Zeit gelungen. Du kannst stolz auf dich sein.«

»Danke Meister«, stammelte sie und knickste vor den Prüfern. Sie überreichten ihr das Zertifikat und sie war entlassen. Der Tutor geleitete sie durch eine andere Tür aus dem Saal, er lächelte.

»Das war beeindruckend.«

Er gehörte dem Mondorden an, das Revers seines hellblauen Mantels zierte eine goldene Sichel. Snows Mutter war Mitglied desselben Ordens und sie waren sich schon früher begegnet. Sein Name war Alec, er war einer der besten Studenten der Akademie. Wenn er ihr dieses Kompliment machte, hatte das Gewicht. Ihr Vater, der an der Akademie lehrte, hatte schon von ihm berichtet und ihn in den höchsten Tönen gelobt.

»Ich danke dir«, sagte sie leise. »Aber sicher gab es andere, die es ebenfalls gut gemacht haben.«

»Die meisten nahmen die Hilfsmittel in Anspruch«, erwiderte Alec. »Das ist eine Möglichkeit, den Zauber zu meistern, aber sie dauert und verbraucht mehr Kraft. Und Meister Aeris liebt puristische Magie, wie du sie vorgeführt hast. Außer dir hat sich das niemand getraut.«

Snows helle Wangen röteten sich. »Das war Glück.«

»Bescheidenheit ist eine gute Eigenschaft«, sagte Alec. »Aber du solltest stolz auf deine Leistung sein.«

Sie sah ihm ins Gesicht. Alles an ihm war schmal: der Mund, die Wangen, sogar das Kinn. Seine geraden Augenbrauen wirkten prüfend, goldgelbe Augen sahen sie freundlich an. Sein lichtgrünes Haar trug er im Nacken zusammengebunden.

Blanche, der er bereits aufgefallen war, bezeichnete ihn als äußerst gut aussehend. Snow wusste, dass sie ein Auge auf ihn geworfen hatte, aber sie hatte mit ihm bisher kaum Berührungspunkte. Außerdem war sie der Meinung, dass man sich nur in jemanden verlieben oder für ihn schwärmen konnte, wenn man auch seinen Charakter kannte.

Wenn aber alle Welt nur positiv von jemandem sprach, war davon auszugehen, dass er einen guten Charakter hatte und dieses Lob verdiente.

»Ich hoffe, du feierst deinen Erfolg gebührend.« Er öffnete ihr eine große Doppeltür. »Bis bald, Niva Nivea.«

»Auf Wiedersehen«, erwiderte sie und schritt hindurch. Als sie sich umwandte, sah sie noch sein Lächeln, dann schlossen sich die Torflügel. Sie war allein.

Sie machte sich auf den Weg zu dem Haus, in dem sie bis vor einigen Jahren mit ihren Eltern gelebt hatte. Als sie die Quinta erreichten, hatte Blanche beschlossen, dass sie alt genug waren, um ins Studentenwohnheim zu ziehen, und Snow war mit ihr gegangen.

Dennoch besuchte sie ihre Eltern so oft es ging.

Algor Albatus und Luna Lutea wohnten im Südviertel in einem der weißen Häuser, die alle zum Stadtzentrum ausgerichtet waren. In Starcity war es immer hell, der magische Kristall auf der Turmspitze der Akademie fungierte als ewige Sonne. Snow kannte, so wie die meisten Bewohner des Landes Lúthien, die Dunkelheit nicht und sie machte sich darüber auch keine Gedanken.

Sie beschäftigten andere Dinge: die Urkunde in ihrer Hand und Alecs letzte Worte. »Bis bald«, hatte er gesagt, als wüsste er, dass sie sich in Kürze wiedersahen.

Snow war niemand, der sich romantische Geschichten ausdachte. Dazu neigten eher Blanche und ihre gemeinsame Freundin Kassie, die öfters für ältere Studenten schwärmten.

Die Einzige, die dazu einen Anlass hätte, war Evelyn, die sich vor Kurzem verlobt hatte. Doch diese war ein so bodenständiger Typ, dass ihr Schwärmereien nie über die Lippen kämen. Stattdessen waren sie ständig von Kassie zu hören, die sich unsterblich in Savoy, einen Freund von Evelyns Verlobten, verliebt hatte. Nicht einmal Blanche mochte sich das noch anhören.

Doch als sie durch die weißen Straßen zu ihrem Elternhaus lief, spielte sie die kurze Unterhaltung mit Alec wieder und wieder durch, ohne daraus schlau zu werden.

Endlich war sie da und öffnete die Tür. Kein Haus in Starcity hatte ein Schloss, zumindest kein mechanisches. Ihre Eltern warteten schon im Wohnzimmer auf sie. Luna Lutea fiel ihrer Tochter um den Hals und beglückwünschte sie atemlos. Was Snow an Temperament vermissen ließ, hatte Luna im Überfluss und oft kam Snow bei ihrer Mutter kaum zu Wort.

Algor Albatus hingegen war ihr charakterlich ähnlicher, ruhig und etwas wortkarg. Doch hatte man einmal sein

Herz erobert, war er ein treuer Freund, den kein Unheil schreckte. Jetzt schloss er seine Tochter in die Arme, zwei weißgekleidete Magier mit weißem Haar. Es schien, als habe Snow das Aussehen ihres Vaters vollkommen geerbt, wenn man von den schwarzen Augen absah, die Luna ihr gegeben hatte.

»Wir sind stolz auf dich«, sagte er und strich über ihre Wange. »Lass uns dein Ergebnis feiern. Ich erhielt schon Kunde, wie gut du dich geschlagen hast.«

Snow errötete abermals. Wer mochte ihnen so schnell davon berichtet haben? Meister Aeris? Oder gar Alec?

Ihre Mutter geleitete sie zum Esstisch, wo sich Köstlichkeiten türmten. Die Feinkost hatte sie liefern lassen, Luna war keine gute Köchin.

Sie aßen gemeinsam, doch Snow spürte eine Spannung zwischen ihren Eltern, die untypisch für sie war. Es schien, als hätten sie sich gestritten.

»Ist alles in Ordnung?«, fragte sie schließlich. Ihre Eltern tauschten einen Blick, dann sah Luna stur aus dem Fenster. Offenbar hatte Algor den Streit gewonnen.

»Es ist in bester Ordnung«, sagte er. »Wir haben heute noch einen weiteren Grund zum Feiern. Jetzt, wo du die Mittelstufe beinahe abgeschlossen hast, rückt auch dein Abschluss immer näher.« Er holte Luft. »Wie du weißt, ist es Brauch, dass junge Magier sich zum Ende ihres Studiums verbinden, wenn sie den richtigen Partner gefunden haben und gemeinsam auf Reisen gehen. Evelyn hat sich ja ebenfalls vor Kurzem verlobt.«

Snow schwieg verwirrt. Sie war ratlos, worauf ihr Vater hinauswollte. Ihr Blick ging hinüber zu ihrer Mutter, doch diese mied es, sie anzusehen. Anscheinend war sie nicht einverstanden mit dem, was ihr Vater ihr sagen wollte.

»Tatsache ist, dass deine Mutter und ich für dich das beste wollen«, fuhr Algor fort. »Dazu gehört auch, dass wir möchten, dass du nach dem Studium ein glückliches Leben führst. Ich als dein Vater und Vorsitzender deines Ordens habe Rechte, die heutzutage nur selten Anwendung finden. Aber ich werde von ihnen Gebrauch machen, weil ich weiß, dass es zu deinem Vorteil ist.«

Ihre Mutter schnaubte. Snow schüttelte langsam den Kopf. Sie verstand noch immer nicht, was er von ihr wollte. Und inzwischen machte er ihr Angst.

»Ich habe deine Verlobung arrangiert.«

»Er hat *was*?« Blanche fielen fast die Augen aus dem Kopf. Snow saß vor ihr im Gemeinschaftsraum ihrer kleinen Studentenwohnung und starrte auf ihre Hände. Sie sah aus wie ein Häufchen Elend, doch darauf konnte Blanche gerade keine Rücksicht nehmen. »Aber wie kommt er denn dazu?«

»Er sagte, er habe den perfekten Mann für mich gefunden.« Snow fühlte sich wie betäubt. Seitdem ihr Vater seine Entscheidung verkündet hatte, fühlte sie sich wie ein Spielzeug, das aufgezogen worden war und jetzt seinen Dienst tat. Sie fragte sich, wann das aufhörte.

»Und wen?« Blanche war mindestens so entsetzt wie sie selbst. Snow konnte nicht ahnen, dass ihr Entsetzen einen anderen Grund hatte. So tröstete es sie.

»Alec.«

Jetzt war Blanche still und sank auf das Sofa neben Snow. Sie konnte es nicht fassen.

Ausgerechnet Alec!

Im Gegensatz zu ihrer Freundin war Blanche ambitioniert. Sie war klug, schön und stammte aus der einflussreichsten Familie der Stadt. Sie selbst hatte sich ausgerechnet, dass Alec, der zweifellos ein aufstrebender Stern war, eine ideale Ergänzung für sie wäre. Sie hatte sogar schon Pläne geschmiedet, wie sie ihn für sich gewinnen könnte.

Jetzt war Algor Albatus ihr in die Quere gekommen. Und was noch schlimmer war: Snow war vor ihr verlobt!

Blanche war daran gewöhnt, in ihrer Freundschaft diejenige zu sein, die alles als Erste ausprobierte. Sie wirkte den ersten Zauber, sie kümmerte sich um die gemeinsame Wohnung und sie bestand Prüfungen immer als Erste. Selbstverständlich wollte sie sich auch als erstes verloben und anschließend Snow dabei helfen, einen geeigneten Mann zu finden.

Jetzt stand sie vor einem doppelten Dilemma, weil ihr Plan nicht aufgegangen war und passende Kandidaten rar gesät. Sie konnte schließlich nicht jeden nehmen.

»Alec ist eine gute Wahl«, bemühte sie sich zu sagen. Snow konnte nichts dafür und ihr würde etwas einfallen. »Warum machst du so ein Gesicht?«

Ihre Freundin sah sie hilflos an. Sie wusste nicht, wie sie ihre Gedanken formulieren sollte. Den Schock, den sie bei der Verkündung erlitten hatte. Blanche schien nicht zu begreifen, was das für sie bedeutete.

»Ich kenne ihn doch gar nicht«, flüsterte sie.

»Ihr habt euch doch heute unterhalten.« Das nächste unglaubliche Thema. Snow war sonst nie unter den Besten. Blanche kam aus dem Staunen über ihre Freundin nicht mehr heraus, nachdem sie ihr das Gespräch Wort für Wort wiedergegeben hatte.

»Aber das heißt doch nichts.«

»Snow, warum hast du deinem Vater nicht gesagt, dass du selbst entscheiden willst?« Sie wagte sich jetzt weit vor. Die Beziehung zwischen Snow und ihrem Vater war eng und einer von Snows Schwachpunkten. Sie konnte es nicht leiden, wenn er infrage gestellt wurde.

»Er hat von seinen Rechten als Vater und Ordensvorsitzender Gebrauch gemacht«, erwiderte sie beinahe tonlos. Blanche lehnte sich zurück. Das hatte sie schon befürchtet. Aber wenn Snow nicht dazu bereit war, mit ihrem Vater darüber zu sprechen, was konnte sie ausrichten?

»Wenn das so ist, hast du doch keinen Grund, dich zu grämen«, sagte sie. Snow blickte sie an, ihre dunklen Augen wirkten stumpf. »Du solltest früh zu Bett gehen. Der Tag war anstrengend und morgen geht es dir sicher besser.« Blanche erhob sich und trat an die Garderobe. Sie hatte gerade eine mögliche Lösung für ihr Problem gefunden.

»Und wohin gehst du?«

»Großmutter hat mich gefragt, ob ich sie auf einen Empfang des Quellordens begleite.« Eigentlich hatte sie vorgehabt, die Veranstaltung abzusagen, aber ihr war eingefallen, dass die Vorsitzende einen attraktiven jüngeren Bruder hatte.

Blanche setzte ihren Hut auf das hellblonde Haupt und winkte Snow zum Abschied. »Warte nicht auf mich, es wird sicher spät. Ruh dich aus, wir sehen uns morgen.« Damit war sie zur Tür hinaus.

Snow sah ihr nach. Das Spielzeug war immer noch aufgezogen und lief weiter. Und weiter.

Sie fragte sich, wann das aufhörte.

Am nächsten Morgen musste Snow bereits vor Blanche die Wohnung verlassen und zu ihrem Kurs gehen. Blanche war in der Tat spät nach Hause gekommen. Snow hatte nicht auf sie gewartet, war aber dennoch wach gewesen, als die Tür schlug. Kurz hatte sie überlegt, aufzustehen und mit ihr über den Abend zu sprechen, doch ihr fehlte die Lust.

Die ganzen Geschichten hörte sie ohnehin am Mittag. Evelyn und Kassie kamen zu ihnen, um ihren Erfolg bei der Prüfung feiern, doch die Neuigkeit von Snows Verlobung drängte alle anderen Themen in den Hintergrund.

»Dein Vater ist für Überraschungen gut«, sagte Kassie blinzelnd. »Aber er hat einen guten Geschmack.« Evelyn nickte zustimmend. »Das kam doch sicher unerwartet für dich, oder?«

»Ich habe nicht damit gerechnet«, murmelte Snow. Den Vormittag hatte sie wie in Trance zugebracht und dabei gehofft, es wäre nur ein Traum.

»Alec ist ein ausgezeichneter Student, ich habe nur das beste von ihm gehört«, sagte Evelyn. »Wing kennt ihn auch und ist sehr von ihm beeindruckt. Ich denke, du kannst stolz sein, dass er ja gesagt hat.«

Snow rang sich ein müdes Lächeln ab. Sie wäre selbst gern in der Situation gewesen, ja zu sagen. Zumindest die Wahl hätte sie gern gehabt.

»Ich werde mich auch verloben«, warf Blanche beiläufig ein. Die Köpfe der drei anderen ruckten herum.

»Und mit wem?« Kassie runzelte die Stirn. »Soweit ich weiß, war gestern noch niemand in Sicht. Du sprachst sogar davon, nach dem Abschluss allein auf Wanderschaft zu gehen.«

»Das war gestern«, sagte Blanche wegwerfend. »Ich habe abends meine Großmutter auf einen Empfang des Quellordens begleitet und ihn dort getroffen.«

»Sie macht es spannend«, sagte Kassie zu Evelyn. Die legte skeptisch den Kopf schief.

»Sie wird es uns gleich sagen.«

»Ihr habt keinen Sinn für Dramatik«, beschwerte sich Blanche und warf ihr Haar zurück. »Es ist Rain, der Bruder von Larva Lenis.«

»Der Ordensvorsitzenden?« Evelyn blinzelte. »Rain ...
Er besucht die Oberstufe, nicht wahr? Ich glaube, Wing
kennt ihn.«

»Vermutlich. Die Familie ist einflussreich und Großmutter hat uns gern bekannt gemacht. Er ist charmant
und gutaussehend. Ich hatte ganz vergessen, dass Larva
einen Bruder hat, bis er vor mir stand. Wir haben uns den
ganzen Abend wunderbar unterhalten und ich habe gleich
gemerkt, dass er Interesse an mir hat. Einen so netten
Mann werde ich sicher nicht wieder treffen und ich denke, es könnte mit uns passen. Also werden wir uns morgen früh in der Großen Lichthalle treffen und noch besser
kennenlernen.« Blanche sah äußerst zufrieden aus.

»Das kannst du nicht tun!«, entrüstete sich Evelyn. Kassie rollte mit den Augen. »Ihr seid nicht verlobt und
könnt euch nicht einfach allein treffen! Das wirft ein
schlechtes Licht auf dich!«

»Evelyn, du redest wie eine alte Gouvernante«, wies
Blanche sie zurecht. »Diese uralten Anstandsregeln
stammen aus einer Zeit, in der meine Großeltern jung
waren. Niemand denkt schlecht über mich, wenn wir uns
an einem öffentlichen Ort wie der Lichthalle treffen.«

»Doch, Evelyn denkt dann schlecht über dich«, warf
Kassie ein und schüttelte den Kopf.

»Schön, wenn es deiner Seele Frieden bringt, wird
Snow mich begleiten«, sagte Blanche achselzuckend. Sie
hatte keine Lust, zu streiten, das lenkte nur von ihrer an-
stehenden Verlobung ab.

Snow zuckte zusammen. Sie hatte dem Gespräch kaum
zugehört und war in ihre Gedanken versunken. Blanche
sah sie auffordernd an. »Du kommst doch mit, oder?«

»Ja, natürlich«, antwortete sie, auch wenn sie nicht
wusste, was sie zusagte. Blanche verschränkte mit zu-
friedener Miene die Arme vor der Brust und schien noch

etwas sagen zu wollen, als Evelyn, offenbar versöhnt, weitersprach.

»Dann kann ich euch ja von der unglaublichen Geschichte erzählen, die sich gestern in Wings Bannkurs zugetragen hat. Ihr werdet schockiert sein.«

Blanche und Kassie sahen sie mit aufgerissenen Augen an, sie liebten es, schockiert zu werden.

»Es gibt einen neuen Studenten in der Decima, er kommt aus Cloud und hat ein unerhörtes Benehmen«, begann Evelyn. »Zum einen weigert er sich, seinen Magiernamen zu nennen, und will Damocles gerufen werden. Zum anderen hat er sich über die Ornatspflicht lustig gemacht und seinen Hut in einen Vogel verwandelt. Vor allen Studenten, das müsst ihr euch vorstellen!«

»Ein richtiger Rebell also?« Kassies Augen leuchteten vor Begeisterung. »Was für eine Geschichte. Das gab doch sicher großen Ärger, oder?«

»Davon sagte Wing nichts.« Evelyn zuckte mit den Schultern.

»Aber du musst doch weitere Informationen haben«, beharrte Blanche. »Männer haben keinen Sinn für die wichtigen Details, das merke ich immer wieder.«

»Vielleicht weiß Rain ja mehr als Wing«, sagte Evelyn spitz.

»Du hast recht!« Blanche war begeistert. Auf diese Weise hatte sie ein Gesprächsthema mit ihrem Auserwählten. Rain war ein ruhiger Charakter, den sie ein wenig schubsen musste, aber davor schreckte sie nicht zurück. Ihre Idee hatte sich als hervorragend erwiesen: Er war ein gut aussehender Magiestudent mit respektablen Leistungen und kam aus gutem Hause. Ihre Großmutter hatte sie nur zu gern bekannt gemacht.

Durch die Verbindung käme ein weiteres Mitglied des Quellordens in die Familie. Die Ordenszugehörigkeit vererbte sich vom Vater auf die Kinder, es sei denn, nur die Mutter war Magierin. Deswegen gehörte Blanche dem Sternenorden und Snow dem Sonnenorden an.

»Ich werde morgen Mittag alle Informationen zur Hand haben«, versprach sie vollmundig.

Wie versprochen ließ Snow sich am nächsten Morgen eine Stunde früher wecken, um Blanche zu ihrem Treffen mit Rain zu begleiten. Müde beobachtete sie ihre Freundin bei ihrer aufwendigen Morgentoilette, die komplizierte Frisuren und Schminke beinhaltete und so lange dauerte, dass sie eine halbe Stunde länger hätte schlafen können.

Endlich war Blanche so weit: Ein letzter Blick in den Spiegel und die Freundinnen machten sich auf den Weg in die Große Lichthalle der Akademie.

Auf dem Weg nagte Snow nervös an ihrer Unterlippe. Wie es der Zufall wollte, war Rain ein Freund Alecs und es bestand die Möglichkeit, dass er bei dem Treffen ebenfalls anwesend war. Wie sollte sie ihm gegenübertreten?

Sie fragte Blanche danach, die mit den Schultern zuckte: »Ihr werdet euch unterhalten und du wirst ihn besser kennenlernen. Ich glaube nicht, dass Rain ihn gefragt hat, wahrscheinlich weiß er nichts von eurer Verlobung. Aber falls er dort sein sollte, freu dich darüber.«

Snow nickte bedrückt. Den ganzen gestrigen Tag hatte sie auf eine Nachricht von Alec gewartet. Zwar hatte ihr Vater nichts gesagt, aber sie hatte sich überlegt, dass die Initiative von ihm ausgehen müsste. Schließlich war es doch in ihrer beider Interesse, sich schon vor der Hochzeit kennenzulernen.

Wieder ging sie in Gedanken ihr Gespräch nach der Prüfung durch. Er war freundlich zu ihr gewesen. Nichts gab ihr Anlass zu zweifeln. Sicher hatte ihr Vater die Entscheidung nicht leichtfertig gefällt und ihn auf Herz und Nieren geprüft.

Snow hatte mitbekommen, dass ihre Mutter gegen die Verbindung war, obwohl Alec ihrem Orden angehörte. Sie hatte es nicht vor ihrer Tochter ausformuliert, aber Luna hielt nichts von arrangierten Ehen. Dass sie in dieser wichtigen Angelegenheit den Kürzeren zog, machte sie wütend auf ihren Ehemann, den sie selbst aus Liebe geheiratet hatte.

Blanche hatte recht: Sie sollte darauf hoffen, dass Alec Rain begleitete. Sie hatte keine Möglichkeit, sich gegen den Entschluss ihres Vaters zu wehren, also war es am einfachsten, ihn zu akzeptieren.

Die Große Halle strahlte, als sie eintraten. Der leuchtende Kristall war in ihrer Decke eingelassen, ein vielzackiger Stalaktit, der aus der gläsernen Kuppel wuchs und sein Licht in jede Ecke des Landes aussandte. Dank ihm war es hell in Lúthien und sie konnten Magie wirken.

Rain wartete bereits, als sie die Mitte der Halle erreichten.

Allein.

Blanches Verehrer berichtete, er habe seinen Freund gefragt, doch dieser habe Vorbereitungen für eine Studienarbeit zu treffen und schaffte es nicht. Er ließ Snow aber herzlich grüßen, was sie mit einem schüchternen Lächeln annahm. Offenbar machte die Kunde ihrer Verlobung bereits die Runde. Sie merkte Blanche an, dass dieser das nicht gefiel.

Snow kannte Rain von Veranstaltungen des Stadtrats, an denen die Familien der Räte teilnahmen. Sie mochte ihn, er war höflich und behandelte sie freundlich, aber unaufdringlich. Ihm war seine Herkunft anzumerken, ohne sich darauf etwas einzubilden, was Snow schätzte.

Er war eine gute Ergänzung für ihre temperamentvolle Freundin und würde ihren Tatendrang durch seine Besonnenheit ausgleichen.

Blanche nahm ihn freudestrahlend bei der Hand (was Evelyn sicher aufgeregt hätte) und dankte ihm für das frühe Treffen. Sein Gesicht war verklärt, als sie ihn zu einer Marmorbank fortzog. Blanches hübsches Gesicht und ihre geballte Liebenswürdigkeit hatten ihn bereits in ihren Bann gezogen.

Snow sah dem Paar nach und entschied sich für einen Spaziergang durch den parkähnlichen Teil der Halle, um die Zeit bis zum Unterrichtsbeginn zu überbrücken. Es gediehen hohe Bäume mit grüngoldenen Blättern im Licht des Kristalls, der Garten in der Großen Halle stand allen Bewohnern Starcitys offen.

Blanche und Rain saßen gut sichtbar auf der Bank und es war keine Anstandsdame nötig, egal, was Evelyn darüber dachte. Außerdem käme Snow sich dumm dabei vor, sich dazu zu setzen und zog den einsamen Spaziergang vor.

Doch das war nichts Aufregendes mehr. Sie war schon hundertmal durch die Halle gelaufen, während sie auf ihren Vater, ihre Mutter oder gar auf Blanche wartete. Sie kannte jeden Winkel, jeden Baum und jedes Denkmal zu Ehren eines besonders begabten Magiers.

Es gab sogar eines für ihren Vater: Eine Büste, in deren ernstem Gesicht man Algor Albatus' Weisheit erkennen sollte. Er war von dem Bildhauer gut getroffen, sein ovales Gesicht mit den Narben auf der Wange, die er einem Kampf in seiner Jugend verdankte, sahen aus wie echt. Weiter links war das Antlitz Gelo Grigios zu bewundern, Blanches Großvater und Rektor der Akademie.

Snow blieb stehen und genoss die Stille in diesem Teil der Halle. Mit einem zaghaften Lächeln fragte sie sich, ob sie den Spaziergang mit Alec zusammen gemacht hätte, wenn er die Zeit gefunden hätte, Rain zu begleiten.

Eine Möglichkeit, ihren Verlobten besser kennenzulernen und die Scheu ihm gegenüber abzulegen. Schon bedauerte sie es, allein durch die Halle zu gehen. Doch sicherlich würden sie viele Gelegenheiten finden, um gemeinsam spazieren zu gehen, über die Büsten zu sprechen und ihre Gedanken auszutauschen.

Mit etwas Glück beendete er seine Studienarbeit schneller als geplant und schaffte es noch hierher, bevor der Unterricht begann. Eventuell hätten sie noch Zeit für ein kurzes Gespräch.

Sie setzte ihren Weg fort und ging am Rand der Halle entlang. Hier wanden sich kleine Pfade zwischen den Bäumen hindurch und sie musste aufpassen, über keine Wurzel zu stolpern. Ein kleiner Steg führte über einen künstlichen, silberschimmernden Bachlauf, der durch die Halle floss und von einem großen, marmornen Springbrunnen in der Mitte gespeist wurde.

Snow beeilte sich, ihn zu überschreiten. Wasser mochte sie nicht. Sie konnte nicht schwimmen und beschränkte den Kontakt daher auf die Verrichtung ihrer Hygiene.

Sie umrundete einen weiteren Baum und kam ans hintere Ende der Halle, das als Marmorwand über ihr aufragte. Hier, in vielen kleinen Nischen, standen noch mehr Büsten. Jede trug eine Metallplakette auf dem Sockel, welche den Namen und die großen Taten des Modells anpries. Auch diese Skulpturen kannte Snow mittlerweile zu gut.

Im Laufe der Zeit hatte sie sogar Muße, sich ein Buch aus der Bibliothek zu besorgen und die Geschichten der Magier nachzulesen, wenn die Wartezeit zu lang wurde.

Gedankenverloren ließ sie die Wand mit den Nischen links liegen und lenkte ihre Schritte zum Zentrum der Halle, um in Rufweite zu bleiben.

Bald begann die erste Unterrichtsstunde, Bannsprüche, in der sie heute eine Hausarbeit präsentieren musste, deren Erledigung sie viel Zeit gekostet hatte. Sie hoffte nur, dass sie nicht als Erstes aufgerufen wurde, vor den anderen Studenten zu stehen machte sie nervös.

Grübelnd ging sie auf den kleinen Bachlauf zu und nutzte ihren Magierstab, um das Gleichgewicht zu halten. Ob Rain vorhatte, Blanche zu heiraten? Das wäre eine Erleichterung für sie. Blanche konnte ihr in diesem Fall helfen, sich auf alles vorzubereiten, und es wäre einfacher, wenn sie und Rain dabei wären, wenn sie Alec das nächste Mal traf.

Blanches Gegenwart gab ihr Sicherheit, auch wenn sie oft die Aufmerksamkeit auf sich zog. Sie nutzte diese Eigenschaft ihrer Freundin, um selbst zu beobachten. Es brauchte oft nicht viel, um sich in ein Gespräch einzubringen, und sie hatte gelernt, hin und wieder eine Bemerkung zu machen, um nicht vollkommen unsichtbar zu sein. Auch wenn sie sich das manchmal wünschte.

Das würde nicht ewig funktionieren. Alec wirkte nicht wie jemand, der sich nur auf Blanche konzentrierte, wenn sie dabei war. Sie hatte das unbestimmte Gefühl, dass die beiden sich nicht mögen konnten.

Vor allem jetzt, wo Blanche kein Interesse mehr an ihm als Verlobten hatte. Sie hoffte nur, dass das keinen Streit bedeutete.

Wenn sie selbst wählen dürfte, hätte sie jemand ruhiges und freundliches wie Rain ausgesucht. Jetzt musste sie herausfinden, ob Alec, der extrovertierter war, zu ihr passte. Oder sie musste sich ihm anpassen.

Sie überquerte den kleinen Bachlauf, über den sich eine niedrige Marmorbrücke spannte, mit schnellen Schritten. Da die Brücke kein Geländer hatte, kam sie dem ungeliebten Element näher, als ihr lieb war.

Irgendwo in der Halle waren Stimmen zu hören und sie drehte den Kopf in die Richtung, falls es Blanche war, die nach ihr rief, dabei lief sie weiter. Rief da jemand ihren Namen?

Sie sollte sich beeilen und zurückgehen. Sie beschleunigte ihre Schritte und übersah eine glitzernde Wasserlache auf dem Boden. Der Steinboden darunter war glatt und rutschig und sie verlor den Halt unter den Füßen. Aus dem Augenwinkel sah sie noch eine Büste, an der sie sich festzuhalten versuchte, doch es war zu spät, sie rutschte vollends aus und fiel ...

...direkt in die Arme eines Mannes.

Snow bemerkte es erst Sekunden später. Sie klammerte sich an ihrem Retter fest, die Fingernägel in den Stoff seines Hemdes gekrallt.

Blut schoss in ihre Wangen. Wie unangenehm! Betreten lockerte sie ihren Griff, versuchte, Abstand zwischen sie zu bringen. Dabei sah sie ihm ins Gesicht, um festzustellen, wer ihr Retter war.

Ihr Atem stockte.

Durch ihren Vater kannte Snow jeden, der an der Akademie der Magie lernte oder lehrte. Der junge Mann aber, der sie aufgefangen hatte und schief angrinste, war ihr unbekannt. Er konnte nur der ›Neue‹ sein. Er sah anders aus als in ihrer Vorstellung: Zwar wirkten sein langes Haar und seine dunklen Bartstoppeln wild, doch seine tiefgrünen Augen waren vorwitzig und freundlich. Sie sah weder Arglist noch Bosheit darin, stattdessen etwas sehr Intimes.

Sie errötete noch tiefer und versuchte, sich loszumachen, doch er hielt sie fest im Arm, sodass sie mehr als den schicklichen Körperkontakt hatten. Evelyn wäre schockiert.

»Du solltest vorsichtiger sein, wenn du allein durch die Große Halle wanderst.« Seine Stimme rann wie ein Schauder über Snows Haut und verursachte ihr eine Gänsehaut. Noch nie war sie einem Fremden so nah gewesen. Ihr Herz raste und sie fühlte sich hilflos.

»Lass mich los«, verlangte sie. »Ich bin nicht allein.«

Warum nur half ihr niemand? Blanche und Rain waren doch in der Nähe!

Was hatte der Fremde mit ihr vor?

»Das solltest du auch nicht, so ungeschickt wie du bist.« Sie presste die Lippen zusammen. Blanche hätte ihn zurechtgewiesen, doch sie konnte seine Unhöflichkeit nicht erwidern. »Du hast Glück, dass ich dich gerettet habe.« Ihre Gesichter waren einander nahe, sein Tonfall ließ Snow zusammenzucken. Was erwartete er zum Dank von ihr?

»Danke«, flüsterte sie und senkte den Blick. Er war ein Mitglied des Erdordens, das Bergsymbol war über seinem Herzen eingestickt.

»Mit dem größten Vergnügen.« Er hielt sie weiter fest. »Wie ist der Name der Geretteten?«

»Niva Nivea. Jetzt lass mich los, ich bin bereits gerettet.«

»Ich werde Damocles genannt.« Er war es! »Bist du sicher, dass ich dich loslassen soll?« Sein Lächeln ließ ihr Herz rasen. Ihre Knie begannen zu zittern und sie wäre erneut gefallen, wenn er sie nicht gehalten hätte.

»Ganz sicher! Lass mich endlich los!« Mit aller Kraft stemmte sie sich gegen ihn.

Er wollte etwas erwidern, als eine Stimme die Stille zerriss: »Snow, was machst du da?« Fassungslos, ihre Freundin in den Armen eines Wildfremden zu sehen, stand Blanche der Mund offen, sie klammerte sich an Rain fest.

Zu Snows Entsetzen stand neben Rain Alec mit ungläubiger Miene.

›Er muss meine Abwehr gesehen haben‹, dachte sie und stemmte erneut die Hände gegen Damocles' Brust. Endlich ließ er sie los und sie taumelte zurück. Sofort war Alec bei ihr, packte sie am Handgelenk und wirbelte sie hinter sich. Snow war so erschrocken, dass sie nicht einmal protestieren konnte.

»Für wen hältst du dich, sie anzufassen?« Alecs Stimme war schneidend und eiskalt. Damocles lächelte ihn gelassen an und machte einen leichtfüßigen Schritt über die Wasserlache, als sei nichts geschehen.

»Ich war lediglich ein Retter in der Not. Sicher war es in deinem Interesse, deine Freundin nicht hinfallen zu lassen.«

»Sie ist meine Verlobte und du hast nichts mit ihr zu schaffen«, knurrte Alec.

»Wenn das so ist, solltest du derjenige sein, der für ihre Unversehrtheit sorgt.« Der Fremde schnalzte provokant mit der Zunge.

»Das tue ich, deswegen solltest du dich von ihr fernhalten. Ich weiß, wer du bist und du bist hier nicht erwünscht.«

Blanche holte laut Luft und Rain sah so erschrocken aus, wie Snow sich fühlte.

Gerade wollte Damocles etwas erwidern, als der Kristall flackerte und die Halle in Dunkelheit versank.

Es war wie ein Albtraum.

Snows Herz schlug so laut, dass sie meinte, alle anderen könnten es hören. Mit zitternden Fingern griff sie nach

Alecs Arm und hielt sich an ihm fest. Er zog sie zu sich, sein Atem strich über ihre Wange.

»Hab keine Angst, ich bin da«, flüsterte er.

Ängstigte ihn die Dunkelheit nicht?

Snow fühlte sich ohnmächtig. Panik bemächtigte sich ihres Körpers und schickte wilde Gedanken durch ihren Kopf.

Würde es für immer dunkel bleiben?

Was war geschehen?

Wo waren ihre Eltern?

Wieso unternahm niemand etwas?

Hatte Damocles etwas damit zu tun?

Wo war der Kristall?

War er verschwunden?

Tränen rannen über ihre Wangen und sie presste sich an Alec. Er hielt sie fest.

Endlich kehrte das Licht zurück. Erst nur kurz, wie eine Lunte, die entflammt wurde, dann fand der Kristall zu alter Kraft zurück.

Sie blinzelte orientierungslos, dunkle Flecken tanzten vor ihren Augen. In den Gesichtern ihrer Freunde sah sie Entsetzen. Blanche machte stammelnde Geräusche und Rain stand der Mund offen. Damocles, so bemerkte sie, nahm es gelassen hin, anscheinend kannte er die Dunkelheit.

»Was war das?« Blanches Stimme klang unnatürlich schrill. »Was, um Himmelswillen, war das?!«

Rains Gesicht war kalkweiß, er starrte stumm an die Decke.

Alec fasste sich als erster.

Er sah Snow in die Augen, seinen Arm hatte er noch immer um ihre Taille geschlungen. »Wir müssen zu deinem Vater. Sofort!«

Snow nickte stumm und setzte sich in Bewegung. Alec folgte ihr dichtauf und griff besitzergreifend nach ihrer Hand. Das half ihr, die Kraft aufzubringen, um einen Fuß vor den anderen zu setzen. Blanche und Rain waren direkt hinter ihnen. Sie eilten durch die Halle, die große weiße Treppe hinauf und zu den Tagungsräumen des Hohen Rates.

Damocles stand vor der Wasserlache, in der Snow ausgerutscht war und sah ihnen halb amüsiert, halb nachdenklich hinterher.

»Anscheinend versagen nicht nur in anderen Städten die Kristalle.« Lächelnd sah er auf seine Hände, in denen ein Haar von Snow lag. »Niva Nivea. Das wird interessant.«

Damit folgte er ihnen gemächlich.

*

Orans Priesterschaft

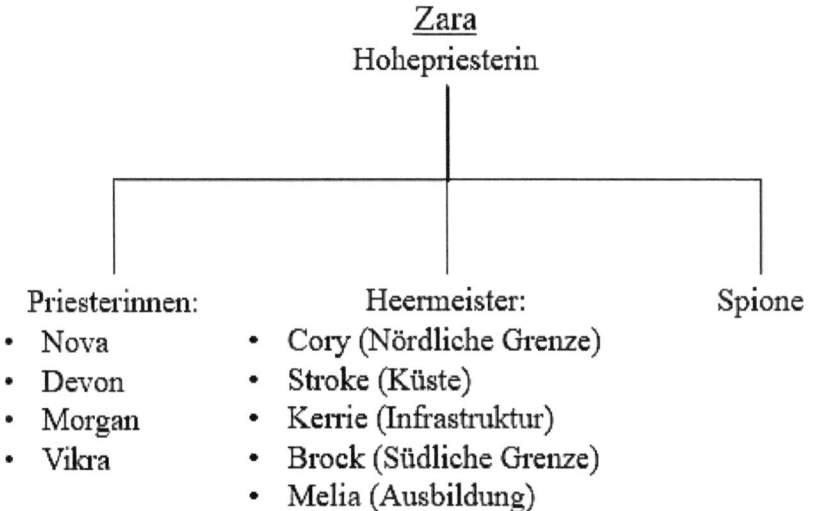

Zara
Hohepriesterin

Priesterinnen:
- Nova
- Devon
- Morgan
- Vikra

Heermeister:
- Cory (Nördliche Grenze)
- Stroke (Küste)
- Kerrie (Infrastruktur)
- Brock (Südliche Grenze)
- Melia (Ausbildung)

Spione

Zara schloss die Tür des Bürgerhauses, in dem sie die meisten ihrer Tage verbrachte.

Hohepriesterin und Statthalterin waren zwei zeitintensive Aufgaben. Müde hob sie die Arme in die Höhe und streckte die Nackenmuskeln, dann drehte sie den Schlüssel im Schloss herum und nickte ihrer Eskorte zu.

Sie würden sie hinauf auf den Tempelberg bringen, wo sie und die anderen Priester des Kriegsgotts wohnten.

»Das waren viele heute«, sagte einer von ihnen, Gotham, der auch der Priesterschaft angehörte.

Zara nickte knapp.

»Wie jeden Tag.«

Und wie jeden Tag hatte sie nur einem Bruchteil der Anliegen stattgeben können. Sie wünschte, sie könnte den Menschen mehr helfen, ihnen mehr Hoffnung geben, doch dazu fehlten ihr die Mittel. Jeden Tag blickte sie in frustrierte und enttäuschte Gesichter, weil die Menschen andere Antworten von ihr erwarteten.

Sie selbst war darüber genauso unglücklich wie die Bewohner Kyacerons, der Hauptstadt des Landes Oran. Das Land war nach dem Gott des Krieges benannt, dessen höchste Priesterin Zara war.

Keine leichte Aufgabe.

Jetzt war sie froh, nach einem langen Tag, an dem sie sich die Wünsche und Anliegen der Bürger angehört hatte, zum Tempel zurückzukehren und ein wenig Ruhe zu finden. Wenigstens bis morgen, wenn das Spiel von vorn begann.

Hufschläge hinter ihr ließen sie anhalten und sich umdrehen. Ein Bote kam auf sie zu geritten. Er trug eine fremdländische Kleidung, die sie kannte. Vor ihr hielt er an und sprang vom Pferd. Wie es sich gehörte, verbeugte er sich tief vor der Vertreterin des Gottes.

»Hohepriesterin Zara, ich habe eine Botschaft für Euch.« Er griff an seinen Gürtel und überreichte ihr eine versiegelte Schriftrolle. Sie trug das Wappen des Landes, aus dem der Bote stammte. Sie ahnte, welches Thema das Schreiben behandelte.

»Habt Dank. Ich nehme an, es ist dringend?«

»Äußerst, so sagte man mir.« Die Blicke des Boten gingen nervös zwischen den beiden Männern aus Zaras Eskorte hin und her. Die Krieger in Orans Diensten hatten den Ruf, die besten und tödlichsten der Welt zu sein. Er war nur ein Bote, kein Diplomat, der eine gewisse Immunität genoss. Verärgerte er die Hohepriesterin, konnte das übel für ihn enden. »Ich habe die Anweisung erhalten, auf den geforderten Betrag zu warten.«

»Wie du siehst, habe ich keine Goldtruhen bei mir«, erwiderte sie. »Komm morgen Mittag zurück und ich werde dir sagen, wann du die Heimreise antreten kannst.« Der Bote neigte das Haupt und stieg wieder auf sein Pferd. Als die Hufschläge verklangen, entwich ihr ein langer Seufzer.

»Lass mich raten: Wir haben kein Gold«, sagte Gotham.

»Bei Weitem nicht genug, um die Rechnung zu bezahlen.«

»Es war ein pargotischer Bote, nicht wahr?«

»Ja. Wir schulden ihnen viel Gold für unsere Wintervorräte.« Sie wog die Pergamentrolle in der Hand. »Sie waren schon sehr großzügig und geduldig mit uns, doch jetzt wird die Zeche fällig.« Sie biss die Zähne zusammen.

»Es wäre ungünstig, unseren Lebensmittellieferanten zu verärgern.«

»Ja, Gotham, ich weiß.« Mit finsterer Miene setzte sie ihren Weg fort, die beiden Krieger folgten ihr auf dem Fuß. Sie waren zu ihrem Schutz an Zaras Seite, doch niemand, der ihr über den Weg lief, hätte es gewagt, sie anzugreifen.

Zara kehrte zum Tempel zurück. Mit einem schlechten Gefühl in den Eingeweiden erklomm sie den Tempelberg, der ihr heute höher und steiler vorkam als an anderen Tagen. Auf halber Höhe blieb sie stehen und sah hinunter zur Stadt. Kyaceron lag direkt am Meer. Im Hafen lagen nur wenige Schiffe, weder die Stadt noch das Land waren attraktiv für Händler und Kaufleute, dafür war es zu arm. Ein Umstand, der ihr ständig solche Probleme wie heute einbrachte.

Ihr Blick glitt nach Norden, auf die andere Seite der Meerenge, an der Kyaceron lag. Dort, hinter dem Delta des Blutflusses, lag eine andere Stadt, die diesen Namen redlich verdiente: Bruht, die Hauptstadt des Nachbarreichs Chelison. Chelison war reich und in der ganzen Welt geachtet. Genau das, was Zara sich für ihre Heimat wünschte.

Doch sie trennte nicht nur der Fluss, es schien ihr, als lägen ganze Welten zwischen ihnen und nicht nur wenige Meilen.

Sie setzte ihren Weg fort, mit jedem Schritt wurden ihre Beine schwerer. Als sie das Portal des Tempels erreichte, winkte sie ihre Eskorte zu sich.

»Ruft die anderen zusammen. Ich will mit euch über die Forderung aus Pargosz sprechen.« Sie nickten und machten sich auf den Weg. Zara ging in den Saal, den sie zum Essen und für Zusammenkünfte nutzten.

Als sie das Amt der Hohepriesterin vor einigen Jahren übernahm, entschied sie sich, die anderen Priester an allem teilhaben zu lassen, womit sie sich befasste. Ihre Vorgängerin hatte das anders gemacht, doch Zara war bei ihrer Ernennung beinahe noch ein Kind. Sie wusste, dass sie von der Erfahrung der älteren Priester profitierte.

Die schmucklosen Holzstühle standen noch in einem Oval, ihre letzte Besprechung war an diesem Morgen gewesen. Dreizehn waren es, die anderen vierzehn Priester weilten wegen ihrer Aufgaben nicht im Tempel.

Sie kamen innerhalb weniger Minuten in den Besprechungsraum und nahmen Platz. Neben Zara saß ihre enge Freundin Madison, eine Spionin, die erst an diesem Tag von einer Mission in Bruht zurückgekommen war.

»Dass du uns um diese Zeit zusammenkommen lässt, heißt nichts gutes«, sagte sie und schlug die langen Beine übereinander. Die anderen sahen sie aufmerksam an.

»Das ist leider wahr. Ein pargotischer Bote hielt mich auf dem Weg hierher auf. Sie wollen ihr Gold.«

Nova, die sich um die Zahlungen kümmerte, stöhnte. »Ausgerechnet jetzt. Wir haben in dieser Woche unsere letzten Gulden genutzt, um einen Teil der Rechnung für die Erze aus Kanaan zu zahlen.«

Unruhe breitete sich unter den Priestern aus.

»Wir hätten lieber die Nahrungsmittel bezahlen sollen. Wenn wir verhungern, nützen uns auch die Erze nichts«, sagte Stroke, einer der Heermeister, und verschränkte die Arme vor der breiten Brust.

»Du wirst schon nicht verhungern, mein Lieber.« Madison zog die Augenbraue hoch. Sie und Stroke waren ein Paar - soweit man ein Paar sein konnte, wenn jeder ständig sein Leben aufs Spiel setzte. Bei Oran war damit zu rechnen, dass sein wildes Temperament mit ihm durchging und er einem Land, das eben noch Freund war, den

Krieg erklärte. »Allerdings werden sich die Pargoten nicht mehr hinhalten lassen. Woher sollen wir das Gold bekommen?«

»Ich freue mich auf eure Vorschläge«, seufzte Zara. Schweigen senkte sich über die Priester und sie blickte in ratlose Gesichter.

»Also«, begann abermals Madison, nachdem einige Zeit verstrich, ohne dass jemand etwas sagte. »Ich habe etwas gehört, bevor ich heute in Bruht an Bord gegangen bin.« Alle sahen sie gebannt an und sie lächelte über die ungeteilte Aufmerksamkeit. »Hört es euch erst an, bevor ihr euch freut: In den nächsten drei Tagen wird eine Galeere aus der Kolonie Gola erwartet. Wie ihr wisst, ist diese Kolonie das Juwel des Nordmeeres und hart umkämpft, vor allem wegen seiner Goldminen. Chelison darf sich über ein voll beladenes Schiff freuen, das ihr die Erträge dieser Minen bringt.«

Es war still im Raum, als die Priester diese Information verdauten.

»Eine Galeere voller Gold ...«, sagte Nova. »Das würde all unsere Probleme lösen.«

»Zuerst würde es unsere Probleme potenzieren«, hielt Stroke dagegen. »Wir können nicht einfach eine Galeere kapern und das Gold herbringen. Sie würden danach suchen und es hier vermuten, wenn wir plötzlich alles bezahlen können.« Er sah Zara an. »Ich muss dich nicht daran erinnern, dass wir einem Überfall aus Bruht nichts entgegenzusetzen hätten.«

»Nein, das brauchst du nicht«, erwiderte Zara, doch ihre Gedanken rotierten.

»Wenn man es so geschickt anstellt, dass niemand Rückschlüsse auf uns ziehen könnte ...«, sagte Gotham bedächtig. »So geschickt kann es niemand anstellen«, unterbrach Stroke ihn unwirsch. »Egal, was wir versuchen, sie werden feststellen, dass wir es waren und dann haben wir die chelisische Armee am Hals.«

»Es gibt eine Möglichkeit«, schaltete sich Nadie ein. Sie war eine Spionin und für verdeckte Missionen zuständig. Ihr Einfallsreichtum war legendär. Jetzt wandten sich alle zu ihr um. »Madison und ich haben Schlafmohnsaft aus Chel-a-Mar mitgebracht. Ein typisches Gift, das im Nachbarland eingesetzt wird. Ich schlage vor, dass wir die Galeere abfangen, bevor sie in Sichtweite Bruhts kommt, die Mannschaft schlafen legen und das Gold stehlen.«

»Ein Hinterhalt auf dem Wasser ist eine knifflige Angelegenheit«, gab Stroke zu bedenken. Er sicherte die Küstengrenze Orans ab und kannte die Gewässer wie seine Westentasche.

»Das mag sein, aber im Teufelsriff durchaus möglich.«

Stroke riss die Augen auf. »Allein der Gedanke ist Wahnsinn.«

»Deswegen würde uns niemand auf die Spur kommen.« Nadie lehnte sich zurück und verschränkte die Arme vor der Brust. Zara betrachtete sie. Sie sprach nur wenig, doch wenn, sollte man ihr zuhören. Dies war einer dieser Momente.

»Sie würden denken, dass die Besatzung das Gold beiseitegeschafft hat«, sagte Madison langsam. »Wenn es keine Schäden an den Schiffen gibt, können sie nicht auf einen Überfall bestehen.«

»Und was ist mit unserem Schiff? Es ist nicht unsichtbar.« Stroke schüttelte den Kopf. »Ich verstehe euren Gedankengang, aber das ist keine gute Idee.«

»Wenn wir im Morgengrauen aufbrechen, haben wir genug Zeit, um ein paar Leute zum Riff zu bringen«, erwiderte Nadie. Stroke schüttelte den Kopf noch vehementer. »Alle Posten würden es zurückkehren sehen. In dieser Zeit kann es Quigoon umrunden und die Beute von Norden aufnehmen.«

»Nadie.« Stroke rang die Hände. »Das ist verrückt.«

»Wenn du eine andere Idee hast, nur her damit«, sagte Nadie. Sie sah Zara an. »Uns läuft die Zeit davon.«

»Ich weiß«, sagte die Hohepriesterin. »Doch bevor wir etwas beschließen, muss ich Oran um seine Zustimmung bitten. Eine solche Operation kann weitreichende Folgen haben.«

Und wenn sie eins vermeiden wollte, dann einen Krieg, bei dem sie keine Chance hatten. Ihr Land hatte in den letzten Jahrzehnten so viel Krieg gesehen und so viele Niederlagen erlebt, dass sie alles dafür tat, um den Frieden zu erhalten. In letzter Konsequenz fiele ihr auch eine Alternative zu dem brenzligen Raubüberfall ein.

Sie hatte nur noch keine Idee, wie die aussehen könnte.

Nach der Besprechung ging Zara zum Altarraum.

Der ovale Raum lag verwaist da, der rohe Steinblock an seinem Ende, auf welchem dem Kriegsgott die Opfer dargebracht wurden, war leer. Die letzte Opferung lag ein paar Tage zurück, nur die Blutspuren erinnerten noch daran, dass Zara ihrem Gott ein Leben dargeboten hatte.

Mutlos betrachtete sie die kärgliche Einrichtung des Raumes. Auch hier zeigte sich die Armut des Landes. Sie hatte so viele Ideen, wie die Anbetungsstätte geschmückt werden könnte, damit sie diesen Namen verdiente.

Der Gott machte sich nichts aus Zierrat, doch Zara fand, dass er einen Schrein verdiente.

Zuvor gab es anderes, worum sie sich kümmern musste. Die Rechnung aus Pargosz war nur ein Teil ihrer Probleme.

Nadies Vorschlag war verrückt, aber er war der Einzige, den sie momentan hatte.

Sie ahnte, wie die Antwort ihres Gottes ausfallen würde. Ihre Hand tastete nach dem ledernen Beutel an ihrem Gürtel mit den Insignien ihrer Priesterschaft.

Sollte sie die Runen befragen? Die magischen Steine und Knochen könnten ihr eine Antwort auf ihre Fragen liefern.

Sie griff nach den Runensteinen und dem Zeremoniendolch. Die scharfe Klinge biss sich in ihre Haut, als sie sie über ihren Unterarm zog, dann rieb sie die Steine darüber und warf sie auf den Altar. Die eingeritzten und geschwärzten Zeichen, die sie auf den beinernen Steinen sehen konnte, verursachten ihr Magenschmerzen: Die Anordnung der Steine und das Muster ihres Blutes verhießen nichts Gutes. Es kamen schwere Zeiten auf sie zu. Schwerer, als die, die hinter ihr lagen.

Zara seufzte.

Es schien, als würde es niemals leichter, doch hier fand sie keine Antworten auf ihre Fragen.

Sie lief zu den Gemächern des Kriegsgotts im hinteren Teil des Tempels, den schönsten Räumen der Anlage. Hier klopfte sie an der kupferbeschlagenen Tür und erhielt keine Antwort.

Er war nicht da, das hatte sie vermutet. Sie trat ein und entfachte ein Feuer.

Draußen braute sich etwas zusammen, ein Unwetter, wie sie hier oft auftauchten: ohne Vorwarnung und verheerend. Schon trommelten die Hagelkörner gegen die Fensterscheibe. Noch immer kein Zeichen, dass er auf dem Weg zu ihr sein könnte. Es half nichts, sie musste ihn rufen.

»Oran! Bitte Herr, komm zu mir, ich muss dich dringend sprechen!«

Unruhig sah sie hinaus und fuhr sich durch die rote Mähne. Ein weiteres Donnergrollen ließ die Fensterscheiben erzittern und ein Blitz erhellte den Raum. Der Wind heulte so laut um das Gebäude, dass sie nichts anderes hörte. Ein solches Unwetter hatte sie lange nicht erlebt.

Eine Berührung an ihrer Schulter riss sie aus ihren Gedanken. Als sie sich umwandte, sah sie in das Gesicht des Kriegsgottes, das schönste Antlitz der Welt. Das Haar des Gottes war wie flammender Teer und der Blick seiner schwarzen Augen brannte auf ihrer Haut. Sein muskulöser Körper war hart wie Stahl und erschien im Fackelschein bronzefarben. Er war über und über von den roten und schwarzen Götterzeichen bedeckt, von denen auch fünf die Innenseite ihres linken Oberarmes verzierten und wie Speerspitzen, Feuer und Asche aussahen.

»Du hast mich gerufen, Geliebte?« Seine tiefe Stimme lief wie ein Schauder über ihren Rücken. Mit der Hand fuhr er über ihren Arm hinauf zu der Stelle mit der geschwärzten Narbe, die sein Wappen zeigte.

»Bitte verzeih mir, ich hätte es nicht getan, wenn es nicht dringend wäre.« Sie umriss in wenigen Sätzen, was geschehen war. Orans Miene verfinsterte sich.

»Ausgerechnet jetzt«, knurrte er.

Zara nickte unglücklich. »Ich weiß. Doch wir müssen zahlen, sie haben uns bereits zweimal Aufschub gewährt. Sie haben keinen Grund, es weiterhin zu tun und wir brauchen bald wieder Vorräte.« Oran nickte, seine Mundwinkel waren grimmig nach unten verzogen.

»Und was schlägst du vor?«

Stockend berichtete sie ihm von Nadies Idee. Schon während sie sprach, veränderte sich Orans Gesicht und seine schwarzen Augen leuchteten.

»Das ist ein fantastischer Vorschlag.« Er lachte. »Nicht zu überbieten! Wir zahlen unsere Schulden und bestehlen Chelison, dieses Miststück.« Er erhob sich. »Ich will, dass du sofort alles in die Wege leitest. Ich werde mich derweil vergewissern, wo sich die Galeere befindet.« Er beugte sich vor und drückte Zara einen rauen Kuss auf den Mund. »Zaudere nicht, die Lösung ist nah.«

Dann war er verschwunden.

Zara blieb unbeweglich stehen und starrte auf seinen leeren Sessel.

Genau mit dieser Reaktion hatte sie gerechnet. Jetzt war eingetreten, was sie befürchtet hatte.

Drei Tage später stand Zara im Morgengrauen auf dem Riff und sah nach Norden.

Endlich kam die Galeere in Sicht. Sie näherte sich dem Teufelsriff, das auf den Karten ›Passage von Quigoon‹ hieß, in schnellem Tempo, der Wind stand günstig. Sie sah hinüber zu ihren Begleitern: Madison und Nadie standen mit Enterhaken in den Händen an beiden Seiten der Passage. Wenn sich jemand unbemerkt auf ein Schiff schleichen konnte, dann sie.

Die Galeere musste das Riff langsam passieren, damit es nicht auf Grund lief. Die scharfkantigen Felsen dicht unter der Oberfläche hatten schon so manche Besatzung das Schiff und das Leben gekostet. Nur erfahrene Kapitäne wagten diese Fahrt.

Die Alternative war der Weg um die Todesinsel Quigoon herum, ein Zeitverlust von mindestens drei Tagen, je nachdem, wie der Wind stand. Auf diesem Weg waren Strokes Adjutanten gerade mit seinem Kriegsschiff, um sie abzuholen, sobald die Galeere das Riff passiert hatte. Zuvor hatte jeder Seeposten in Chelison das Schiff gen Norden segeln und wieder zurückkehren sehen. So würden sie ungesehen nach Kyaceron zurückkehren.

Sobald sie das Gold an sich gebracht hatten.

Zara sah hinüber zu Gotham und Sill, die mit ihr zusammen auf das Signal warteten. Sobald die Besatzung schlief, würden sie zusammen mit Stroke an Bord gehen und so viele Säcke Gold erbeuten, wie sie konnten. Der Tag auf dem Riff reichte, um alles vorzubereiten.

Die Galeere erreichte die Felsen und verlangsamte ihre Fahrt. Jetzt durfte der Kapitän keinen Fehler machen. Stroke, der die Passage schon mehrfach durchquert hatte, wusste, welche Stelle am günstigsten war, um unbemerkt an Bord zu gehen. Das Schiff passierte die Felsen so knapp, dass man sie von Bord aus berühren konnte. Hier warteten Madison und Nadie.

Zara erblickte die Flagge Chelisons, die goldene Flamme auf rotem Grund. Sie kannte sie gut von ihren Reisen. Immer wieder gab es Konflikte zwischen den beiden kriegerischen Göttern, die sie nur mit Mühe lösen konnte. Sollte man sie entdecken, gäbe es nichts mehr zu lösen, der Krieg wäre unausweichlich.

Umso wichtiger, dass sie alles dafür taten, unentdeckt zu bleiben.

»Da kommen sie«, sagte Gotham und spannte die Oberarme an. Er war es gewohnt, ein Schwert zu führen, sich in ein Ruderboot zu begeben war etwas Neues für ihn.

»Wenn das gut geht, sollte Nadie zur obersten Strategin gemacht werden«, murmelte Sill. »Allein, wie sie alle ins Land der Träume befördern will, ist mir ein Rätsel.«

»Auf Schiffen gibt es feste Regeln, auch, was die Essenszeiten angeht«, sagte Stroke. »Darüber sollten sie alle erwischen.«

»Dein Wort in Orans Ohr«, murmelte Sill angespannt und kontrollierte das Tau in ihrer Hand. Sie fühlte sich auf dem Riff mindestens so unwohl wie Zara.

Die Galeere erreichte die Stelle, an der Madison und Nadie warteten. Zara sah die beiden ihre Enterhaken auswerfen. Sie waren die geschicktesten von allen. Klettern und lautlose Bewegungen waren lebenswichtig auf ihren Missionen, die sie tief in Feindesland führten.

Zara sah Nadie geschmeidig über die Reling steigen und sich hinter ein Fass ducken, als ein Seemann kam. Doch er hastete nach vorn, zu den anderen, die gafften und raunten, wie nah sie den Felsen kamen. Dann half sie Madison hinauf. Im fahlen Licht des anbrechenden Tages waren sie kaum zu sehen. Nadie hatte sich ein dunkles Tuch über die hellen Haare gelegt und sie bewegten sich wie Felskatzen - lautlos und tödlich.

Zara sah Madison unter Deck gehen, Nadie sicherte das Oberdeck. Jetzt kam es darauf an. Sie war so gut versteckt, dass der Matrose, der zum mittleren Mast hastete, sie nicht sah. Sie beobachtete ihn genau.

Die wartenden Priester gingen in Deckung, vor allem Zara, deren rotes Haar wie eine Flamme leuchtete.

Das Schiff verlangsamte seine Fahrt noch weiter und Zara sah den Kapitän, der hinter dem Steuermann stand und ihm Befehle zubellte.

»Der frühstückt heute sicher nicht«, murmelte Gotham.

Stroke schüttelte den Kopf. »Dann war das seine letzte Passage.«

»Damit wäre unser Plan hinfällig«, sagte Sill. »Einen toten Kapitän wird auch der dümmste Deckjunge bemerken.«

»Abwarten«, sagte Stroke. »Er wird sich etwas bringen lassen, sobald die Situation es erlaubt.«

Ungeduldig warteten sie ab. Zara kam es vor, als verginge der ganze Tag.

Die Galeere schob sich quälend langsam durch das Riff, Meter für Meter. Die Riemen wurden ausgelegt und trieben sie voran. Sie sah Madison zurück aufs Oberdeck kommen, Nadie holte sie zu sich und zeigte ihr das Versteck, das sie ausgemacht hatte. Hier würden sie bleiben, bis das Signal der anderen kam.

»Ich hasse diese Ungewissheit«, knurrte Stroke, dessen Augen fest auf das Versteck seiner Geliebten gerichtet waren, bereit, loszustürmen, falls ihr jemand zu nahe kam. »Niemand weiß, wie lange es dauern wird, bis der Plan aufgeht.«

Sie erfuhren es überraschend deutlich, als sich der erste Matrose auf Deck an die Reling lehnte und sein Kopf auf das Holz sank. Die Priester waren dem Schiff über die Felsen hinterhergeklettert, keine leichte Angelegenheit. Gotham war hinunter zum Ruderboot geeilt und wartete auf das vereinbarte Zeichen.

Zaras Nervosität stieg. Sie wussten nicht, ob alle von dem Essen gekostet hatten und dem Narkotikum zum Opfer fielen. Im schlimmsten Fall mussten sie einige Leute verschwinden lassen.

»Umso besser«, sagte Sill. »Dann haben sie gleich einen Sündenbock. Mach dir erst Sorgen, wenn es sich lohnt, Hohepriesterin.«

»Leichter gesagt als getan.«

Stroke zischte einen Fluch. Als sie aufsah, erblickte sie den Kapitän, der soeben zusammengebrochen war. Sein Steuermann hatte noch genug Zeit, erschrocken nach ihm zu rufen, da knickten ihm die Beine weg. Sill stieß einen Schrei wie ein Meeradler aus, das Zeichen für Gotham und die Spioninnen, aktiv zu werden.

Schon sahen sie Nadie aus dem Versteck springen. Sie hastete zum Anker und ließ die Kette herunter. So verhinderten sie, dass die Galeere, die sich kaum noch bewegt hatte, weil die Ruder stillstanden, auf Grund lief.

»Perfekte Position«, sagte Stroke. »Sehr umsichtig von uns, sie werden ihre Fahrt einfach fortsetzen können.«

»Und wir hinterlassen wenig Spuren.«

Gotham kam mit dem Boot in Sicht und die drei stiegen zu. Es waren nur wenige Meter bis zur Galeere, das Beiboot war wendig und leicht zu steuern. Das Schiff fing einen Teil der Strömung ab, sodass sie gut festmachen konnten. Erneut stieß Sill den Adlerschrei aus, Madison ließ die Leiter hinunter. Zara und die Männer kletterten die Stricke hinauf an Bord, wo Madison auf sie wartete.

»Sie liegen alle im Tiefschlaf. Der Nordische Schlafmohn leistet ganze Arbeit. Wir haben mindestens eine halbe Stunde.«

Eine Tür ging auf. Sie fuhren herum, doch es war Nadie, die sie heranwinkte.

»Das Gold ist hier«, sagte sie rau. »Ein Wachmann, der den Mohn nicht zu sich genommen hatte. Ich habe ihn bewusstlos geschlagen. Er hat mich nicht kommen sehen. Der Laderaum ist verschlossen.«

»Damit hatten wir gerechnet«, sagte Madison und hielt einen Schlüssel hoch. »Ich war bereits beim Kapitän.«

Sie beeilten sich, unter Deck zu kommen. Eine halbe Stunde war nicht viel Zeit. Madison entriegelte die Tür und sie verschafften sich einen Überblick.

Sie fanden Säcke und Truhen mit Bruchgold vor. Wenigstens war das Erz schon ausgeschmolzen worden. Zara biss die Zähne zusammen, als sie den ersten Sack anhob. Er war verdammt schwer, sie konnte ihn nur mithilfe von Nadie und Madison hinter sich herschleifen.

Bei jedem Geräusch zuckte sie zusammen. Wer konnte schon sagen, wie lange die Matrosen schliefen?

Sie warf einen Blick über die Schulter in den Laderaum. Sie würden es nicht schaffen, alles mitzunehmen, dafür fehlten ihnen Zeit und Platz. Aber zwei oder drei Säcke sollten möglich sein. Und hoffentlich reichen, um die Schulden zu begleichen. Neben ihr mühten sich Gotham und Stroke mit zwei weiteren Säcken ab. Auch sie ächzten unter dem Gewicht. Sie mussten sich beeilen!

Mühsam zerrten sie ihre Beute die Stufen hinauf. Wieder an Deck ließen sie sie mit Seilen hinunter, die Sill im Boot kappte. Schon nach den drei Säcken winkte sie hektisch. »Es reicht!«, rief sie verhalten. »Kommt runter, bevor wir sinken.«

Das hatte Zara befürchtet. Sie konnten es nicht wagen, diese Fuhre wegzubringen und zurückzukehren.

»Es sollte genug sein, um den größten Teil der Rechnung zu begleichen«, sagte sie. Die Priester waren enttäuscht, das sah sie ihnen an, doch ihr Wort war Gesetz. Behände kletterten sie die Leiter hinunter, nur Nadie blieb an Bord, um den Schlüssel zurückzubringen und ihre Spuren zu verwischen.

Mit angehaltenem Atem warteten sie auf die Rückkehr der Spionin, da waren plötzlich Stimmen zu hören.

»Sie sind wach«, zischte Sill. »Verdammt, es wird Zeit, dass wir hier wegkommen.«

»Was ist mit Nadie?«, raunte Gotham. Madison stieß ihn zur Ruderbank.

»Wenn jemand immer einen Ausweg findet, ist sie es. Wir sollten alles dafür tun, dass wir nicht entdeckt werden, also los.«

Gotham und Stroke legten sich in die Riemen und beeilten sich, sie außer Sicht zu bringen.

Angespannt beobachtete Zara die Galeere. Sie wagte kaum, zu blinzeln. Es konnte immer noch sein, dass jemand vom Heck hinunter auf das Wasser sah. Die Felsen boten keinen Sichtschutz bis zu der Stelle, an der sie festmachen konnten.

Ihr Herz pumpte und sie war voller Adrenalin. Neben ihr hielt Sill Pfeil und Bogen in der Hand, bereit, einen Schuss abzugeben, sollten sie entdeckt werden. Dann gab es ohnehin kein Vertun mehr. Sie müssten alle Matrosen töten und das Schiff versenken. Eine schwierige Aufgabe, um die sie herumkommen wollte.

Sie sah Gestalten an der hinteren Reling und ihr Herz machte einen Satz. Sill fluchte leise und legte einen Pfeil an. Zara hörte das Knacken der Sehne lauter als das Eintauchen der Ruder ins Wasser.

»Macht leiser!«, zischte sie den beiden Kriegern zu.

»Es geht nur laut und schnell oder leise und langsam«, murrte Gotham.

»Macht trotzdem leise und schnell.« Sie bückte sich nach ihrem Bogen und auch Madison hatte sich bewaffnet.

»Werden wir diesen Plan bereuen?«, fragte sie ihre engste Freundin.

»Das wissen wir erst, wenn es vorbei ist«, flüsterte diese zurück.

An Bord knallte es, eine Stichflamme stieg vom Bug auf. Sie hörten Menschen rufen und die Silhouetten verschwanden vom Heck. Zaras Blick ging zu Madison, deren Mundwinkel sich verzogen.

»Knallpulver«, sagte sie. »Sie wird es am Bug gezündet haben, damit uns niemand entdeckt.«

»Hoffentlich wagt sie nicht zu viel.«

»Nadie wagt immer mehr als jeder andere. Und sie ist noch nie gescheitert. Sie wird heute nicht damit anfangen.« Zara nickte. Madisons Vertrauen in Nadie war unerschütterlich und sie wusste es am besten. Die beiden Frauen hatten schon etliche Missionen zusammen bestritten und waren immer erfolgreich gewesen.

Sie tat gut daran, Madison zu glauben.

Endlich hatten sie den Felsen umrundet und fanden die Stelle, an der sie das Boot festmachen und an Land gehen konnten. Die beiden Männer atmeten auf und rieben sich die schmerzenden Arme.

»Ich denke nicht, dass ich um eine Versetzung zu dir bitten werde«, sagte Gotham zu Stroke.

»Das ist auch nur eine Aufgabe für die besten«, erwiderte der. »Wenn ich mir die Blasen an deinen Händen ansehe, weiß ich, dass du nicht einmal ein Schiff vertäuen kannst, ohne zu heulen.«

»Ruhe, wir sind noch nicht fertig«, rügte Zara die beiden. Stroke zuckte mit den Schultern.

»Und Zara ist mir zu streng.«

»Ich bin froh, dass Oran nicht der Gott des Meeres ist«, erwiderte sie und trat erleichtert auf den festen Boden.

Sie vertäuten das Boot und schleppten die Goldsäcke auf das Riff. Hier hatten sie eine Grotte gefunden, in der sie die Zeit abwarten konnten, bis Strokes Leute Quigoon umrundet hatten und sich dem Teufelsriff von Norden her näherten. Dann würden auch sie die Passage wagen.

Als sie alles erledigt hatten, ging Zara zurück zu ihrem Aussichtspunkt, die roten Haare unter einem dunklen Tuch verborgen. Von hier aus sah sie die Galeere, die langsam wieder Fahrt aufnahm. Vom Bug stieg Rauch auf, doch es gab kein Feuer. Nadies Ablenkungsmanöver hatte funktioniert. Sie hoffte nur, dass sie es vom Schiff hinunterschaffte.

Zur Not gelänge es ihr sicher, bis Bruht unentdeckt an Bord zu bleiben und von dort aus nach Kyaceron zurückzukehren, doch diese Ungewissheit wollte sie nicht. Sie wollte jetzt wissen, dass es ihr gut ging.

Sie betete zu Oran, dass dem so war.

»Sie scheinen noch nichts bemerkt zu haben.« Madison war neben sie getreten und beobachtete das feindliche Schiff. »Lass uns hoffen, dass es so bleibt. Sollte nur ein Indiz zu uns führen, haben wir ein großes Problem.«

»Wir haben keine Spuren hinterlassen, Zara. Sei unbesorgt.«

»Das kann ich nicht. Du warst bei dem letzten Treffen zwischen Oran und Chelison nicht dabei. Die Feindschaft war mit Händen greifbar.«

»Wenn sie einen Grund sucht, braucht sie nicht auf diesen zu warten.«

»Du hast recht.« Zara rieb sich die Wangen. »Meine Aufgabe wird nur immer schwerer.«

»Weil du dein Bestes gibst. Das ist immer der schwerste Weg.«

»Wie könnte ich einen anderen gehen?«

»Eben weil du diese Frage stellst, stellt sie sich nicht.«

»Wie poetisch«, erklang eine neue Stimme spöttisch. Die beiden Freundinnen fuhren herum und erblickten Nadie, die soeben auf den Felsen gestiegen war. Sie war durchnässt und ihre Unterarme bluteten. »Bist du unter die Orakel gegangen, Madison?«

»Herrje, und du unter die Taucher?« Madison zog ihren Mantel aus und reichte ihn der anderen.

»Was ist geschehen?«, fragte Zara.

»Das Knallpulver hat seine Arbeit getan, aber es gibt nicht viele Verstecke am Bug einer Galeere. Also bin ich von Bord gegangen. Die Strömung ist dort stark, ich bin mit mehreren Felsen kollidiert.«

»Ich wusste nicht, dass du so gut schwimmen kannst.« Nadie sah Zara aus ihren schwarzen Augen an.

»Ich auch nicht.«

Zara holte tief Luft, doch dann wandte sie sich ab und sah nach Südwesten, wo ihre Heimatstadt lag. Und betete, dass sie einen Weg gefunden hatten, um das Unheil abzuwenden.

*

TEIL 2

SCHERBEN

*C*iara eilte, so schnell ihr langes Kleid es zuließ, aus dem Saal, in dem sie mit Skyth gesprochen hatte.

Sie war erfüllt von Tatendrang. Endlich konnte sie sich vor allen Sippenmitgliedern beweisen, besonders vor ihrem Bruder, der sie anschließend als erwachsene Frau wahrnehmen musste, wenn sie sie erst alle gerettet hatte.

Und das würde sie.

Natürlich war es nicht leicht, aber das durfte es auch nicht sein. Es musste Widrigkeiten geben, denen sie trotzen konnte, um ihren Wert unter Beweis zu stellen. Und wenn sie dafür hundert Bücher wälzen müsste, sie würde es tun.

Dass die Jäger draußen vor der Tür lauerten und die Drohbriefe des Rates der Sippenoberhäupter und ihres früheren Anführers gekommen waren, machte ihre Mission nur noch wichtiger.

Jetzt musste sie die richtigen Begleiter auswählen.

Keine leichte Aufgabe.

Es wäre klug, Nate um seine Meinung zu bitten, aber fürs Erste wollte sie mit Shelley darüber sprechen.

Auch ihre beste Freundin wusste sicher Rat und bei ihr fühlte sie sich wohler als bei dem Mann, mit dem sie unfreiwillig verlobt war.

Sie erklomm die Treppe zum ersten Stock und ging den Flur hinunter, der zu ihren Gemächern, gleich neben denen ihres Bruders, führte.

Zärtlich strich sie im Vorbeigehen über seine Tür und lächelte. Dieses Mal hatte sie nichts darin zu schaffen. Und doch war sie sich nun gewiss, dass es richtig gewesen war, hineinzugehen und die Briefe zu finden.

Sicher hatte er ihr bereits verziehen. Sie würde ihm beweisen, dass sie dieses Vertrauen mehr als verdient hatte. Sie ballte die Hand zur Faust und blieb stehen. Sie schloss die Augen und gestattete sich einen kurzen Moment, in dem sie ihren Triumph auskostete.

Endlich.

Endlich war es so weit.

Zeit, aus seinem Schatten und an seine Seite zu treten.

Er musste verstehen, dass sie die beste dafür war. Sie und nur sie.

Alle anderen liebten ihn nicht so wie sie. Sie wollten seine Aufmerksamkeit, seine Anerkennung. Das wollte Ciara auch. Doch sie musste sie noch härter erkämpfen. Jetzt konnte sie ihm alles vergelten.

Endlich.

Shelleys Schlafzimmer lag nur wenige Meter weiter den Flur hinunter, schräg gegenüber von Ciaras Räumen.

Sie konnte davon ausgehen, dass sie allein war. Sie hatte derzeit keine Beziehung, nicht einmal eine Affäre. Stattdessen erholte sie sich von ihrer letzten, die mit einem Seitensprung seinerseits endete. Zudem war Echo nun mit Ride, einer gemeinsamen Freundin liiert, was Shelley noch nicht verwunden hatte.

Trotzdem klopfte sie an.

»Herein!«, erklang Shelleys dunkle Stimme, sie war bereits wach. Ihre Freundin lag in einem zarten Nachtgewand, das jedem Mann den Kopf verdreht hätte, auf ihrem Bett und las ein Buch. Auf dem Nachttischchen brannte eine Wachskerze. Shelley hatte ein Faible für Menschendinge wie Kerzen. Sie brauchte das Licht zwar nicht, fand das sanfte warme Licht aber angenehm und liebte, wie es auf ihrer weißen Haut schimmerte.

Als Ciara in den Raum trat, legte sie ihr Buch beiseite und setzte sich auf. Ihre dunkelroten Locken fielen kaskadenartig über ihre rechte Schulter und zeigten die kurzgeschorene linke Kopfseite.

»Was ist los? Du siehst so glücklich aus.« Sie warf ihr einen langen Blick zu. »Willst du mich mit Einzelheiten über deine Affäre mit Bevan quälen? Ich hätte nicht gedacht, dass es darüber so viel zu erzählen gibt. Wenn du so weitermachst, werfe ich meine guten Vorsätze über Bord und überzeuge mich selbst.«

Ciara schüttelte belustigt den Kopf.

Noch ein bisschen Zeit und Shelley würde die momentan scherzhafte Drohung in die Tat umsetzen. Dann musste sie darüber nachdenken, ob sie damit einverstanden wäre, wenn sie mit ihrem heimlichen Geliebten anbandelte.

Doch heute gab es ein anderes Thema.

»Es geht nicht um etwas so Triviales wie Männer«, erwiderte sie. »Sondern um etwas anderes, Wichtigeres.«

»So? Was gibt es hier denn anderes als Männer und Nahrung? Ich wüsste nicht, wann wir die letzte eklatante Veränderung erlebt hätten.« Shelley klopfte neben sich aufs Bett, damit Ciara zu ihr kam.

»Verschiedenes. Und ist leider fast alles unerfreulich«, erwiderte Ciara und umriss kurz die Probleme um den Opal, den Sippenrat und die lauernden Jäger.

Shelley riss die Augen auf. »Damit hatte ich nicht gerechnet.« Sie sank in ihre Kissen. »Verflucht, es scheint, als wäre das triste Leben bald vorbei.«

»Darauf kannst du wetten. Ich habe von Skyth den Auftrag bekommen, mich darum zu kümmern.«

»Du?« Shelley lächelte entschuldigend, als sie Ciaras entrüstetes Gesicht sah. »Du weißt, wie ich es meine. Normalerweise ist Nate für alles die erste Anlaufstelle.«

»War er auch«, gab Ciara zähneknirschend zu. »Aber ich konnte meinen Bruder überzeugen, dass er mir die Verantwortung überträgt. Nate wird mich begleiten und unterstützen. Und ich hoffe auf deine Hilfe.«

»Natürlich unterstütze ich dich immer. Aber verrätst du mir auch, wobei?«

»Caterina hat eine Schriftrolle entdeckt, die besagt, dass es in anderen Dimensionen Energiequellen gibt. Wir werden einen Dimensionssprung machen und so den Opal reparieren. Danach haben wir soviel Energie, dass wir Zauber wirken können und der Rat keine andere Wahl hat, als Skyth aufzunehmen.«

»Das klingt nach viel Verantwortung.«

»Genau darum habe ich gebeten. Zu neunt sollen wir aufbrechen. Du, Nate und ich. Und ...« Ciara zögerte.

»Ich ahne schreckliches«, sagte Shelley trocken.

»Ich habe Bevan vor Skyth ins Spiel gebracht und er hat zugestimmt.«

»Hältst du es für eine gute Idee, eine so wichtige Mission gemeinsam mit deinem Verlobten und deiner heimlichen Affäre anzugehen? Ich habe Zweifel.«

»Es war zu spät, um einen Rückzieher zu machen. Skyth wäre misstrauisch geworden.«

Shelley nickte. »Er hatte wohl genug zu schlucken, nachdem, was du und Caterina getan habt.«

»Ich habe ihn nicht so hintergangen wie sie!«, begehrte Ciara auf. Shelley warf ihr einen langen Blick zu. »Was hätte ich denn tun sollen?«

»Ich weiß es auch nicht«, gab sie zu. »Gut, wen hast du dir noch als Begleiter überlegt?«

»Es ist schwierig«, sagte Ciara grübelnd und starrte an den Betthimmel. »Ich muss Leute wählen, die mich als Anführerin akzeptieren. Da Nate mitkommt, besteht die Gefahr, dass er dennoch immer gefragt wird.«

»Wie gut, dass du Bevan dabei hast. Gemeinsam werdet ihr Nate für dich einnehmen können«, stichelte Shelley.

Ciara biss sich auf die Unterlippe. Ihre Freundin hatte recht, doch das half ihr nicht.

»Deswegen werde ich Ride bitten.« Shelleys Miene verfinsterte sich.

»Dann wird Echo dich ebenfalls begleiten wollen.«

»Vermutlich.«

»Ich verstehe, warum du Ride aussuchst, und es ist eine gute Idee, aber ...«

»Ich weiß und es tut mir leid. Denkst du, du kannst es ertragen?«

»Ich werde dich nicht allein gehen lassen, also muss ich wohl. Sollte Echo allerdings einen Unfall haben, musst du mir ein Alibi verschaffen.«

»Versprochen. Außerdem dachte ich an Lucia und Mason. Und an Doria.«

»Die Gruppenzusammenstellung ist gewagt. Lucia und Mason können sich kaum auf etwas anderes konzentrieren als die prekären Körperteile des jeweils anderen.«

»Sie sind gute Jäger und Strategen, ebenso wie Doria.«

»Und sie werden dir nicht in den Rücken fallen, schon verstanden. Wann brechen wir auf?«

»Ich werde später die Schriftrolle mit Skyth und Jacobus durchgehen. Skyth besteht darauf, dass ich die Vorbereitung der Mission begleite.«

»Das gehört dazu.«

»Sobald die Vorbereitungen abgeschlossen sind, werden wir uns auf den Weg machen. Ich weiß nicht, wie viel Zeit uns bleibt, bis der Rat oder die Jäger ihre Drohung wahr machen.« Ciara zog die Beine an und spürte einen unangenehmen Druck. Sie bekam eine Ahnung, wie Skyth sich ständig fühlen musste.

»Und wo ist das Portal? Nicht hier im Haus, oder?«

»In Thoas' Schloss.«

»Warum nur habe ich geahnt, dass es schon problematisch losgeht? Ich kann Entfernungen nicht gut abschätzen, dass Thoas nicht hinter dem nächsten Hügel wohnt, weiß ich. Wie kommen wir also dorthin?«

»Mit einem Zauber, anders geht es nicht«, erklärte Ciara.

»Ein Zauber? Ist das nicht zu riskant? Was, wenn der Schutzwall noch einmal zusammenbricht?«, fragte Shelley.

»Das werden wir mit Desmond besprechen. Er und die Magieschülerinnen haben ihn beim letzten Mal wiederhergestellt. Er wird das Risiko beurteilen. Aber ich wüsste nicht, wie wir sonst zu ihm reisen sollten. Der Weg ist zu weit.«

»Skyth wird das berücksichtigen.«

»Ja, das wird er. Und ich auch«, grollte Ciara. Sie erhob sich vom Bett. »Ich werde jetzt die anderen informieren. Sei so gut und pack schon ein paar Sachen zusammen. Ich habe das Gefühl, dass wir in Kürze aufbrechen werden.«

Shelley versprach es und Ciara verließ das Gemach.

Etwa eine Stunde später hatte sie ihre Auserwählten informiert. Wie sie es erwartete, sagten alle zu und die meisten freute die Aussicht auf ein Abenteuer. Wegen Doria, dem jüngsten Sippenmitglied, hatte sie ein längeres Gespräch mit deren Schwester Kalyndra führen müssen, sie aber auch überzeugt.

Der einzige, mit dem sie nicht sprechen konnte, war Bevan, der noch immer Wachdienst hatte.

Skyth hatte sie angewiesen, sich in zwei Stunden zusammen mit Nate in der Bibliothek einzufinden. Sie würden die Schriftrolle durchgehen und die Details besprechen. Ciara brannte nicht darauf, sah aber ein, dass es notwendig war. Als Anführerin brauchte sie alles Wissen, das sie bekommen konnte.

Zwei Stunden waren noch eine lange Zeit, dennoch beschloss sie, schon jetzt in die Bibliothek zu gehen und ein paar Bücher zu konsultieren. Wie mochte es hinter dem Dimensionsportal aussehen? Wie bei ihnen oder war sie im Begriff, eine völlig fremde Welt zu betreten?

Sie kam ihrem Ziel immer näher. Ungeduld erfüllte sie.

Sie wünschte, sie könnten gleich aufbrechen, ohne die lästigen Vorbereitungen. Natürlich war es sinnvoll, sich alle Informationen zu beschaffen, aber dazu reisten sie doch zu Thoas, oder nicht? Er konnte ihnen sagen, was sie wissen mussten.

Sie seufzte. Es half nichts und es wäre dumm, Skyth diesen Vorschlag zu unterbreiten. Sie durfte sich nicht bloßstellen. Er musste von ihrer Eignung überzeugt sein. Dazu würde sie seine Befehle widerstandslos befolgen.

Die Bibliothek war verlassen, wie sie es erhofft hatte. Mit gerunzelter Stirn trat sie vor die Bücherregale und ließ den Blick über die Buchrücken schweifen. Viel Auswahl hatte sie nicht. Sie besaßen nur wenig Schriften von ihresgleichen, der Rest waren Bücher, die sie auf der Jagd erbeutet hatten.

Frustriert setzte sie sich in einen der Lesesessel und starrte das Regal an, als könne sie es so überzeugen, die Informationen herauszurücken. Hoffentlich übernahm sie sich an der Aufgabe nicht!

Das Knarren der Tür riss sie aus ihren Gedanken.

Verwundert über die Störung blickte sie auf. Doch statt Nate, mit dem sie gerechnet hatte, stand Bevan im Türrahmen. Ihr Herz machte einen kleinen Satz, doch das ließ sie sich nicht anmerken. Sie war nicht gewillt, ihrer Affäre zu viel Bedeutung beizumessen.

»Ich hatte nach dir gesucht«, sagte sie.

»Ich habe schon davon gehört. Nate hat mich informiert.« Er verschränkte die Arme vor der Brust. »Ich begleite dich selbstverständlich, aber hältst du das für eine gute Idee?«

»Nein.« Er lächelte.

»Ich auch nicht. Du liebst das Spiel mit dem Feuer, nicht wahr?«

»Anscheinend mehr, als ich selbst ahnte. Jetzt ist es zu spät.«

»Das Ganze hat auch sein Gutes.« Er trat an sie heran, setzte sich auf die Armlehne ihres Sessels. Beiläufig strich er mit der Hand über die Kontur ihres Kiefers.

Sie hatten noch ein wenig Zeit, bis die anderen kamen. Ihr Blick forderte ihn auf, weiterzumachen. Seine Finger wanderten über ihr Schlüsselbein und verschwanden unter dem Stoff ihrer Corsage.

»Und was?«

»Du hast während der Reise mehr Auswahl.«

»Bevan, ich ...« Er verschloss ihren Mund mit einem Kuss.

»Ich weiß. Lass uns diesen Moment nutzen, bevor du mich lange Zeit warten lässt.«

Sie zog ihn zu sich herunter und versenkte ihre spitzen Eckzähne im weichen Fleisch seiner Kehle. Er schauderte und legte den Kopf zurück. Zeitgleich streichelte er ihre sensible Haut, während sich seine andere Hand zum Saum ihres Rocks bewegte. Er hob ihn an und bahnte sich an der Innenseite ihrer Beine hinauf seinen Weg.

Wie in Trance biss sie fester zu, bis ein Tropfen seines süßen Blutes über ihre Zunge rann.

Nur einer.

Trank sie mehr, ging sie eine verbotene Bindung mit ihm ein. Das war ein besonderer Nervenkitzel, der sie zusätzlich erregte. Er packte sie und zog sie an sich.

Er ließ seine Zunge über ihre Haut gleiten, während sie das Blut, das ihre Kehle hinunterrann, genoss.

Später, als Ciara erneut die Bibliothek betrat, warteten Skyth und Nate auf sie. Die Schriftrolle lag auf dem Studientisch, auf dem sie und Bevan ...

Ciara schüttelte die Erinnerung ab und trat an die beiden heran. Dank der Wäsche und ihrem Parfum war von ihrem Zusammensein nichts mehr zu riechen und der Raum war gelüftet.

»Endlich bist du da«, sagte Nate freundlich. »Skyth und ich haben auf dich gewartet.«

Ein schlechtes Gewissen flackerte in ihr auf. Trieb sie es zu weit?

Wenn Skyth seinen Willen durchsetzte, würden sie und Nate den Rest ihres Lebens zusammen sein. Ihn zu betrügen war dann kein Scherz mehr und wegen des Blutbundes unmöglich.

Sie rang sich ein Lächeln ab und beugte sich über die Schriftrolle. Dies war nicht die richtige Zeit, um darüber nachzudenken. Ihre Aufgabe war wichtiger.

Die Schrift war dünn wie Spinnenweben und wurde nach rechts immer länger, als wäre der Arm des Schreibers zu kurz gewesen. Sie kniff die Augen zusammen, um die Buchstaben entziffern zu können.

Keine leichte Aufgabe, stückweise war sie sich nicht einmal sicher, in welcher Sprache der Text verfasst war. Skyth fluchte.

»Das schaffen wir nicht allein«, knurrte er, schon auf dem Weg zur Tür. Sie schlug hinter ihm zu, seine Schritte verhallten im Flur.

Ciara und Nate waren allein. Sie fühlte sich befangen und zum ersten Mal seit Beginn ihrer Affäre mit Bevan bereute sie ihr Verhalten.

»Was denkst du, wie schnell wir abreisen werden?«, fragte sie.

»Nach dem heutigen Tag wird Skyth nicht viel Zeit verstreichen lassen. Und ich will nicht warten, bis wir mit dem Rücken zur Wand stehen.«

»Ich auch nicht«, sagte sie sofort. »Ich wäre noch in dieser Nacht aufgebrochen.«

»Deswegen ist Skyth unser Oberhaupt«, erwiderte Nate lächelnd. »Er weiß, wie er vorgehen muss. Das können wir von ihm lernen.«

Ciara schwieg betroffen. Nate hatte sie nicht gerügt, aber es fühlte sich so an. Ja, sie war jung und unerfahren, aber die Erkenntnis war schmerzhaft. Und von ihm, der ihre rechte Hand bei der Mission sein sollte, wollte sie es nicht hören.

Skyth kam mit Jacobus zurück. Der Schriftgelehrte hatte den Schock des Nachmittags überwunden und beugte sich geschäftig über das Pergament. Ihm fiel es leicht, die Schrift zu entziffern, wie Ciara erleichtert feststellte.

»Gibt es Hinweise im Text, wie die andere Dimension aussieht?«, fragte Skyth, nachdem sie eine Weile geschwiegen hatten. Jacobus furchte die hohe Stirn. »Leider nein. Der Autor beschreibt ausführlich seine Reise und wie er die Energie fand, nicht aber, was er konkret vorgefunden hat. Mag sein, dass es zu diesem Thema ein weiteres Schriftstück gibt.«

»Aber der Bericht ist authentisch?«, hakte Skyth nach.

»Soweit ich sehen kann, ja. Die Beschreibung des Portals und des Zauberbanns ist plausibel, soweit ich es beurteilen kann. Aber wir können Desmond um seine Einschätzung bitten.«

»Das hatte ich ohnehin vor.« Skyths lange weiße Finger trommelten auf die Tischplatte. »Welche wichtigen Erkenntnisse hast du darüber hinaus gewonnen?«

Jacobus rieb sich den Nacken. »Mit Verlaub, Skyth, ich weiß, dass die Zeit drängt, aber ich halte es für riskant, diesen Plan umzusetzen. Die Informationslage ist dünn. Caterina könnte weitere Details von Thoas erfahren, möglicherweise ist ihm der Verfasser bekannt. Ich könnte mit ihr darüber sprechen.«

»Caterina hat mit der Mission nichts zu schaffen!«, brauste Skyth auf. Ciara zuckte zurück, ebenso Jacobus, dem der Schweiß ausbrach. Skyth schnaubte und schüttelte den Kopf, als könne er seine Wut abschütteln. »Es wäre unklug, diese Möglichkeit zu ignorieren. Sprich mit ihr und erstatte mir Bericht.« Jacobus verneigte sich und verließ den Raum.

»Wann sollen wir aufbrechen?«, fragte Ciara.

»Sobald ich Desmonds Einschätzung gehört habe. Wir haben keine Zeit zu verlieren. Dennoch ist das kein Grund, unvorsichtig zu werden.« Es klopfte an der Tür, auf Skyths Aufforderung trat Desmond, ihr Magiermeister, ein. Sein kahlgeschorenes Haupt zierten einige Runentätowierungen, die ihn schützten und stärkten und Ciara jedes Mal elektrisierten, wenn sie ihn sah. Er sah äußerst besorgt aus.

»Verzeiht die Unterbrechung, aber wir haben ein dringendes Problem. Der Schutzwall ist erneut zusammengebrochen.«

»Die Jäger?«, fragte Skyth, der von seinem Stuhl hochgefahren war.

»Haben ihre Stellung vor einiger Zeit aufgegeben. Wir hoffen, dass sie es nicht bemerkt haben, aber die Krieger sind auf Position. Wir werden uns verteidigen müssen, wenn sie sich zum Angriff entschließen.«

Ciara wurde kalt.

Eine so direkte Konfrontation hatte sie noch nie erlebt und sie fürchtete sich davor. Wenn die acht Jäger angriffen, mussten sie mit Verlusten rechnen - eine Katastrophe für die Sippe.

»Wir gehen hoch«, befahl Skyth in Nates Richtung, der sich sofort in Bewegung setzte.

»Ich komme mit.« Ciara sprang auf und folgte den drei Männern. Skyth schien protestieren zu wollen, nickte aber. Sie hätte sich ohnehin nicht abschütteln lassen.

Abermals eilten sie den Weg hinauf zu den Wachtürmen, dieses Mal waren sie voll besetzt. Alle Krieger und auch die Magieschülerinnen waren anwesend. Die Wächter standen lauernd an den Fenstern, ihre Waffen im Anschlag. Jeder von ihnen starrte in äußerster Konzentration hinaus. Ein einziger Fehler konnte Leben kosten.

Desmond trat zu seinen Schülerinnen und besah die Vorbereitungen, um den Schutzwall zu rekonstruieren. Sie hatten Bücher dabei, magnetische Kreide, mit der sie ein magisches Zeichen auf den Boden brachten.

Schweigend reichte Cass den Neuankömmlingen Armbrüste und sie bezogen Stellung an den Fenstern. Skyth ließ sich eine Zusammenfassung der letzten Stunden geben, während Ciara ihre Waffe in den Händen wog und sich auf die Nacht konzentrierte. So sehr die Magie sie interessierte, hier konnte sie besser helfen.

Es mochte sein, dass die Jäger sich zurückgezogen hatten, aufgegeben hatten sie ihre Pläne aber nicht. Sie konnte ihre Körperwärme ausmachen, alle acht hatten sich hinter einem nahen Hügel versteckt. Und sie waren schwer bewaffnet, das roch sie bis hierher.

Sie spürte ihr Herzklopfen bis in die Halsschlagader und ihre Hände fühlten sich heiß an. Nein, ihr langweiliges Leben, das nur aus Jagden und Müßiggang bestand, war vorbei. Jetzt hatten sie so massive Probleme, dass die alte Angst wieder zurückkam.

Die Jäger waren nicht das schlimmste, sie waren nur am nächsten dran. Nach ihnen konnte Lycanus kommen, ihr ehemaliger Sippenoberster. Das wäre viel schlimmer. Keine Armbrust der Welt richtete etwas gegen ihn aus.

Ciaras Kehle schnürte sich bei diesem Gedanken zu. Sie musste eine Lösung für die Sippe finden, sonst würden sie sterben, auf die eine oder andere Weise.

Sie wandte sich zu den Magiern um, die den Bannspruch rezitierten und die dazu notwendigen Zutaten in einer kupfernen Schale verbrannten. Schwere ätherische Dämpfe stiegen in dem kleinen Raum auf. Jemand hustete erstickt.

Das dauerte alles zu lange.

Ein Dröhnen setzte in ihren Ohren ein. Ihr Brustkorb schien sich zu verengen.

Panik?

Sie durfte jetzt keine Panik bekommen!

Sie sah hinüber zu Nate, der mit ernster Miene an seinem Posten stand. Ihm war keine Angst anzumerken.

Sie schluckte trotzig. Vielleicht wäre er der bessere Mann, um die Mission anzuführen, aber sie würde lernen. Hineinwachsen. Und ihre fehlende Erfahrung mit ihrem eisernen Willen wettmachen.

Bald.

Ein Knacken erregte ihre Aufmerksamkeit und sie fuhr herum. Gerade rechtzeitig duckte sie sich, als ein Geschoss durch die Fensteröffnung zischte. Mit einem dumpfen Knall prallte es von der gegenüberliegenden Wand ab. Ein Bolzen mit einer hässlichen Metallspitze fiel klappernd zu Boden. Xera stöhnte auf, er hatte sie am Unterarm erwischt und dort eine Brandverletzung verursacht.

Sie fluchte, als die andere sich wimmernd zusammenkrümmte.

Die Krieger erwiderten nun das Feuer, doch die Spanne der Armbrüste reichte nicht aus, um die Jäger zu treffen. Ciara hielt den Atem an, als sie die Waffe der Feinde erblickte: ebenfalls eine Armbrust, doch viel größer. Jetzt spannten sie einen weiteren Bolzen ein.

»Beeilt euch!«, rief sie in Richtung der Magier.

»Es gibt keine Eile in der Magie«, erwiderte Desmond gepresst. »Haltet uns die Jäger vom Leib!«

Skyth stellte sich ans Fenster und zielte. Er schloss die Augen und schien zu lauschen, als die Angreifer den zweiten Bolzen abschossen.

»Skyth!«, schrie Ciara in Panik auf. Ihr Bruder gab einen Schuss ab und sprang zurück. Der Bolzen durchschlug das Holz der Tür und polterte zusammen mit ihren Bruchstücken die Turmtreppe hinunter.

Als Ciara sich umwandte, konnte sie nur noch sieben Jäger ausmachen, der Achte hauchte gerade, von Skyths Bolzen getroffen, sein Leben aus. Ungläubig sah sie ihn an. Er war der beste Krieger der Sippe, deswegen war er ihr Oberhaupt, doch wie hatte er das gemacht?

»Rückenwind«, erwiderte er auf ihre stumme Frage. »Hilf Xera.«

Ciara legte ihre Armbrust beiseite. Mit dieser Waffe war sie ohnehin nicht vertraut, sie war besser im Nahkampf und nutzte für gewöhnlich stählerne Klauen. Hier konnte sie nicht helfen und akzeptierte den Befehl, über den sie sich sonst geärgert hätte.

Sie half Xera auf und schlang ihren Arm um deren Taille. Der Geruch der verbrannten Haut verursachte ihr Übelkeit. Es hätte ebenso gut sie treffen können. Dann wäre ihr Plan gestorben.

»Wie geht es dir?«, fragte sie leise. Xera schüttelte den Kopf und umklammerte ihren verletzten Arm mit der gesunden Hand. Das war Antwort genug.

Eine elektrostatische Welle ging durch den Raum und breitete sich aus. Ciara spürte ein Kribbeln in ihrer Brust, unangenehm intensiv wie ein Ameisenvolk. Ihr Atem stockte und um ein Haar wäre Xera ihr entglitten. In letzter Sekunde konnte sie sie am Arm packen und verhindern, dass sie die Treppe hinunterfiel.

Ein weiterer Bolzen traf den Turm, doch diesmal verursachte er den gleichen dumpfen Knall wie beim letzten Mal. Ciara spürte ihn in ihrem Brustkorb.

Der Schutzwall stand wieder, allen Geistern sei Dank.

Skyth trat vom Fenster zurück. »Ihr brecht in der nächsten Nacht auf«, sagte er. »Es ist schlimmer als gedacht.«

*

ie Dryaden stemmten sich gegen den starken Wind. Über ihnen bogen sich die Baumkronen und sie mussten Zweigen und Blättern ausweichen, die ihnen entgegenpeitschten.

Bell spürte ihre Kräfte nachlassen. Xarenias Körper wurde mit jedem Meter schwerer, die Göttin war wie ein Bündel schwerer Äste, das sie und Pace mit sich schleppten.

Sie gingen am Anfang der Gruppe und kamen nur quälend langsam voran. Der Himmel war schwarz wie Pech, Blitze zuckten über ihn hinweg und Donner grollte so laut, dass sie zusammenzuckten. Ein paar der jüngeren Dryaden suchten instinktiv Schutz auf Bäumen, doch hier konnten sie nicht bleiben.

Bells Vision war eindeutig: Sie mussten den Wald verlassen und zum Berg des Felsengottes Rupes gehen. Was auch immer geschah, dort waren sie in Sicherheit. Doch zunächst mussten sie den Weg hinter sich bringen, der Bell noch nie so weit vorgekommen war.

Benötigte sie unter normalen Umständen zwei Stunden dorthin, waren sie mittlerweile vier unterwegs und hatten nicht einmal die Hälfte hinter sich gebracht. Sie verlagerte Xarenias Gewicht und versuchte, ihre Schulter zu schonen. Das lebendige Haar aus Zweigen und Blättern stach in ihr Gesicht, immer wieder musste sie den Kopf drehen, damit ihre Augen verschont blieben.

Ihre Glieder fühlten sich schwer an und sie fragte sich, ob sie es schaffen würde, den Rest des Weges das Gewicht ihrer Göttin zu tragen. Sie wagte nicht, jemand anderen zu bitten, für sie zu übernehmen. Wenn etwas mit Xarenia geschah, wollte sie es als Erste bemerken.

Auch Pace' Atem ging schneller, er spürte die Anstrengung ebenso wie sie.

»Ist es noch weit?«, fragte jemand hinter ihnen. Nicht alle hatten die Nachbarn schon besucht.

»Die Hälfte haben wir geschafft«, antwortete Tyler, der direkt hinter Bell ging. Seine Anwesenheit war tröstlich und gab ihr die Kraft, weiterzulaufen.

Meter für Meter.

Sie hörte Gemurmel und leises Gejammer, dabei hatte niemand so schwer zu tragen wie sie. Frust stieg in ihr hoch. Ohne die Last wären sie längst da, doch sie beschwerte sich schließlich auch nicht.

»Nicht jeder ist so stark wie du«, drang Pace' Stimme an ihr Ohr. Sie sah zu ihm hinüber, so gut das durch Xarenias Haare möglich war. »Ärgere dich nicht. Deshalb bist du ihre Stellvertreterin und nicht Dendra.«

Sie erwiderte sein Lächeln. Er hatte recht. Und sie musste sich um Wichtiges kümmern.

»Gleich erreichen wir den Fluss«, sagte sie. »Xarenia über die Brücke zu bringen wird schwierig.«

Die ›Brücke‹ war ein umgestürzter Baum, der quer über dem Fluss lag. Allein war es kein Problem, ihn zu überqueren, doch jetzt hatte Bell Angst davor, Xarenia könnte ihr entgleiten.

»Auch das werden wir schaffen«, erwiderte Pace mit einer Zuversicht, die sie gern selbst gefühlt hätte. »Ich helfe euch«, schaltete Tyler sich ein. »Mach dir keine Sorgen, Liebste.« Sie lächelte ihn über ihre Schulter an.

Schritt für Schritt setzten sie ihren Weg fort. Ein weiterer Blitz erhellte den Himmel und eine Bö kam auf, so stark, dass sie sie beinahe von den Beinen riss. Sie ging in die Knie und versuchte, Xarenia dagegen abzuschirmen.

Ein Stein traf ihren Rücken und sie stöhnte auf, als der Schmerz durch ihren Körper raste. Eine Hand legte sich auf ihre Schulter.

»Lass mich übernehmen«, sagte Tyler sanft. Sie nickte und überließ ihm Xarenias Arm. Mit schlechtem Gewissen streckte sie sich. Sie dürfte nicht so froh darüber sein, die Last loszuwerden.

Pace trat ebenfalls zurück, Saw übernahm für ihn. Jetzt mussten er und Bell mit den anderen die schweren Instrumente der beiden tragen. Tylers Kontrabass und Saws Pauken erschwerten ihnen das Vorankommen ebenfalls.

Neben Bell liefen nun Feliné und Cora, in deren Gesicht die Angst stand.

»Geht es dir gut?«, flüsterte sie. Bell nickte. Sie würde sicher einen Bluterguss bekommen, aber das war nicht das schlimmste, was ihnen passieren konnte.

»Bell, wir haben ein Problem«, rief Tyler.

Sie hatten den Fluss erreicht, doch die Brücke war verschwunden.

Erschrocken sah Bell sich um. War sie vom Weg abgekommen?

Aber das war unmöglich! Die Brücke musste hier sein.

»Dort«, sagte Feliné und deutete ein Stück den Fluss hinunter. Am Ufer lag ein Baumstamm, der sich in den Wurzeln einer Weide verkeilt hatte. Die Brücke war fortgerissen worden.

Bells Eingeweide fühlten sich eiskalt an. Sie mussten den Fluss überqueren, um zu Rupes zu kommen. Zwar konnten sie schwimmen, doch es war unmöglich, ihre Instrumente mit ins Wasser zu nehmen, von der ohnmächtigen Xarenia ganz zu schweigen.

Ihre Begleiter erwarteten eine Entscheidung, niemand nahm sie ihr ab. Es hing allein von ihr ab, ob sie weitergingen oder umdrehten.

Aber sie konnten nicht zurück. Das Risiko war zu groß.

Eine erneute Bö riss Cora von den Beinen, sie fiel mit einem Schrei zu Boden. Saw machte Miene, Xarenia loszulassen, um seiner Verlobten zu helfen, doch sie kam allein wieder auf die Beine.

»Bell«, sagte Feliné beschwörend. »Was sollen wir tun?«

»Wir müssen einen Weg finden, um Xarenia hinüberzubringen«, erwiderte sie entschlossen. »Sucht breite Äste. Wir bauen ein Floß.«

»Wie lange soll das dauern?«, beschwerte sich jemand. »Der Sturm wird immer stärker.«

»Hast du eine bessere Idee?«, fragte sie mit mühsam unterdrückter Wut. »Wir können nicht zurück zur Lichtung.« Die junge Dryade sah betreten zu Boden und machte sich daran, Baumaterial für das Floß zu suchen.

Bells Mut sank, je mehr Zeit verstrich. Das alles dauerte viel zu lange.

»Bell?«, hörte sie eine bekannte Stimme, mit der sie nicht gerechnet hatte.

Sie fuhr herum und erblickte Stilla, die Najade, die ihr und Tyler am Nachmittag begegnet war. Und nicht nur sie: Hinter ihr kamen ihre Schwestern und Ora, die Flussgöttin, zu der sie gehörten.

Ora kam heran, sie hatte Xarenia entdeckt. »Was ist geschehen?« Ihre Stimme klang wie fließendes Wasser und war im Sturm kaum zu hören. Bell trat an sie heran und berichtete, was geschehen war. Ora nickte mit ernster Miene und trat aus dem Wasser.

»Ich werde sie hinüberbringen.«

Die Najaden traten nun ebenfalls heran und boten den Dryaden ihre Hilfe an. Sie brachten die Instrumente und die Baumnymphen sicher und beinahe trocken ans andere Ufer und stiegen dort, zu ihrer Überraschung, aus der Strömung, die immer weiter anschwoll.

»Wir haben den gleichen Weg«, sagte Ora, die Xarenia mühelos hinübergetragen hatte und nun wieder an Tyler und Saw überreichte. »Unsere Quelle ist aufgewühlt und wir haben die gleichen Omen gesehen wie ihr. Lasst uns gemeinsam zu Rupes gehen. Dort kannst du mir berichten, was mit Xarenia geschehen ist.«

Bell schöpfte neue Hoffnung. Den schwierigsten Teil des Weges hatten sie hinter sich gebracht.

Sie ließen den Wald hinter sich und erreichten die Ausläufer des Gebirges. Bell und Ora führten sie einen gewundenen Pfad entlang, der sie zur Bergpforte brachte. Nach den letzten Bäumen wurde der Pfad breiter.

Sie erreichten den Weg, der sich um den Fuß von Rupes' Berg schlängelte. Er wurde abschüssig und hinter Bell ertönte ein Schrei: Saphora war ausgerutscht und hingefallen.

»Ist sie in Ordnung?«, fragte sie über die Schulter, ohne langsamer zu werden. Müssten sie halten, würden sie die wenige kostbare Zeit, die ihnen blieb, verlieren.

Über ihnen donnerte es lauter als je zuvor. Bells Herz verkrampfte sich furchtsam und sie betete, dass es nicht anfing zu regnen.

Feliné spähte in die zunehmende Dunkelheit. »Sie steht wieder.«

Bell atmete auf und sie schleppten sich weiter den Weg entlang. Sie sah Ora und den Najaden an, dass es ihnen nicht schnell genug ging, die Wassernymphen wären ohne sie längst angekommen.

Das tat ihr leid, doch sie konnte es nicht ändern.

Endlich erreichten sie die Pforte, an der eine Oreade Wache hielt. Bell kannte sie von ihren Besuchen und Pruina kam ihnen alarmiert entgegen. Die grauen Augen der Bergnymphe weiteten sich, als sie die Waldgöttin sah. Sie kam heran und verneigte sich vor Ora.

»Herrin, welch eine Ehre, dich hier zu sehen. Was ist mit Xarenia geschehen?«

Bell und Pace tauschten einen Blick, unsicher, wie viel sie sagen konnten und ängstlich, jemand könne es hören, der ihnen nicht wohlgesonnen war.

»Es ist der Himmel und Xarenia geht es nicht gut, Pruina«, erwiderte Bell. »Wir erbitten Hilfe von Rupes, dem Felsenroller.« Ihr besorgter Blick wanderte zum blassen Gesicht ihrer Mutter, die immer schwächer wurde.

»Ebenso wie wir«, sagte Ora.

»Die werdet ihr bekommen«, versprach Pruina sofort. »Folgt mir.« Sie wandte sich um und begann langsam den Aufstieg, sodass ihre Verwandten aus dem Wald ihr folgen konnten. Die Oreade bewegte sich auf den steilen Hängen müheloser als die Dryaden und Najaden, doch Hast würde ihnen nicht helfen.

Mit einer Geste schickte sie die zweite Wächterin voraus, damit diese den Berggott informierte. Heute würde niemand mehr die Pforte durchqueren.

Sie lotste die Gäste durch die Öffnung im Felsen, die sie hinter dem Letzten verschloss. Anschließend setzte sie sich an die Spitze der Gruppe und entzündete eine Fackel.

Ihre Schwester war bereits zurückgekehrt und bildete mit einer weiteren Fackel die Nachhut.

Der Feuerschein brach sich an den reichen Erz- und Silberadern in den Wänden und zauberte tanzende Punkte in den düsteren Gang. Es würde noch dauern, bis sie die große Wohnhöhle der Oreaden erreichten, doch das Schlimmste hatten sie hinter sich.

»Auch wir haben eine Veränderung wahrgenommen«, berichtete sie. »Wir erkennen an der Färbung der Berge Zeichen für Unheil. Heute sind sie schwarzgrau. Ein schlechtes Omen. Es war weise von euch, zu uns zu kommen und Schutz zu suchen. Es ist nicht absehbar, was demnächst geschehen wird, und hier seid ihr sicher.«

»Das hoffen wir, Pruina«, erwiderte Ora. »Was auch immer mit Xarenia geschehen sein mag, hier können wir am besten überlegen, wie wir ihr helfen können.«

Pruina neigte das Haupt. »Es ist besser, wenn wir uns in zwei Gruppen aufteilen. Meine Schwester wird die Najaden voranführen«, sagte sie. »Ich bleibe bei euch und Xarenia. So nutzen wir das Licht am effektivsten.«

Ora war einverstanden und die Dryaden ließen ihre Verwandten passieren. Abermals hörte Bell ein leises Murren. Manche von ihnen kämen lieber schneller voran, als bei den ihren zu bleiben.

Erneut kochte Ärger in Bell hoch.

»Nimm es ihnen nicht übel«, sagte Pace, der ihr Gesicht gesehen hatte. »Sie haben Angst.«

»Ich wünschte, ich wäre so gelassen wie du«, antwortete sie leise. »Du verstehst die anderen besser.«

»Jeder muss eine Stärke haben«, entgegnete er. »Ich wäre gern so mutig wie du.«

»Ich bin nicht halb so mutig, wie ich es gern wäre«, gab sie zu.

»Und damit trotzdem mutiger als die meisten anderen.«

»Ich danke dir.«

»Bell!« Tyler rief nach ihr. »Xarenia ist aufgewacht.«

Alarmiert eilten die beiden zu Tyler und Saw, die die Göttin stützten. Mit wild klopfendem Herzen beugte Bell sich zu ihrer Mutter hinunter.

»Geht es dir besser?«, flüsterte sie und nahm ihre Hand.

»Bell ...« Die Stimme der Göttin klang dünn, ihr schwaches Auge suchte das Gesicht ihrer Tochter. »Belladria, wo bist du? Ich kann dich nicht sehen ...«

»Ich bin hier, direkt vor dir.« Bell streichelte ihre Finger. »Wir sind im Gang in Rupes' Berg. Ora und Rupes wissen sicher, wie wir dich heilen können.«

»Das ist gut ... ich fühle mich so schwach ...« Die Eichengöttin drückte ihre Hand, doch ihre Augenlider fielen zu und sie sank erneut in Ohnmacht. Bell biss sich auf die Lippe und rappelte sich auf.

»Wir müssen uns beeilen«, sagte sie zu Tyler und Saw. »Wenn ihr noch Kraftreserven habt, bitte verwendet sie jetzt.« Die beiden nickten und beeilten sich, weiterzukommen.

»Folgt uns! Wir haben keine Zeit zu verlieren«, rief Bell den restlichen Dryaden zu, die sich in Bewegung setzten.

Schließlich mündete der Gang in eine gigantische Halle. An den Wänden brannten zahllose Fackeln und tauchten sie in ein rotgelbes Licht. In der Mitte lag ein schimmernder See, dessen Quelle in einem verborgenen Teil des Berges entsprang. Das Wasser suchte sich seinen Weg durch viele Grotten und Höhlen, bis es dieses Gewässer erreichte. Vor dem See lag eine Ebene, auf welcher Rupes' Thron aus Felsen stand. Ora stand bereits neben dem Bergherrn, dessen kantiges Antlitz an rohen

Stein erinnerte. Offenbar hatte sie ihn bereits informiert, denn die beiden Götter kamen auf die Dryaden zu.

»Lasst mich sie tragen«, sagte der Berggott polternd und hob seine Schwester aus Tylers Armen. Mühelos trug er sie zu dem Plateau hinüber und legte sie auf den Steintisch, von dem die Oreaden sonst zu speisen pflegten. Ora verharrte vor den Dryaden und sah sie aus ihren Augen, die Licht reflektierten wie eine Wasseroberfläche, an. Ihr Blick blieb an Bell hängen.

»Wir haben bereits über Xarenia gesprochen«, berichtete sie. »Rupes ...«

»Ora!«, erscholl die Stimme des Berggottes. »Lass sie sich setzen. Die Geschichte ist zu lang, um sie im Stehen zu erzählen.«

»Er hat recht«, sagte die Quellgöttin und setzte sich in Bewegung. »Kommt aufs Plateau. Dort können wir uns setzen und ich werde euch alles erzählen, was Rupes und ich wissen.«

»Denkst du, es ist etwas Schlimmes?«, flüsterte Cora.

»Ich hoffe nicht«, erwiderte Bell. »Aber ich habe ein schlechtes Gefühl. Meine Vision war finster und verschwommen. Ich kann sie nicht deuten und das beunruhigt mich.«

»Hoffentlich können die beiden etwas dazu sagen.« Coras Stimme bebte und Bell sah Tränen in ihren Augen. »Ich wüsste nicht, was ich täte, wenn sie auch nicht helfen könnten.«

»Es kann nichts allzu Schlimmes sein«, mischte sich Helly, eine Freundin der beiden, ein. Sie war bekannt für ihre resolute Art. »Sie ist eine Göttin. Was soll einer Göttin schon geschehen?«

»Aber Götter werden nicht ohnmächtig«, erwiderte Cora erstickt. »Also kann es durchaus schlimm sein.«

»Was auch immer es ist, wir finden eine Lösung«, sagte Feliné, bevor sie streiten konnten. »Nicht wahr, Bell?«

»Ganz sicher«, erwiderte Bell nachdrücklich, auch wenn ihr die Gewissheit fehlte. Aber es war, wie Pace gesagt hatte: Sie trug die Verantwortung. Es war ihre Aufgabe, den anderen Zuversicht zu zeigen.

Sie fing seinen Blick auf.

Er dachte das Gleiche wie sie.

Wenigstens das.

Sie betraten das Plateau und ließen sich auf dem dicken Teppich aus Laub nieder. Ora und Rupes nahmen ihnen gegenüber Platz. Ihnen folgten die Kinder der beiden Götter und gesellten sich zu ihnen.

Bells Mund war seltsam trocken. Nervös hielt sie Tylers Hand, als Ora einen bekümmerten Blick auf ihre ohnmächtige Schwester warf.

»Wir wissen nichts Genaues«, begann sie und ihre Stimme floss wie Wasser über Steine zu den Zuhörenden. »Wir haben die dunklen Omen wahrgenommen. Die Berge ändern ihre Farbe, die Bäume ducken sich und die Flüsse verlieren an Wasser. Die Natur fürchtet sich.«

»Eine Krankheit ist aufgetaucht, die Götter befällt. Wir wissen nicht, wie wir sie heilen können. Unsere Schwester hat es als Erste ereilt, aber sie wird nicht die Letzte bleiben. Woher die Krankheit kommt und ob sie ansteckend ist, liegt im Dunkeln«, berichtete Rupes.

»In diesem Fall solltet ihr euch von ihr entfernen«, wandte Pace ein. »Warum solltet ihr euch in Gefahr bringen?«

»Weil nicht gesagt ist, wie sie sich überträgt. Außerdem müssen wir sie mit unserer Energie erhalten, denn sie wird schwächer. Bis wir Nachricht vom Berg bekommen, werden wir nichts anderes tun«, erwiderte Rupes mit einem Tonfall, der keinen Widerspruch duldete.

Bell zuckte zusammen.

Der Berg.

Immer war ihr eingebläut worden, nichts vom Berg der Götter zu erwarten. Die Himmlischen interessierten sich nur wenig für Sterbliche und niedere Götter wie die drei vor ihr. Oft bekamen Bittsteller nicht einmal eine Antwort.

Und darauf sollten sie hoffen?

Sie warf Tyler einen schnellen Blick zu. »Wir werden eine Lösung finden, Liebste«, flüsterte er und drückte ihre Hand. »Wenn es hart auf hart kommt, wird sich der Berg um Xarenia kümmern.«

»Wie kannst du dir da so sicher sein?«, erwiderte sie matt.

Er schlang den Arm um sie. »Hab Vertrauen, Belladria. Das wirkt Wunder«, meinte er sanft. »Außerdem beruhigt es die anderen. Und für sie trägst du im Moment die Verantwortung.«

Sie seufzte. »Ich weiß. Eine große Verantwortung, der ich gerecht zu werden versuche.«

»Das wirst du, dessen bin ich mir sicher. Nicht nur mit anderen musst du geduldig sein, sondern auch mit dir selbst.«

»Auch das ist nicht so leicht.«

»Ich fürchte, dass das nicht deine schwierigste Aufgabe sein wird, also belaste dich nicht zu sehr damit. Und wenn es dich tröstet: Ich bin immer an deiner Seite.«

Bell griff seine Hand, ein warmes Gefühl breitete sich in ihr aus und sie spürte das Bedürfnis, ihm nahe zu sein. Näher, als die Regeln ihrer Sippe es erlaubten.

Viel näher.

Fürs Erste musste seine Hand reichen und dass er sie jetzt in den Arm nahm.

Dann warteten sie.

Einige Stunden später waren die meisten eingeschlafen und lagen verteilt auf dem weichen Laub des Plateaus. Cora jedoch fand keine Ruhe. Sie sah zu Saw, der neben ihr lag und mit ihrer Hand in der seinen selig schlief. Als gäbe es keine Probleme.

Cora selbst war am Ende ihrer Kräfte, doch sie wälzte sich nur hin und her. Sie ahnte, dass bald etwas Wichtiges geschehen würde und sie wach sein musste, wenn es so weit war.

Bell und Tyler schliefen, außer ihr war nur einer wach: Albion.

Ausgerechnet Albion.

Cora schloss die Augen. Es war sinnlos, von einem anderen Mann zu träumen, während sie die Hand ihres Verlobten hielt, der arglos neben ihr schlief. Und dennoch: Cora hatte eine Schwäche für Albion und die Verlobung mit Saw war ein halber Schock für sie gewesen. Natürlich liebte sie ihn, doch ... Albion liebte sie auch. Auf eine heißere, sehnsüchtigere Art.

Sie seufzte leise und löste Saws Hand aus der ihren. Vielleicht half es, wenn sie sich ein wenig die Beine vertrat. Vorsichtig stand sie auf und ging zum Bergsee, kniete nieder und tauchte ihre Hand in das eiskalte Wasser. Sie spritzte sich ein paar Tropfen ins Gesicht und schöpfte eine Handvoll, die sie trank.

Es raschelte neben ihr.

Sie fuhr auf und erblickte Albion. Ihr Herzschlag beschleunigte sich und ihre Knie wurden weich.

Viel heißer und viel sehnsüchtiger.

»Kannst du nicht schlafen?« Seine Stimme streichelte ihre Seele. Zu spät merkte sie, dass sie ihm hätte antworten müssen, doch sie war fasziniert von seinem goldbraunen Haar, seinen haselnussbraunen Augen ...

»Also nicht«, antwortete er sich selbst. Sie wurde rot.

›Was soll er von mir denken?‹

Sie lächelte scheu und strich ihre Haare zurück. Sie musste mit ihm sprechen oder er würde sie für eine dumme Gans halten.

»Ich habe das Gefühl, als würde etwas Wichtiges geschehen, das ich nicht verpassen darf. Das lässt mich wachbleiben«, erklärte sie und schaffte es, das Zittern aus ihrer Stimme zu verbannen.

»Wenn das so ist ...« Unter dem Blick dieser haselnussbraunen Augen fühlte sie sich nackt, als lägen all ihre Gedanken bloß. Sie schlug die Augen nieder.

»So kann ich zu etwas gut sein.« Sogleich erschrak sie über ihre Worte und sah in Albions Gesicht. Dieser schaute nachdenklich drein, weswegen sie sich genötigt fühlte, sich zu erklären: »Sonst liegt die Verantwortung allein auf Bells und Pace' Schultern. Aber sie können nicht alles schaffen. Immerhin sind wir eine Familie und ... ich möchte etwas bewirken.« Sie senkte den Kopf und lächelte über ihre eigene Torheit. Sicher hielt er sie für ein dummes Mädchen, das sich wichtigmachen wollte.

Albion trat einen Schritt zu ihr und sah ihr tief in die Augen. Sein Blick hielt ihren fest und Coras Knie wurden weich.

»Das kannst du«, sagte er und ... nahm ihre Hand und drückte sie.

Cora meinte, vor lauter Gefühlen vergehen zu müssen.

Er berührte sie!

Als tobten Tausende kleiner Feen durch sie hindurch, fühlte sie sich schwindelig vor Glück.

»Cora?«

Ihr Herz machte einen Satz. Saw stand vor ihnen und starrte auf die Hand seiner Verlobten in der des anderen Mannes. Sein Blick huschte zwischen ihnen hin und her. »Ist alles in Ordnung?«

Cora blieb fast das Herz stehen. Ihre Gedanken tosten wie Stürme, als sie nach einer Möglichkeit suchte, um Saws Eindruck zu revidieren. Albion indes rührte sich keinen Zentimeter.

»Ja«, sagte sie und zog ihre Hand betont langsam aus Albions. Saw sollte nicht denken, sie könnte etwas Verbotenes tun. »Wir sprachen darüber, dass bald etwas Wichtiges geschehen könnte. Ich war aufgewühlt wegen Xarenia.« Sie sah Albion an. »Danke für deine netten Worte. Jetzt fühle ich mich besser.« Sie ging hinüber zu Saw. Schüchtern nahm sie seine Hand und sah in eine andere Richtung, als sie den Kopf an seine Schulter legte. Still betete sie, dies würde ihn beruhigen, doch als sie zu ihm hochblickte, erkannte sie Feindschaft in seinem Gesicht.

Saw und Albion standen sich nicht nahe, dazu waren sie zu verschieden, doch Zerwürfnisse gab es unter Xarenias Kindern nicht.

Bisher.

Albion erwiderte seinen Blick mit einem Lächeln, das Saw mehr reizte, als ihn zu beruhigen. Wie er es beabsichtigte.

Cora musste einen Streit vermeiden. »Komm, Liebster, lass uns schlafen gehen, ich bin müde.« Sie versuchte, ihn mit sich zu ziehen, doch er rührte sich nicht.

Albion schlenderte an ihnen vorbei. »Habe ich euch schon zur Verlobung gratuliert?«, fragte er. »Man muss dich beneiden. Sie ist ausnehmend hübsch«, fügte er so provokativ hinzu, dass Saw mit den Kiefern mahlte. Albion warf Cora noch einen amüsierten Blick zu, wandte sich um und schlenderte zu seinem Platz zurück.

»Was hat er gesagt? Hat er dir geschmeichelt? Will er dich mir abspenstig machen?«, knurrte Saw. Besitzergreifend zog er sie heran und legte den Arm um ihre Schultern.

Cora fühlte sich zerschlagen. Wenn er sie nur in Ruhe ließe!

»Nein, ich sagte nur ...«, begann sie matt.

›Er findet mich hübsch!‹, triumphierte ihr Herz, doch sie musste sich um ihren Verlobten kümmern. Dieser Gefühlsaufruhr passte nicht zu ihm.

»Er wollte nur nett sein ...«

»Er hat mir noch nie gefallen. Halte dich von ihm fern. Hast du verstanden?«

Coras Herz machte vor Entrüstung einen Satz. Eben wollte sie ihm sagen, er habe ihr nichts vorzuschreiben, als Pruina die Halle betrat und zu Rupes eilte. Damit war Saw abgelenkt. Erleichtert machte Cora sich von ihm los und lief hinüber zu Bell und Tyler. Sanft stupste sie ihre Freundin an, bis diese verschlafen die Augen öffnete.

Tyler war schneller auf den Beinen. »Was ist passiert?«

»Pruina ist zurück und hat es eilig. Es muss wichtig sein«, berichtete Cora. Schon überlegte sie, ob sie Bell von der Begegnung am See erzählen sollte – später – doch sie verwarf die Idee. Es war sinnlos, von ihren Tagträumen zu sprechen, von den Zeichen, die sie meinte zu sehen, sobald Albion ihr gegenüberstand.

Vollkommen sinnlos.

Sie wandten sich zu den Göttern und Pruina um, doch von Letzterer war nichts zu sehen. Ora und Rupes sprachen leise miteinander.

Bell setzte sich endlich auf. Zwischen ihren Augenbrauen runzelte sich die Haut.

»Was mag es Wichtiges geben, dass sie noch einmal ihr Portal verlässt? Sie sagte, wir seien die Letzten, die es heute passieren«, meinte sie müde. »Hoffentlich hat sie Neuigkeiten für uns. Ein Bote, der uns Hilfe bringt, oder ...«

Sie verstummte und blickte mit großen Augen in Richtung Ausgang. Tyler pfiff durch die Zähne, Cora keuchte auf und Saw, der zu ihnen herübergekommen war, stand der Mund offen.

Neben Pruina betrat Iris, die Götterbotin, die Halle.

*

*I*n Starcity eilten Snow und Alec durch die weißen Flure der Magieakademie.

Blanche und Rain waren ihnen dicht auf den Fersen. Alec hielt noch immer Snows Hand und sie sah einige Leute trotz der Aufregung stehen bleiben und sie ansehen. Ebenso erging es Rain und Blanche, deren Kontakt schnell die Runde machen würde.

Der große Kristall schien wieder stabil zu sein, sein Licht war in alter Stärke zurückgekehrt, doch die Angst blieb. Was, wenn es gleich wieder finster wurde?

Zwar kannte Snow den Weg zum Rat und war ihn unzählige Male gegangen, doch niemals in der Dunkelheit.

Sie sah zu Alec, der gefasst und konzentriert wirkte. Hatte ihr Vater recht? War er der ideale Ehemann für sie? In seiner Gegenwart fühlte sie sich beschützt, auch wenn ihr Treffen heute unter einem schlechten Stern zu stehen schien.

Was dachte er von ihr wegen der Szene in der Großen Lichthalle mit Damocles?

Ihr Herz pochte vor Scham. Sie würde sich ihm erklären müssen, sobald sie Gelegenheit dazu fand.

Doch fürs Erste gab es dringendere Probleme. Sie waren auf dem Weg zum Konferenzraum des Hohen Rates. Sicher hatte ihr Vater, der dem Rat vorsaß, eine Erklärung für den Ausfall des Kristalls. Sie betete, dass es so war. Es war recht weit von der Großen Halle bis zum

Ratsaal, doch noch nie war ihr die Strecke so lang vorgekommen. Hinter ihr redete Blanche mit Rain.

»Was, bei den Neun Orden, war das?« Ihre Stimme war höher als sonst und klang atemlos.

»Ich kann es dir nicht sagen«, erwiderte er. Snow war dankbar, dass er so gefasst war, Blanche neigte zur Dramatik. Sie war selbst so aufgewühlt, dass sie sich darum nicht kümmern konnte.

»Hast du eine Vorstellung?«, fragte sie Alec. Dieser schüttelte den Kopf.

»Ich hätte nicht gedacht, dass so etwas überhaupt möglich ist«, erwiderte er. »Aber der Rat weiß sicher, was zu tun ist.«

Das hoffte Snow auch. Sie brauchte Antworten auf die nagenden Fragen, die durch ihren Kopf tobten. Ihr Vater würde sie ihr geben. Ihr ganzes Leben lang verließ sie sich darauf. Auch heute.

Und wenn nicht?

Snow sah auf Alecs Hand, die ihre umschloss. Sie könnten ihre Hilfe anbieten. Gemeinsam etwas für Starcity tun. Der Kodex der Magier sah vor, dass jeder sein Bestes für die Gemeinschaft tat. Das wäre die Chance. Wenn es dazu kam.

Snow war introvertiert und drängte sich nie in den Vordergrund, doch heute, nach dem Schrecken, spürte sie den Wunsch, etwas zu tun.

Sie passierten weitere Sekretäre der Akademie, die ihnen neugierig nachsahen. Egal, wie schrecklich ein Ereignis sein mochte, für Klatsch vergaßen die Leute auch ihre Angst. Snow wusste, dass ihre Verlobung morgen kein Geheimnis mehr sein würde.

Es war ihr gleichgültig.

Endlich erreichten sie den Ratssaal.

Snow blieb stehen und schöpfte Atem. Sie musste sich ein Herz fassen, anzuklopfen.

»Lass uns reingehen!«, drängte Alec, der immer noch ihre Hand mit seinen Fingern umschloss. Doch auch er machte keine Anstalten, die Hand zu erheben, zu groß war der Respekt vor dem Rat, der aus den Oberhäuptern der Neun Magischen Zirkel bestand.

Sie war schon so oft in den Räumen gewesen, doch nie aus einem so wichtigen Grund. Snow nahm ihren Mut zusammen und schlug mit den Fingerknöcheln gegen das weiße Holz. Mit angehaltenem Atem wartete sie auf Antwort.

Heute war Mittwoch, der Rat tagte um diese Zeit.

Dennoch dauerte es eine schiere Unendlichkeit, bis sich die Tür öffnete und sie in das überraschte Gesicht von Larva Lenis blickten. Larva war Rains Schwester und stand dem Quellorden vor.

»Rain? Was wollt ihr hier?«, fragte sie stirnrunzelnd.

»Meisterin, wir müssen mit euch sprechen«, übernahm Alec und senkte den Kopf, um ihr Respekt zu zollen.

»Worum geht es? Der Hohe Rat tagt gerade.«

Snow hatte schon befürchtet, dass man versuchen würde, sie abzuwimmeln. Zweifellos tagte der Rat genau zu dem Thema, weswegen sie gekommen waren.

Sie kam sich töricht vor, als sie darüber nachdachte. War es nicht vermessen, die besten Magier der Orden zu unterbrechen und ihnen Hilfe anzubieten? Jeder von ihnen war ein Meister seiner Magie, sie und ihre Begleiter nur Schüler, gleich, wie gut ihre Prüfungsergebnisse waren.

»Bitte, wir müssen mit meinen Eltern sprechen!«, stieß Blanche hervor und ihre Wangen färbten sich rot.

Snows Herz machte einen Satz. Manchmal war Blanches Dramatik doch für etwas gut. Sie würden eingelassen werden, wenn ihre Freundin nur laut genug jammerte. Das wussten sie alle.

Larva Lenis zögerte, dann trat sie beiseite und ließ die Studenten eintreten.

Der Ratssaal war einer der schönsten der Akademie. Seine zehn Meter hohe Decke wurde von Rundbögen gestützt, welche die marmornen Wände schmückten. Es fanden sich Porträts von bekannten Magiern an den Stirnseiten des Saals und die Fenster boten einen atemberaubenden Blick auf den östlichen Teil der Stadt.

Vor dem großen Bogenfenster stand der Konferenztisch, an dem die Räte saßen.

Algor Albatus sah irritiert auf, als er seine Tochter, seinen zukünftigen Schwiegersohn, die Tochter seines besten Freundes und den Bruder seiner Miträtin erkannte. Luna erhob sich und eilte auf sie zu. Ebenso Vega Verde, Blanches Mutter.

»Ist alles in Ordnung?«, fragte Luna und untersuchte Snow mit den Augen auf Verletzungen. Snow nickte und schaffte ein schwaches Lächeln. »Wir dachten, es sei am besten, zu euch zu kommen.«

»Damit seid ihr sicher nicht die Einzigen. Wir haben gerade Sekretäre beauftragt, Gäste abzufangen. Ihr seid ihnen entwischt.« Lunas Augenbraue zog sich nach oben, doch Snow wusste, dass ihre Mutter nicht wütend war.

Im Gegenteil.

»Was ist nur geschehen?«, jammerte Blanche, noch ganz in ihrer Rolle, und sank auf einen Stuhl, den ihr ihr Vater, hinschob. »Ist der Kristall defekt?«, fragte Snow ihre Mutter und ignorierte das Weinen ihrer Freundin.

»Nicht direkt«, sagte Luna. Ihr Mann und die restlichen Ratsmitglieder kamen heran, die meisten von ihnen wirkten verärgert über die Störung.

»Gibt es etwas, das wir tun können, um euch zu helfen?«, fragte Alec und kam Snow damit zuvor.

»Und wie wollt ihr helfen?«, fragte Rabior Russo kopfschüttelnd. »Glaubt ihr, ihr hättet bessere Ideen?«

»Vater!«, begehrte Blanche auf. »Natürlich nicht, aber es ist unsere Pflicht!« Sie hatte also den gleichen Gedanken gefasst. Snow ahnte, dass für Blanche der damit verbundene Ruhm eine wichtige Rolle bei diesem Entschluss spielte. »Was also ist geschehen?«

Snow sah ihrem Vater seinen Unwillen an. Er hatte sicher Wichtigeres zu tun, als mit ihnen zu sprechen. Die anderen Räte zeigten das deutlich. Doch der Kodex des Rates sah vor, jedem Anliegen Gehör zu schenken und dem Fragenden eine ehrliche Antwort zu geben. Sie waren zur Wahrheit verpflichtet.

»Mit einem Ereignis wie heute mussten wir rechnen. Der Kristall stößt an die Grenzen seiner Kraft«, erwiderte Algor. Es war still im Saal, als die Studenten diese Information verdauten.

»Was bedeutet das für Starcity?«, fragte Alec.

»Auf kurz oder lang wird der Kristall verlöschen, wenn wir seine Reserven nicht erneuern oder ihn ersetzen.«

»Und wenn sich keine neue Energiequelle findet?«, flüsterte Blanche und fächelte sich Luft mit der Hand zu.

»In diesem Fall, liebes Kind, sitzen wir im Dunkeln. Für immer«, informierte Rabior Russo sie nüchtern. Blanche gab einen erstickten Laut von sich.

Snow spürte Furcht, die sich wie eine kalte Hand um ihr Herz schloss. Ewige Dunkelheit statt des permanenten Lichts, in dem sie lebten. Eine schreckliche Vorstellung.

Sie sah die ratlosen Gesichter und kam zu der Erkenntnis, dass all diese klugen Leute keine Ahnung hatten, was sie tun sollten.

Wenn sich niemand ein Herz fasste und die Dinge in die Hand nahm, würde das Licht verlöschen. In diesem Fall hatten sie weder die Möglichkeit, auf magische Weise nach einer Alternative zu suchen, noch überhaupt Magie zu wirken.

An ihrer Hand spürte sie noch Alecs Berührung, als hätte ihre Haut nach wie vor Kontakt mit seiner. Er hatte ihr vorhin Mut gemacht, doch jetzt konzentrierte er sich auf ihren Vater. Snow bewunderte seine Stärke und Mut, doch sie wollte die Lösung des Problems. Sofort.

Zum ersten Mal hatte sie Zweifel an den Kompetenzen derer, in deren Hände sie noch heute Morgen ihr Leben gelegt hätte. Sie sah sich um und wusste, nichts würde geschehen. Sie würden sich noch ewig ihre Köpfe zerbrechen, immer die gleichen Ansätze betrachten und schlussendlich zu der Erkenntnis kommen, dass sie nutzlos waren.

Sie wusste nicht, woher sie diese Gewissheit nahm, doch sie war da und sie spürte das Bedürfnis, etwas zu tun, wenn die anderen es schon nicht konnten.

»Bitte, lasst uns euch helfen, Vater«, sagte sie. »Ich weiß noch nicht, wie, aber wir wollen euch unterstützen.« Erschrocken verstummte sie.

Die Anwesenden starrten sie an, als hätte sie verkündet, eine Lösung zu haben. Sie verstand das, sonst meldete sie sich nie zu Wort. Ihr Vater war der erste, der sich von diesem Schreck erholte. Sein vernarbtes Gesicht war angespannt. Er machte einen Schritt auf sie zu.

»Liebes, uns fehlt selbst der Ansatzpunkt ...«

Der Saal versank in Finsternis.

Sie kam so unvermittelt, dass Snow sich fühlte, als habe sie einen Schock erlitten.

»Alec!«, rief sie und spürte eine Berührung an der Schulter. Neben ihr schrie jemand auf, vielleicht Blanche. Snow schluckte und umfasste Alecs Hand. So wäre es immer, wenn sie keine Lösung fanden.

Das durfte niemals passieren.

Sie mussten eine Lösung finden. Bevor dieser schlimmste Fall eintrat.

Ein Flackern ließ sie blinzeln, dann gab es einen sanften Rückstoß und der Kristall sandte wieder Licht aus. Es war schwächer als zuvor.

»Wir sollten darüber nachdenken, Nächte einzuführen«, sagte Nimbus Nigro, ein enger Freund ihres Vaters, der dem Alchemieorden vorstand. »Wenn sich die Unterbrechungen häufen, sollten wir sie kontrollieren.«

Snow wusste nicht, wann das letzte Mal Nacht in Starcity gewesen war. Doch zweifellos hatte Nimbus recht, schon allein, um die Bewohner der Stadt zu beruhigen. Sie sah die anderen Räte nicken.

»Was könnte ein Ansatzpunkt für die Suche nach einem Ersatz sein, Meister?«, wandte Alec sich abermals an Algor.

»Wenn wir das wüssten, wären wir schon einen Schritt weiter«, knurrte Blanches Vater.

»Es ist nicht so abstrakt, wie ihr denkt. Nicht einmal für einen Rat aus Magiern, die ihre Stadt für das Zentrum der Welt halten und sie seit Jahrzehnten nicht verlassen haben«, ertönte eine fremde Stimme.

Snows Herz machte einen Satz, als sie Damocles erblickte. Er lehnte im Türrahmen des Saalportales und sah sie halb gelangweilt, halb amüsiert an.

»Wer bist du, dass du hier eindringst und dich über uns lustig machst?«, fragte Rabior wütend und machte einen Schritt auf ihn zu.

Damocles grinste, er wich keinen Zentimeter zurück. Offenbar wusste er nicht, wer vor ihm stand. Dabei war Rabior für seine Wutanfälle auch an anderen Akademien bekannt.

Blanches Vater war von großer Statur, ein dunkelrotes Feuermal bedeckte seine linke Gesichtshälfte. Der wilde Ausdruck darin hätte die meisten Studenten und manchen erfahrenen Magier in die Flucht geschlagen.

Nicht so den Fremden.

»Das ist Damocles, mein neuester Schüler«, antwortete Nimbus. »Er hat sich noch nicht in Starcity eingelebt, doch verfügt er offenbar über außergewöhnliches Wissen.« Auffordernd sah er den Fremden an.

Misstrauische Blicke hefteten sich auf den Magiestudenten, der sich amüsierte. »Die Lösung für Euer Problem, verehrter Rat, ist einfach. Ich komme aus Cloud, weit entfernt von dieser Stadt. Hinter einer Hügelkette, um genau zu sein, die nahezu alles Licht von Starcity abschirmt. Wir haben unseren eigenen Kristall, obwohl wir uns die Mühe machen mussten, ihn zu suchen. Und genau das müsst Ihr tun: Suchen.« Sein Tonfall war aufreizend und sein Grinsen süffisant.

Snows Magen rumorte, als sie Alecs und ihres Vaters Ablehnung sah. Ihr schlechtes Gewissen kehrte zurück. Sie spürte erneut Damocles' Hände auf ihren Armen und seinen Atem an ihrem Hals. Sie bemerkte, wie Alec mit schmalen Augen zwischen ihr und dem Fremden hin und her schaute. Offenbar versuchte er zu ergründen, was zwischen ihnen geschehen war. Dachte er etwa, er habe sie bei einem Stelldichein überrascht?

Sie musste unbedingt mit ihm sprechen. Bis dahin musste sie stark sein. Doch über Damocles Worte konnte sie nur den Kopf schütteln.

»Denkst du, das hätten wir noch nicht getan?«, schnappte Luna und sah Damocles feindselig an. Ihre Hand tastete gefährlich nach ihrem Magierstab.

Er verbeugte sich. »Verehrte Dame, es ist notwendig, über den Tellerrand zu schauen. Lässt sich der Kristall nicht reparieren, muss ein Ersatz her. Lässt sich dieser nicht in dieser Dimension finden, dann in einer anderen.«

»Du Großmaul, das sagt sich so leicht!«, herrschte Luna ihn an. Snow befürchtete einen Gefühlsausbruch ihrer emotionalen Mutter, bei dem es vorkommen konnte, dass sie ihr Gegenüber wüst beschimpfte.

Nimbus kam ihr zuvor. »Nur die Ruhe, liebe Luna.« Der Alchemist legte ihr beschwichtigend eine Hand auf den Arm. »Er wird uns gleich sagen, was er bezweckt und sicher hat er einen Vorschlag.« Er sprach gelassen, doch alle Anwesenden hörten seinen Unterton, der nach all der Aufschneiderei ein Ergebnis forderte.

Nimbus' Vertrauen zu dem Fremden entspannte die Lage. Snow argwöhnte, man hätte Damocles andernfalls von den Wachen vor die Tore der Stadt begleiten lassen.

Er verbeugte sich erneut mit einem spöttischen Lächeln und lehnte sich an den Konferenztisch, direkt gegenüber von Snow. Er taxierte sie mit einem Blick, auf den Alec sich vor ihn stellte und ihm die Sicht beeinträchtigte.

Seine Miene sprach Bände. Der Mondmagier tolerierte keinen Nebenbuhler.

Damocles grinste. »Vor einigen Jahren standen wir vor dem gleichen Problem. Als der Kristall von Cloud seinen Geist aufgab, suchten wir Lúthien und die Welt hinter dem Nebel nach einem Ersatz ab. Doch außer eurem

Kristall fanden wir nichts. Also suchten unsere klügsten Köpfe in anderen Ebenen. Und wir fanden eine, reisten zu ihr und holten sie. Seitdem gibt es wieder Licht in Cloud.« Er balancierte seinen Zauberstab auf der Fußspitze.

Auf den Gesichtern der anderen zeichnete sich tiefer Zweifel ab.

»Wir kennen die Geschichte von Cloud, denn wir halten engen Kontakt mit den Räten anderer Städte. Wir wissen um diese Maßnahme. Behauptest du, an der Mission teilgenommen zu haben? Du, ein Student ohne magischen Abschluss?«, fragte Vega Verde.

Damocles nickte gelassen, aber nicht so unverschämt. Vor dem Oberhaupt seines Ordens besann er sich.

»So war es, Meisterin. Der Rat war selbstverständlich nicht abkömmlich und es wurden mehrere Gruppen ausgesandt. Man stellte sie aus begabten Studenten der Akademie zusammen, damit wir uns beweisen. Wie Sie sicher wissen, kamen nicht alle Teilnehmer von der Mission zurück, doch eine Gruppe war erfolgreich.«

»Deine Gruppe«, schloss Vega. Damocles nickte lächelnd. »Und du willst uns vorschlagen, wir sollten dir diese Aufgabe übertragen, da du Erfahrung hast und dich dafür geeignet findest. Wir werden deine Geschichte überprüfen, das ist dir bewusst, oder?«

»Vollkommen, Meisterin. Ihr werdet herausfinden, dass es in der Gruppe ein Mitglied des Erdordens gab, welches Cloud mittlerweile verlassen hat. Ich habe meinen Magiernamen abgelegt, aber ja, dieser jemand war ich.« In den Gesichtern der Studenten arbeitete es. Snow sah Alecs Unglauben und Neid. Sie dachte bei sich, es könne nur zu ihrem Vorteil sein, wenn Damocles die Wahrheit sagte. Sie sollten sein Wissen nutzen.

Vega Verde kam zu einer anderen Einsicht: »Die Überschreitung von Dimensionsgrenzen ist gefährlich. Wir werden niemanden unnötig dieser Gefahr aussetzen. Es ist unklar, wie lange der Kristall durchhält, es könnten fünfzig oder mehr Jahre sein ...« Sie wandte sich an die Ratsmitglieder. »Wir sollten nichts überstürzen. Und wen sollten wir senden?«

»Ich könnte gehen!«, bot Damocles aufreizend an. »Nicht allein, aber ich biete mich in jedem Fall an. Immerhin habe ich Euch auf die Idee gebracht.«

»Ich werde gehen!«, sprang Alec darauf an. Feindselig musterte er Damocles. »Jemand aus Starcity sollte die Verantwortung tragen.«

»Ich schließe mich an!«, sagte Snow, die all ihren Mut zusammennahm. Sie würde nicht zurückstehen.

Blanche verkündete, sie wolle ebenfalls gehen. »Ich lasse mich nicht ausschließen«, beharrte sie, als ihr Vater energisch den Kopf schüttelte. »Wenn Snow geht, gehe ich mit. Weibliche Intelligenz hat noch nie geschadet. Ich finde«, sagte sie mit blitzenden Augen. »Eine Frau sollte die Gruppe anführen. Wir sind besonnener als Männer.« Sie warf die blonden Haare zurück.

»Mit Ausnahme von dir«, meinte Rabior zähneknirschend. Er wusste ebenso wie Snow, dass Blanche alles daran setzen würde, ihren Willen zu bekommen.

Was im täglichen Leben anstrengend war, konnte ihnen nun helfen, ihr Ziel zu erreichen. Die Räte mussten einsehen, welche Chance Damocles' Vorschlag bot!

Einige nickten. Sie hatten verstanden. Rabior sah es auch.

»Die Auswahl der Missionsteilnehmer sollte sorgfältig getroffen werden«, beharrte er.

»Warum warten, wenn wir uns freiwillig melden?«, widersprach seine Tochter widerspenstig. »Vater, du weißt, mit Alec und Rain nehmen zwei der klügsten Studenten teil. Snow und ich sind ebenfalls talentiert. Ihr findet keine Besseren, könnt aber wertvolle Zeit sparen. Die zwei Ausfälle heute waren doch Warnung genug!«

Erneut nickten einige Räte.

»Aus meiner Sicht gibt es keinen besseren Plan als Damocles'«, meldete sich Larva Lenis zu Wort. »Ich kenne die Geschichte von Cloud von einem meiner Besuche. Seine Geschichte stimmt und diese Methode hat sich bewährt. Wir sollten es versuchen.«

»Ich höre von dieser Geschichte zum ersten Mal«, hielt Rabior dagegen.

»Das beweist, dass wir engere Kontakte zu den anderen Städten pflegen sollten, damit solche Geschehnisse nicht an uns vorbeigehen«, entgegnete Nimbus.

Die Oberhäupter von Juwelen-, Feuer- und Windorden bestätigten den Bericht ebenfalls. Damit stand es bereits fünf gegen vier. Die Paare tauschten Blicke, sie sorgten sich um das Wohlergehen ihrer Töchter.

Doch sie fanden keinen Anhaltspunkt, wie sie das Unheil abwenden konnten.

Entscheidungen wurden mit der absoluten Mehrheit beschlossen, die bereits bestand. Damit war die Expedition gesetzt.

Und Snow und Blanche waren mittendrin.

Snow sah zu ihren Eltern hinüber. Ihre Mutter wandte sich zu ihr um. »Willst du das wirklich tun? Bist du dir sicher?«, fragte sie. Snow nickte. »Ich möchte meinen Beitrag dazu leisten, Starcity zu helfen. Bitte gebt mir die Möglichkeit.«

Sie blickte zu ihrem Vater, der sich sichtlich schwertat.

»Du hast Damocles gehört: Es sind nicht alle zurückgekommen.«

»Aber er wird uns begleiten und kann uns helfen. Wir werden alles richtig machen«, sagte Blanche zu ihren Eltern. »Ihr müsst uns vertrauen.«

»Mit Vertrauen hat das nichts zu tun«, widersprach Vega. »Aber wir tragen die Verantwortung für euch. Wir können euch nicht blindlings losschicken und das Beste hoffen. Eine solche Mission muss sorgfältig geplant werden.«

»Natürlich, Mutter.« Blanche strahlte sie an. »Und wir werden warten, bis ihr euch sicher seid.«

»Ihr werdet einen Kurs besuchen, um Verteidigungs- und Heilungszauber zu erlernen. Nur für den Fall der Fälle, denn ihr werdet kein Risiko eingehen. Eins noch: Der Rat bestimmt den Anführer der Mission.«

Snow sah, wie Alec sich in Position brachte.

Er war die richtige Wahl. Wie entschlossen er sie hierhergebracht hatte, qualifizierte ihn ebenso als Anführer wie sein sicheres Auftreten. Er hatte die Autorität und den Willen, die dazu nötig waren. Sie machte sich bereit, um ihn zu unterstützen. Das war ihre Pflicht als seine Verlobte.

Wen sollten sie auch sonst wählen? Rain wäre eine Alternative, doch sie hatte ihn als ebenso zurückhaltend wie sie selbst kennengelernt. Für ihn wäre die Führung eine Belastung. Sie und Blanche kamen nicht infrage, sie waren zu jung und unerfahren. Und Damocles ... sie nahm an, dass die anderen ihn nicht akzeptieren würden. Er würde es unter Alec schwerhaben.

»Ich schlage Snow vor.« Sie zuckte zusammen und sah Blanches Vater mit weitaufgerissenen Augen an. Sie musste sich verhört haben!

»Wie bitte?«

»Ich glaube, dass du am unvoreingenommensten und gelassensten bist.«

»Aber Vater!«, protestierte Blanche.

»Du hast doch selbst eine Frau als Anführerin vorgeschlagen«, entgegnete er. Betroffen schwieg Blanche. »Und ich halte das für eine gute Idee. Ich traue dir zu, die Mission für Starcity zum Erfolg zu bringen, ohne auf deinen eigenen Ruhm bedacht zu sein. Und ihr anderen«, wandte er sich an die restlichen Studenten. »Ihr werdet alles tun, um sie zu unterstützen.«

Rain und Damocles nickten sofort, Blanche und Alec, die den Schock noch nicht verdaut hatten, zögerlicher. Snow konnte es ihnen nicht verdenken.

Sie war die Falsche für diese Aufgabe!

Wie konnte Rabior denken, dass sie sich gegen die Älteren und Blanche durchsetzen könnte?

Gerade sie! Sie wollte Alec unterstützen, aber ... Sie fing einen Blick ihrer Mutter auf, der nahezu glühte. Sie glaubte an sie.

»Machst du es?«, fragte Rabior.

»Wenn der Rat mir diese Aufgabe überträgt, werde ich es tun«, sagte sie und schaffte es, dass ihre Stimme nicht zitterte. Sie suchte ihren Vater und sah Stolz in seinem vernarbten Gesicht. Seit jeher hatten die beiden ein besonders enges Verhältnis. Snow liebte ihren Vater über alles, genau wie er sie. Wenn er an sie glaubte, wollte sie alles tun, um ihn nicht zu enttäuschen.

»Dann ist es beschlossen«, sagte Rabior.

»Moment!«, schaltete sich der Vorsitzende des Windordens ein. »Ich bin mit der Größe der Gruppe nicht einverstanden.« »Ich auch nicht«, sagte die Vorsitzende des Flammenordens. »Das Problem geht uns alle an und ich möchte, dass jeder der Neun Orden seinen Beitrag leistet.«

»Neun Teilnehmer«, stimmte Nimbus zu. »Einer aus jedem Orden. So ist der Solidarität genüge getan.«

»Eine ausgezeichnete Idee«, sagte Vega. »Hast du eine Präferenz bezüglich Wind-, Alchemie-, Juwelen- und Flammenorden?«, fragte sie Snow.

Bevor sie aber etwas erwidern konnte, räusperte sich Nimbus. »Wenn eure Kinder an der Mission teilnehmen, werde ich meine Tochter ebenfalls mitschicken. Ich weiß, Chelsea ist jünger als die anderen, doch sie ist eine gute Magierin und wird ihnen helfen. Außerdem schlage ich Savoy vom Windorden vor.« Der Vorsitzende nickte bestätigend.

»Bleiben noch Flammen- und Juwelenorden«, sagte Algor.

»Oh!« Blanche wedelte hektisch mit den Händen und warf ihr Haar zurück. »Wir müssen Evelyn und Kassie unbedingt mitnehmen. Sie wären furchtbar böse mit uns, wenn wir sie hierließen.«

»Das hier ist eine Mission, kein Damenkränzchen!«, wies Alec sie zurecht, der zum ersten Mal den Mund aufmachte. Er kaute noch immer sichtlich daran, nicht zum Anführer ernannt worden zu sein.

»Wenn du keinen besseren Vorschlag hast, können es doch die beiden sein. Damit sind alle Neun Orden vertreten«, erwiderte Blanche schnippisch. Snow sah den Vorsitzenden der beiden Orden an, dass sie andere in Betracht gezogen hatten, doch Blanche ließ niemanden zu Wort kommen und sah sie auffordernd an. »Ihr seid doch einverstanden, oder?«

Die beiden nickten säuerlich.

»So soll es sein!«, rief Vega. Sie zog ihre Tochter vom Sitz hoch und drängte sie mitsamt ihren Freunden zum Ausgang. »Wir machen uns auf die Suche nach einer Quelle. Wenn wir eine finden und ich sage bewusst ›wenn‹, lassen wir es euch wissen. Außerdem informieren wir euch, wann der Vorbereitungskurs stattfindet.« Sie schloss hinter ihnen die Tür.

Schweigend standen die Magiestudenten im Flur und sahen einander an.

»Wer hätte mit dieser Entwicklung gerechnet, als er heute Morgen aufstand?«, sagte Rain müde lächelnd.

»Snow, ich werde dich in jedem Fall unterstützen.« Blanche fasste ihre Freundin an den Schultern. »Die Verantwortung ist immens, aber du kannst auf mich zählen.«

»Auf mich natürlich auch«, sagte Alec und sah Blanche stirnrunzelnd an. »Obwohl es deine Schuld ist, dass sie diese Bürde tragen muss.«

»Auch aus Niederlagen kann man wachsen«, mischte sich Damocles lächelnd ein. »Und du kannst deine Loyalität deiner Braut gegenüber beweisen. Eine ehrenhafte Aufgabe.«

»Halt du dich da raus!«, fuhr Alec ihn an. »Allein, dass du uns begleitest, ist Prüfung genug!«

»Mein Lieber, ohne mich stündet ihr noch immer im Saal und würdet herumjammern, was zu tun sei. Aber ich bin mir sicher, du wirst eine Möglichkeit finden, mir deine Dankbarkeit zu zeigen. Ich gehe nun zum Unterricht, falls er stattfindet. Ich muss mich ein wenig ausruhen.« Er grüßte und ließ die vier stehen.

»Was für ein Morgen«, murmelte Rain.

»Komm, Snow, wir müssen Kassie und Evelyn suchen. Alec, Rain, ihr informiert Savoy.« Blanche zog Snow am Arm mit sich.

Snow folgte ihr mit Widerwillen. Sie hatte noch Redebedarf mit Alec wegen Damocles, doch das wollte sie nicht vor Rain und Blanche besprechen. Sie musste sich gedulden. Und sich gedanklich auf das vorbereiten, was kommen würde.

Sie ahnte, dass Alec, Damocles und vor allem Blanche es ihr nicht leicht machen würden.

*

Zara stand im Gemach ihres Gottes und wartete.

Vor einer Stunde waren sie und ihre Begleiter in Kyaceron angekommen und sie hatte sich direkt zum Tempel begeben. Das erbeutete Gold befand sich noch auf dem Kriegsschiff.

Mittlerweile wusste sie, dass es reichte, um die Forderung aus Pargosz zu begleichen.

Eine Erleichterung, die nur kurz währte. Die nächste Lieferung stand an und sie würden das gleiche Problem bekommen.

Ihr Herz wurde schwer bei diesem Gedanken.

Was sie auch tat, es reichte niemals aus. Sie konnte die Wünsche ihres Volkes nicht erfüllen. Oran band ihr die Hände.

So fest, dass sie keinen Handlungsspielraum hatte.

Solange der Gott befahl, dass sie sich für den Kriegsfall bereithielten, konnten sie sich weder selbst versorgen, noch Handel treiben. Es war unmöglich, das Land nachhaltig zu bestellen, wenn beinahe täglich Waffentrainings auf dem Plan standen. Die Bewohner des Landes mussten zwei Wochen des Monats in den Ausbildungs- und Trainingslagern verbringen. Gleichzeitig erfolgreich Ackerbau oder Viehzucht zu betreiben, war deswegen beinahe ausgeschlossen.

Sie hatte so oft mit ihm darüber gesprochen, doch er beharrte darauf, dass er ein Gott der Krieger sei. Bauern sah er nicht als seine Untertanen an.

Sie fragte sich, wie lange sie noch mit diesem Problem leben musste. Und ob es sich überhaupt lösen ließ.

Sie befürchtete, dass es nur ein Traum war, den sie aufgeben musste.

Einer von vielen. Und das bald.

Durch das Fenster sah sie hinunter zum Hafen. Sie hätten mehr Gold erbeuten müssen.

Sie fürchtete sich davor, welche Konsequenzen Oran aus dieser Erfahrung zog.

Ob er Piraterie als Kriegslist interpretierte.

»Du bist zurück.«

Seine Stimme ließ sie herumfahren. Er war hinter ihr erschienen, in voller Pracht, angetan mit seinem ledernen Harnisch, den er nur selten ablegte.

Sie sank in die Knie. »Mein Herr.«

»Komm zu mir und berichte mir von deiner Mission.«

Gehorsam stand sie auf und ging zu ihm hinüber. Er reichte ihr die Hand und zog sie auf seinen Schoß. Seine Haut war heiß, so heiß, dass ihr der Schweiß ausbrach. Sein Element war das Feuer, das auch in seinen Augen brannte.

Kurz fasste sie zusammen, wie sie das Gold von Chelisons Schiff gestohlen hatten. Seine schwarzen Augen leuchteten und er fasste sie fester, beinahe schmerzhaft war sein Griff vor Freude. Das kannte Zara bereits. Ihr Gott war nur selten zärtlich zu ihr und nie zu jemand anderem.

»Wie viel haben wir noch?«

»Leider nicht viel. Beinahe alles ist für die Pargoten aufgewandt.« Sein Griff wurde noch fester.

»Warum habt ihr nicht mehr mitgenommen?«

»Das war in der Kürze der Zeit nicht möglich, ohne entdeckt zu werden.« Er zögerte kurz, dann nickte er knapp.

»Zu dumm. Wir werden uns etwas einfallen lassen müssen. Für das nächste Mal.«

Das hatte Zara bereits befürchtet, denn jetzt verzog ein maliziöses Lächeln Orans Mund. »Chelison wird nie erraten, wem sie den Schwund zu verdanken hat. Wir haben sie ausgetrickst.« Er mochte recht haben, doch das wollte Zara erst glauben, wenn einige Zeit verstrichen war.

Oran zog sie an sich, seine Hände wanderten über ihren Körper. »Ich bin zufrieden mit deiner Arbeit, meine Hohepriesterin.« Er küsste sie auf den Mund und Zara fühlte sich, als stünde sie in Flammen. Sein Griff machte ihr klar, was er vorhatte. Eine weitere Pflicht, der sie nachkommen würde.

Sie liebte ihren Gott, auch wenn er ihr manchmal Angst machte. Ihm würde sie immer alles geben.

Immer.

Alles.

Sie legte den Kopf in den Nacken und gab sich ihm hin. Dabei brannte sie lichterloh.

Am Abend kehrte die Gruppe vom Nördlichen Grenzschutz zurück, angeführt von Orans obersten Heermeister, Cory.

Wie immer, wenn sie ihn sah, machte Zaras Herz einen Satz. Da ihr Gott nicht immer bei ihr sein konnte, hatte er verfügt, dass sich seine beiden Stellvertreter in seiner Abwesenheit zusammentaten. Was einst als Zweckbündnis begonnen hatte, war im Laufe der Jahre intensiver geworden.

Eine Freundschaft.

Und mehr.

Viel mehr, als Oran gutheißen würde und Zara ihm jemals vorhatte zu beichten.

Sie war im Hof, als er mit seinen Adjutanten angeritten kam. Sein Blick fand ihren und erneut stieg Hitze in ihr auf, doch dieses Mal war sie anders als bei Oran.

Cory bedeutete für sie Sicherheit. Ruhe. Er gewährte ihr Momente der Unbeschwertheit, die sie sonst nicht kannte. Er schenkte ihr ein Lächeln und stieg vom Pferd. Wie alle von Orans Priestern war er großgewachsen und das Waffentraining zeigte seine Wirkung. Sie trat zu ihm und sah in seine grünen Augen, vor denen wie immer Fransen seines schwarzen Haares hingen. Es waren noch andere Priester anwesend, sonst hätte sie sie zurückgestrichen. »Ich habe keine guten Neuigkeiten«, sagte er und ihr Herz sank.

»Sollen wir die Priester zusammenrufen?«

»Das wäre besser.« Sie rief Nova zu sich, ihre Stellvertreterin, und wies sie an, die Versammlung einzuberufen. Mittlerweile waren fast alle der siebenundzwanzig Priester wieder im Tempel. Was Cory zu berichten hatte, war für alle wichtig.

Kurz darauf fanden sie sich im Saal ein, der Heermeister saß neben ihr und strich sein Haar zurück.

»Wir haben festgestellt, dass Chelisons Truppen gesammelt werden«, begann er und gab das Wort an Brenn weiter.

»Als wir die Aktivitäten bemerkten, reiste ich nach Lisor und sah mich um«, berichtete der Spion. »Über die Hintergründe konnte ich noch nichts erfahren - anscheinend wusste niemand etwas darüber - aber es scheint, als bereite Chel-a-Nisar einen Angriff vor.«

Zaras Eingeweide verkrampften sich.

»Gegen uns?«, fragte Sill.

»Das konnte ich auch noch nicht in Erfahrung bringen. Es waren keine Generäle vor Ort, nur die Truppenmeister, welche die Anweisung bekommen hatten, ihre Soldaten zu sammeln. Die Heerverbände werden aufgestellt, aber ich habe nirgendwo Anzeichen für Kriegsschiffe gesehen.«

»Die Kriegsschiffe liegen in Chel-a-Mar«, schaltete Madison sich ein. »Wenn geplant wäre, dass die Truppen verschifft werden, ist es sinnlos, sie in Lisor zu sammeln.« Sie sah zu Zara herüber. »Das sieht nach einem Angriff auf uns aus.«

Sie wissen es.

»Angenommen, Chel-a-Nisar hat erraten, dass wir für den Goldraub verantwortlich sind«, sagte Nova. »Rechtfertigt das einen Angriff auf uns?«

»Wenn sie es erraten hat«, warf Sill ein. »Sie kann keine Beweise haben. Wir haben darauf geachtet.«

Schweigen senkte sich über die Priester. Zara spürte die Blicke der anderen schwer auf sich lasten.

»Ich werde mit Oran sprechen«, versprach sie, obwohl sie wusste, dass das schwierig wurde. Oran befand sich auf einer Reise ins Heilige Land des Frühlings. Sie konnte versuchen, ihn zu rufen, doch es war ungewiss, wann er ihr antwortete.

»Noch ist uns nicht der Krieg erklärt worden«, sagte Cory. »Chelison ist ebenso eine Kriegsgöttin wie Oran und hält sich an den Kodex. Ohne Vorwarnung werden sie uns nicht angreifen.«

Die restlichen Priester nickten und Zara hob die Versammlung auf. Er blieb bei ihr und wartete schweigend, bis auch Madison den Raum verlassen hatte. Dann schloss er sie in seine Arme und küsste sie.

Endlich.

Ihre Probleme wurden durch ihn nicht kleiner, aber ihr Herz fühlte sich leichter an.

»Ich hatte befürchtet, dass es so weit kommt«, flüsterte sie. »Schon beim letzten Antritt in Bruht war die Luft wie geladen. Ich weiß, dass wir Chelison ein Dorn im Auge sind. Oran hat sie übel beleidigt und sie wartet nur auf einen Vorwand, um sich zu rächen. Wir haben ihr endlich einen geliefert.«

»Was hat er zu ihr gesagt?«

»Dass sie den Titel Kriegsgöttin nicht verdient, weil sie ihre Schlachten am Verhandlungstisch gewinnt und nicht auf dem Feld. Dass sie schwach, falsch und hinterhältig ist und er sie im Kampf jederzeit mit Leichtigkeit besiegen kann.«

Corys Augenlid zuckte. »Das war sicher nichts, was Chelison erfreut hat.«

Zara schüttelte den Kopf. Sie fühlte einen widerwärtigen Druck auf den Schläfen.

»Ganz und gar nicht.«

»Könnten sie einen Beweis dafür haben, dass wir für den Raub verantwortlich sind?«

»Nadie hat alle Spuren an Bord beseitigt. Sie ist die beste.«

»Das weiß ich. Aber jeder kann Fehler machen.« Zara ging zur Tür. »Was hast du vor?«

»Ich werde die Runen befragen. Vielleicht geben sie mir eine Antwort.«

»Ich begleite dich.«

Cory folgte Zara bis vor den Altar Orans.

Den Weg dorthin brachten sie schweigend hinter sich, doch der Heermeister sah seiner Geliebten an, dass sie fieberhaft grübelte, ob der Angriff ihnen galt.

Ob sie einen Fehler gemacht hatten.

Welche Konsequenzen der Raub nach sich zog.

Er fürchtete den Krieg nicht, obwohl er ihn verhindern wollte. Viel mehr Angst als um sich selbst hatte er um sie, die Frau, die er liebte. Jeden Tag, den er an ihrer Seite zubringen durfte, nahm er als Geschenk. Alles andere war nur eine Frage der Zeit. Wenn ein Krieg ausbrach, war sein Leben ohnehin nichts mehr wert, er rechnete nicht damit, lebend aus der Schlacht zurückzukommen.

Aber sie ... Was auch immer geschah, er würde alles dafür tun, dass Zara überlebte.

Sie erreichten den finsteren Altarraum.

Die Wände waren nackt und schmucklos, ein trostloser Saal, welcher der Herrlichkeit Orans nicht gerecht wurde. Ihr Gott legte wenig Wert auf solchen Tand, doch ihnen fehlten auch die Mittel, um seinen Altar anders zu gestalten.

So stand der Steinquader vor dem runden Fenster mit der gesprungenen Scheibe, die zu ersetzen sie sich nicht leisten konnten. Getrocknete Rinnsale des Opferblutes zeugten davon, dass dieser Gott Priester hatte, die ihn verehrten. Spitzen und Schneiden von den Waffen mächtiger Feinde aus längst vergangener Zeit waren der einzige Schmuck an diesem Stein.

Die meisten von ihnen waren uralt und rostig.

Zara biss sich auf die Unterlippe. Jedes Mal, wenn sie diesen Raum betrat, erinnerte es sie daran, dass der Altarraum ein Abbild ihres Landes war: imposant, doch karg und arm. Nicht das, was sie sich für ihre Heimat wünschte. Was ihre Heimat verdiente.

Sie entzündete die Pechfackeln, deren Licht den Altar in flackernde Schatten tauchte. An ihrem Gürtel trug sie einen ledernen Beutel, in dem sie einen Zeremoniendolch, Runensteine und ein goldenes Amulett verwahrte, ihre Priesterinneninsignien.

Cory blieb an der Tür stehen und beobachtete, wie sie vor den Altar trat und auf dem kalten Steinboden in die Knie sank. Sie legte die Gegenstände vor sich auf den Sockel und schloss die Augen. Mit der Linken ertastete sie den Dolch und presste ihre Handflächen an die Klinge, deren scharfen Kanten in ihre Haut schnitten.

Warm lief Blut über ihre Handgelenke und tropfte auf die Runensteine und das Amulett. Sie schickte ein Gebet an alle bekannten Götter, ihr gnädig zu sein, und ihr ein Omen für die Zukunft ihres Landes zu schicken. Das Amulett erwärmte sich durch ihre Opfergabe.

Eine der Fackeln verlosch zischend und ein kalter Wind fuhr durch das zerbrochene Fenster. Gänsehaut bildete sich auf ihren Oberarmen und sie hoffte, dass dies kein schlechtes Zeichen war.

›Zufall, bitte lass es ein Zufall gewesen sein.‹

Sie schwenkte die Hände über die Runensteine und presste ihre Handflächen erneut gegen die Klinge. Dabei summte sie tief in ihrer Kehle.

›Bitte, ihr Götter, zeigt mir, welchen Weg ich beschreiten werde. Gebt mir einen Hinweis, welche Aufgaben vor mir liegen.‹

Ein Zischen fuhr wie ein Blitz durch ihre Eingeweide.

Sie riss die Augen auf und sah hinunter. Einer ihrer Blutstropfen hatte die Rune des Todes getroffen, ein schlimmes Omen. Ein anderer war auf die Rune des Feuers getropft.

Sie holte geräuschvoll Luft und verleitete so Cory dazu, herüberzukommen. Stumm sah er auf die Runen. Er wusste, was sie bedeuteten und legte seine Hand auf ihre Schulter.

»Das muss nichts heißen«, sagte er leise. »Die Runen geben nur vage Hinweise. Sie können nur Gefahr bedeuten.«

»Jeder Tag ist gefährlich«, erwiderte sie und strich mit den Fingerspitzen über die beinernen Runen. Die Steine waren so heiß, dass sie beinahe ihre Haut versengten. »Doch ich befürchte, dass wir uns auf Kämpfe vorbereiten müssen. Auf einen Krieg. Auf Verluste.«

»Es ist nicht gesagt, wann sich das Omen erfüllt«, hielt Cory dagegen. »Und ob es sich auf uns bezieht.«

»Jede Rune hat viele Bedeutungen und ich weiß, dass sie in mehrere Richtungen gedeutet werden können. Aber wie man es dreht und wendet, der Tod wird uns begegnen.« Zara sah hinunter auf ihre Hände. »Ich habe danach gefragt, welcher Weg vor mir liegt.«

»Du bist die Hohepriesterin eines Kriegsgottes. Wie könnte etwas anderes vor dir liegen, als Tod und Feuer? Wir bringen beides über die Länder, in die unser Gott uns schickt.«

»Dennoch wünschte ich mir, ich hätte sie nicht gesehen.«

»Zara.« Sie sah zu ihm auf. »Ich werde an deiner Seite sein. Egal, was kommt.«

Sie senkte den Blick, um nicht zu sagen, was sie dachte. Sie durfte ihr Herz nicht sprechen lassen. Nicht einmal zu ihm.

»Ich danke dir.« Sie griff die Utensilien und wickelte sie in ein Tuch, um sie zu reinigen, bevor sie sie wieder in den Beutel legte. »Lass uns gehen.«

Gemeinsam löschten sie die Fackeln und gingen in Zaras Kammer, wiederum schweigend.

Cory verstand, worum Zaras Gedanken kreisten, und wollte ihr den Raum geben, um sie einzufangen. Sie war klüger als er, ihre Aufgaben komplexer. Er verstand sich auf militärische Operationen, doch nicht auf Politik. Er hatte sie nie um ihre Pflicht beneidet.

Er schloss die hölzerne Tür und beobachtete sie, als sie ans Fenster trat und hinaus in die Abendsonne sah, die hinter der Hügelkette im Westen versank.

»Denkst du, sie werden uns vorwarnen?«, fragte sie mit einem Kratzen in der Stimme. Die Schnitte an ihren Handflächen hinterließen feuchte Spuren auf dem Fenstersims. Ihr rotes Haar umrahmte ihrem Kopf wie eine Flamme, ihr voller Mund war angespannt verzogen.

Corys Blick blieb an der Narbe an ihrem Kinn hängen, die ihr einmal beim Lanzentraining zugefügt worden war. Ein Schnitt, etwa so lang wie die Kuppe seines Daumens, der ihr Gesicht noch interessanter machte. Jeder von ihnen war mit Narben übersät, auch Cory, den eine verheilte Schwertverletzung an der linken Schulter daran erinnerte, wie knapp er mit dem Leben davongekommen war. Der letzte Krieg lag zehn Jahre zurück. Manchmal träumte er noch davon.

»Chelisons Ehre als Kriegsgöttin gebietet es ihr. Sie achtet den Kodex. Wenn die Truppen uns gelten. Drei Säcke Gold sind kein Grund für einen Krieg. Sie ist ebenso jähzornig wie Oran, der Schlag könnte beinahe jedem anderen Land gelten.«

»Du hast recht. Doch mein Instinkt sagt mir, dass wir einen Fehler gemacht haben, der uns teuer zu stehen kommt.« Die Sonne verschwand hinter den Hügeln und machte den Sternenhimmel sichtbar.

Cory trat hinter sie und schlang zärtlich die Arme um ihre Taille. Dankbar lehnte sie sich an ihn. In seiner Nähe fühlte sie sich sicher.

Und sie liebte ihn. Viel zu sehr.

Ihre Blicke trafen sich und Cory küsste sie. Sie genoss seine Berührungen, so viel sanfter als die ihres Gottes. Für einen kurzen Moment wollte sie all ihre Sorgen vergessen. Wenigstens für heute Nacht in seinen Armen.

Donnergrollen riss Zara aus dem Schlaf. Benommen setzte sie sich auf und streifte Corys Arme, die um ihre Taille lagen, ab. Es war stockdunkel im Zimmer, da zerriss ein Blitz die Finsternis und erhellte die Nacht sekundenlang. Ein erneuter Donnerschlag ließ sie auffahren.

Zara stürzte ans Fenster. Der Himmel war wolkenverhangen, kein einziger Stern war zu sehen, doch von Norden, wo Chelison lag, schob sich ein rot glühender Sturm herüber.

Grauen erfasste sie. Griff die Göttin heute Nacht ohne Vorwarnung an?

Hektisch suchte sie nach ihren Kleidern, die zusammen mit Corys auf dem Boden ihrer Kammer verstreut lagen. Ihr Geliebter setzte sich blinzelnd auf.

»Was ist?«, fragte er mit belegter Stimme und strich sich die schwarzen Strähnen aus der Stirn.

»Chelison«, rief Zara atemlos. »Ich glaube, sie greift an.«

Sofort sprang er auf und kleidete sich an. Gemeinsam rannten sie den Flur hinunter. Dabei schlug Cory mit der Faust gegen jede Tür, an der sie vorbeikamen. Noch bevor sie das Ende des Korridors erreichten, öffneten sich die ersten und einige Krieger kamen, ebenfalls eilig angezogen, aus ihren Zimmern.

»In den Saal! Und weckt die anderen!«, rief Zara und eilte hinaus in den Innenhof des Tempels, wo sie den Himmel besser sehen konnte. Die bedrohliche Wolke war nähergekommen und türmte sich über ihnen auf. Cory stürmte zur Waffenkammer und kam mit Schwert und Lanze zurück. Immer mehr Krieger fanden sich ein und bezogen bewaffnet Stellung.

»Oran?«, rief Zara nach ihrem Gott, doch nichts geschah.

Kämpfte er bereits mit Chelison?

Das Donnergrollen nahm zu und sie sahen Blitze, die außerhalb der Tempelanlage einschlugen. Zara betete, dass sie nicht in der Stadt für schwere Schäden sorgten.

Ein brennender Blitz fiel wie ein Meteorit auf sie herunter und schlug im Innenhof ein. Die Krieger sahen ihn kommen und sprangen auseinander.

Wo er aufprallte, brannte der Boden. Steine flogen wie Geschosse über den Hof und zerstörten zwei Fenster. Zara suchte Schutz hinter einer Säule und hörte Schmerzensschreie. Als sie sich umsah, entdeckte sie mindestens zwei Verletzte.

»Seid ihr in Ordnung?«

»Vikra ist getroffen!«, rief einer der Krieger. Die Priesterinnen eilten zu ihnen hinüber und halfen ihnen auf die Beine. Schon jetzt hatten sie Verletzte zu beklagen, doch Zara hatte keine Zeit, sich darum zu kümmern.

Das Feuer in der Mitte des Hofes leuchtete auf wie eine Sonne, erhob sich vom Boden und nahm die Gestalt einer Frau an.

Zara erkannte sie. Es war Chel-a-Nisar, Chelisons Hohepriesterin. Eine mächtige Magierin, deren Züge in den Flammen erschienen.

All ihre Befürchtungen wurden wahr.

»Im Namen meiner Göttin«, scholl ihre Stimme über den Hof. »Erkläre ich euch hiermit den Krieg. Ihr habt uns bestohlen und unser Vertrauen in unsere Handelsbeziehungen missbraucht. Das werden wir weder dulden noch hinnehmen. Wir werden Vergeltung üben an euch und euch euren Diebstahl tausendfach büßen lassen. Unsere Ehre gebietet uns, euch einen Aufschub bis zu unserem ersten Schlag zu gewähren. Sobald der Mond zum zweiten Mal voll wird, werden wir ausrücken und euch vernichten.«

»Ich fordere eine Verhandlung!«, rief Zara. »Es besteht kein Grund für einen Krieg. Kein Blut muss vergossen werden.«

Chel-a-Nisars brennendes Gesicht wandte sich Zara zu, ihre Miene war hart. »Der Wunsch meiner Göttin ist mein Gesetz. Sie wird nach dem Krieg über euer Land herrschen und ihr werdet nicht mehr sein.«

»Chel-a-Nisar, ich fordere dich zu Verhandlungen auf!«

»Ich lehne deine Aufforderung ab. Seid bereit beim zweiten Vollmond.«

Die Flammen verloschen so plötzlich, wie sie gekommen waren. Die Zerstörung in der Mitte des Hofes blieb zurück.

Stille senkte sich über die Priester und ihre Blicke lasteten schwer auf Zara.

»Also doch«, murmelte Madison.

Zara schluckte. Ihre Situation war ausweglos.

Sie würden kämpfen.

Sie würden verlieren.

Sie würden sterben.

Oran würde sein Land verlieren. Sein Volk. Seine Priester.

Ihr Herz wurde schwer und sie bekam keine Luft.

»Wir werden kämpfen«, ergriff Cory das Wort. »Wir haben keine andere Wahl und wir werden unserem Ruf, die besten Krieger der Welt zu sein, gerecht werden. Geht jetzt schlafen. Morgen finden wir uns zusammen und schmieden einen Plan.«

Die Priester brachten ihre Verwundeten ins Gebäudeinnere, doch Zara stand da und rührte sich nicht.

Der Mond wurde in sechs Wochen zum zweiten Mal voll.

Cory legte ihr die Hand auf die Schulter, er war bei ihr.

»Bist du in Ordnung?« Sie schüttelte den Kopf. »Wie könnte ich?«, flüsterte sie. »Ich werde versuchen, Oran zu rufen. Er muss davon erfahren.« Sie schluckte trocken. »Ich kann nur beten, dass ihm etwas einfällt. Ich fühle mich wie gelähmt. Wir haben keine Chance gegen Chelison. Ihre Heere, ihre Ausrüstung ...«

»Ich weiß«, sagte er sanft. »Du hast recht. Bitte geh zu Oran. Ich warte auf dich. Die ganze Nacht, wenn es sein muss.«

Sie hätte ihn gern geküsst, doch sie konnte nicht.

Stattdessen ging sie zu Orans Gemächern. Ihre Glieder waren schwer wie Blei und sie fühlte sich, als wandere sie unter Wasser.

Sie fand die Räume leer vor und fasste all ihren Mut zusammen, um ihn zu rufen.

Dann wartete sie.

Die Minuten verstrichen und die Zeit schien sich endlos auszudehnen. Dann endlich erschien er, mit finsterer Miene.

»Ich hoffe, du hast einen triftigen Grund, mich zu rufen.«

»Habe ich.« Seine Miene versteinerte bei ihrem Bericht.

»Das darf nicht wahr sein!«, schrie er. »Wie konnte das passieren? Wie konntest du einen Fehler machen?«

»Verzeih mir.« Sie sank auf die Knie und hoffte, er würde ihr nicht wehtun. Er lief wild im Raum auf und ab und missachtete sie. Nach einer Weile wagte sie, aufzuatmen.

»Und was nun, meine Hohepriesterin?«, fragte er. »Hast du eine Idee, wie wir ihr möglichst schnell den Arsch aufreißen können?«

»Die Chancen stehen schlecht«, flüsterte sie.

»Verdammt, das weiß ich! Aber woher soll ich eine Armee nehmen? Ich bin ein Kriegsgott, ich sollte Armeen haben, die alle meine Feinde erzittern lassen!« Er trat vor die Karte der bekannten Welt, murmelte vor sich hin, schien verschiedene Pläne auszuhecken.

Zara stand langsam auf und beobachtete ihn stumm.

»Können wir eine Armee aus Salmeenion leihen?«, fragte Oran. Salmeenion war ein Söldnerland. Es stellte seine Armeen dem Meistbietenden zur Verfügung und beanspruchte große Teile der Kriegsbeute für seine Verluste.

»Nein. Sie schulden uns nichts und wir haben nicht genug Gold, um den Sold zu zahlen.«

Oran hieb die Faust gegen die Wand, sodass das ganze Gemäuer schwankte. »Verdammt! Wie konnte ich so unvorsichtig sein?!«, ereiferte er sich, trat ans offenstehende Fenster und brüllte seinen ganzen Zorn hinaus, um nicht zu explodieren. Unten im Tempel zuckten einige Priester zusammen und warteten angespannt, ob sie sich in Sicherheit bringen müssten.

Oran wandte sich seiner Priesterin zu und sie sah an seinem Gesicht, dass er einen wahnwitzigen Plan fasste.

»Uns bleibt keine Wahl, Zara. Wir werden eine Quelle mächtiger Energie suchen, die euch, meine Priester, göttergleich macht und euch durch Chelisons Armee wie eine Sense durch Ähren fahren lässt, wenn Erntezeit ist. Und unsere Klingen werden scharf sein!«

Der Gott durchquerte mit mächtigen Schritten den Raum, ein verschlagenes, siegesgewisses Lächeln glitt über sein Gesicht. Zara dachte über seinen Vorschlag nach und suchte nach der Möglichkeit, ihn umzusetzen.

»Woher nehmen wir diese Energie?«, fragte sie leise. Sein sengender Blick traf sie und er kam auf sie zu. Als sie die Augen senkte, fasste er ihr Kinn, zwang sie, ihn anzusehen.

»Ich werde durch die Länder reisen, bis ich eine Quelle finde. Und wenn ich dafür Fyrrdhal in Schutt und Asche legen muss, ich finde sie. Wir werden keine Niederlage gegen Chelison erleiden!«

Zara schluckte. Sobald die Götter Fyrrdhal, die Heilige Stadt, derart erwähnten, war es ihnen ernst.

»Ich werde gehen, meine Liebste. Wir haben sechs Wochen. Nur Mut. Wenn du mich brauchst, ruf mich«, raunte er in ihr Ohr und strich mit seinen Knöcheln über ihre Wirbelsäule. Dabei war er sanft, dennoch spürte sie den Druck deutlich. Sie nickte matt. Er ließ sie auf die Matratze seines Bettes sinken und war verschwunden.

Augenblicklich fiel sie in einen tiefen Schlaf.

TEIL 3

STERNE

*C*iara stand in ihrem Zimmer und besah das Bündel, das sie für die Reise gepackt hatte. Viel konnte sie nicht mitnehmen, ein bisschen Wäsche, ein leichtes Ersatzkleid und ihre stählernen Klauen. Skyth hatte ihnen eingeschärft, dass sie sich nicht mit Gepäck belasten durften und von vornherein ausgeschlossen, dass Schrankkoffer gepackt wurden.

Sie selbst machte sich nicht viel aus Kleidern, Schmuck und ähnlichem. Als sie damals aus ihrer Ursprungssippe flohen, hatte sie kaum mehr besessen als das, was sie am Leib trug. Mehr brauchte sie nicht. Skyth war bei ihr gewesen, das reichte ihr.

Jetzt ging sie ohne ihn und fragte sich, ob sie ihr Versprechen einhalten konnte. Sie hatte Angst davor, einsehen zu müssen, dass sie sich übernommen hatte. Mit seiner Enttäuschung könnte sie nicht leben.

Es klopfte an der Tür und Nate trat ein. Er war bereits reisefertig.

Es war schon so weit. Sie wünschte sich mit einem Mal, sie hätte noch einen weiteren Tag für die Vorbereitungen bekommen. Alles ging so schnell. Zu schnell, wie sie nun feststellte.

»Bist du soweit?« Nate kam zu ihr herüber, auch er trug ein Bündel bei sich, seinen Degen gut sichtbar am Gürtel. Sein Gang war selbstsicher und er wirkte nicht im Geringsten besorgt oder nervös. Ciara beneidete ihn dafür. Wenn er es nicht war, konnte er es zumindest verbergen.

»Ja.« Sie verschnürte das Bündel und warf es über ihre Schulter. Die Klauen klapperten gegeneinander.

»Ich kann es für dich tragen, wenn du möchtest.«

»Danke, aber das schaffe ich.« Sie verstummte und wich seinem Blick aus. Tausend Gedanken rauschten durch ihren Kopf. Zu gern hätte sie mit ihm gesprochen, doch sie konnte nicht.

»Ich werde dir helfen, deinen Auftrag zu erfüllen. Gemeinsam schaffen wir es.« Er war immer freundlich und höflich zu ihr. Zu höflich und freundlich für ihren Geschmack. Sie war keine Puppe, die vorsichtig behandelt werden musste. Ihr lag nichts daran, hofiert zu werden. Ihr Temperament wollte gefordert werden und sich an ihrem Partner messen.

Obwohl sie es nicht geplant hatte, gab ihr Bevan diese Herausforderung, denn er behandelte sie nicht wie ein rohes Ei, nur weil sie Skyths Schwester war. Deswegen bereitete ihr die Affäre so viel Freude.

Dafür konnte Nate aber nichts. Sie wusste, dass er sich wegen Skyth zurückhielt, und kannte ihn anders.

Ganz anders.

Die Erinnerungen an eine Nacht vor ihrer Verlobung ließ ihren Nacken prickeln.

»Ich danke dir.« Sie wollte ihm von ihren Bedenken erzählen. Doch was würde er von ihr denken, wenn er ihre Zweifel kannte? Wie könnte er sie als Anführerin akzeptieren, wenn er wüsste, dass sie selbst unsicher war?

Sie konnte es ihm nicht sagen. Sie musste den Schein wahren und in ihre Rolle hineinwachsen.

Stück für Stück.

Dazu musste sie ihre Affäre geheim halten, um Nates Unterstützung nicht zu verlieren. Das wäre eine Katastrophe.

Er kam zu ihr herüber und sie sah zu ihm auf. Er nutzte seine Größe nicht, um sie einzuschüchtern, sondern bot sich als Schutz an. Schutz, den sie brauchte, aber nicht wollte.

Seine Fingerspitzen strichen über ihren Kiefer. Wie Bevan es getan hatte. Ciara schlug die Augen nieder, als ihr schlechtes Gewissen sich meldete. Das Spiel mit dem Feuer konnte sie übel verbrennen.

»Sieh mich an«, sagte er sanft. »Skyth verschenkt sein Vertrauen nicht leichtfertig, das weißt du. Wäre er nicht davon überzeugt, dass du es schaffen kannst, ginge jemand anderes.«

»Du.«

»Möglich. Aber er hat dich ausgesucht.«

»Ich habe ihn darum gebeten, Nate.« Er lächelte.

»Und er hat deinen Wunsch erfüllt. Jetzt solltest du auf dich selbst vertrauen. Ich bin an deiner Seite.«

Ciara sah ihn an und verspürte einen plötzlichen Drang. Darin, sich zurückzuhalten, war sie nie gut gewesen, also stellte sie sich auf die Zehenspitzen und schlang ihre Arme um Nates Hals. Als ihre Lippen sich berührten, wallte Hitze in ihr auf. Bei aller Wut auf ihn und Skyth gab es eine Anziehungskraft zwischen ihnen.

Sie wusste das und Nate wusste das auch, denn er erwiderte den Kuss und lehnte sie gegen einen Pfosten ihres Bettes.

Ciara schalt sich eine Närrin, als seine Hände über ihren Körper strichen. Sie konnte nicht mit beiden Männern gleichzeitig anbandeln.

Oder doch?

»Wir müssen gehen. Die anderen warten«, flüsterte sie an seinen Lippen. Er löste sich widerwillig von ihr. »Du hast recht. Wir besprechen das ein andermal.« Mit dem

Daumen fuhr er über ihre Unterlippe und ergriff ihre Hand. Dieses Mal ließ sie ihn gewähren, als er ihr Bündel schulterte.

Gemeinsam verließen sie das Schlafgemach und gingen hinunter in den Festsaal, wo die anderen bereits auf sie warteten.

Alle Sippenmitglieder waren dort, um Ciara und ihre Begleiter zu verabschieden. Außerdem war der Zauber eine willkommene Abwechslung, die sich niemand entgehen lassen wollte. Jeder wollte die Gruppe sehen, die auszog, um sie zu retten.

Skyth hatte ihnen nicht alles gesagt. Sie wussten von der Schwäche des Opals und den lauernden Jägern. Die Probleme mit dem Sippenrat und Lycanus verschwieg er ihnen. Außer Ciara, Shelley und Nate wusste auch keiner der Reisenden davon.

Besorgt waren sie dennoch, leider zurecht.

Die Neuigkeit, dass Ciara loszog, verbreitete sich wie ein Lauffeuer. Viele beobachteten ihren Aufbruch mit Argwohn. Sicher dachte mancher, er sei besser geeignet als sie, die unerfahrene Schwester. Doch niemand würde seine Stimme gegen Skyth erheben.

Nates Teilnahme nahmen sie wohlwollend zur Kenntnis, wie sie feststellte. Ihm, dem erfahrenen Krieger, trauten sie mehr zu als ihr. Ihnen allen würde sie beweisen, wie falsch sie lagen und dass Nate maximal schmückendes Beiwerk bei ihrem Triumphzug war.

Ihre acht Begleiter waren Freunde, deren Unterstützung sie gewiss war. Der Rest würde sich leicht von ihr oder Nate führen lassen.

Ihre Hand ballte sich zur Faust, als sie Caterinas wütenden Blick auffing. Ihr Glück war verspielt, das wusste die schöne Schriftgelehrte. Verlor man Skyths Vertrauen, war es schier unmöglich, es zurückzugewinnen. Ciara hoffte, ihr Bruder ließ die Finger von der Verräterin.

Sie und ihre Begleiter bildeten einen Kreis um Skyth und Desmond. Der Magiemeister stand in der Mitte des Saales und warf einen letzten Blick auf die Vorbereitungen für den Zauber. Ein Pentagramm war auf den Boden gezeichnet und seine Schülerinnen bereiteten die getrockneten Kräuter und Seltenen Erden vor, die für die Beschwörung notwendig waren.

Xeras verbrannter Arm war dick bandagiert und Ciara war froh, dass nicht sie selbst getroffen worden war. Verletzungen durch geweihtes Silber waren nicht nur schmerzhaft, ihre Heilung dauerte lange und schwächten sie. Beides hätte im schlimmsten Fall dazu geführt, dass Skyth sie von der Mission abgezogen hätte.

Sie wechselte einen Blick mit Shelley, die angespannt aussah. Im Gegensatz zu ihr selbst durfte ihre Freundin dieses Gefühl zeigen. Sie sah es auch bei anderen Teilnehmern wie Doria. Die Schneiderin brannte darauf, loszuziehen, gleichzeitig war es für sie das erste Mal, etwas ohne ihre ältere Schwester zu tun.

Desmond schüttete Quarzsand in die silberne Schale auf dem Dreifuß und entfachte ein magisches Feuer. Er hätte sie gern begleitet, doch Skyth brauchte ihn hier, falls der Schutzwall erneut zusammenbrach. Genau wie die Krieger, von denen einige enttäuscht darüber waren, dass Ciara nicht sie ausgewählt hatte. Auch sie mussten hierbleiben und das Herrenhaus schützen.

Ciaras größte Angst war, sie könnte zu langsam sein, um die Sippe vor den Gefahren zu schützen. Die Jäger lauerten in ihren Stellungen. Lycanus bereitete einen Angriff auf sie vor. Jeden Tag konnte der Opal den Rest seiner Magie verlieren.

Jetzt hielt der Magier das Kräuterbündel in die Flamme. Mit einem Zischen sprang das Feuer über und ein schwerer ätherischer Duft breitete sich im Raum aus.

Dunkler Rauch stieg von der silbernen Schale auf und ließ Ciaras Augen tränen.

Ein magisches Summen erfüllte die Luft und nahm weiter zu, als Xera die Seltenen Erden Prise um Prise in die Flamme rieseln ließ. Das Feuer wurde dunkelblau und zischte. Funken stoben heraus und prasselten auf den Steinboden. Der Rauch umhüllte die Schattenkinder im Pentagramm.

Jemand hinter ihr hustete. In Ciaras Kopf entstand ein Dröhnen, so stark, dass sie die Kiefer zusammenpressen musste, um nicht zu schreien.

Desmond schlug ein schmales, in dunkles Leder gebundenes Buch auf, das sie schon einmal gesehen hatte. Es beinhaltete verschiedene Zauber, die früher, als der Opal über mehr Energie verfügte, oft von ihm und seinen Schülerinnen geprobt wurden. Was noch vor einem Jahr kein Problem gewesen war, machte Ciara heute Angst.

Diese Art zu reisen schwächte das Juwel weiter, doch sie hatten keine andere Wahl.

Mit dunkler Stimme begann der Magier die Beschwörung. Seine Worte schwebten durch den Raum, so klar, als könne man sie sehen, und verbanden sich mit dem Summen und dem schweren Duft aus der Silberschale.

Ciaras Haut prickelte, als der Zauber seinen Höhepunkt erreichte.

Die Verwandlung begann.

Ihr Herz schlug ihr bis zum Hals, doch darüber durfte sie nicht nachdenken.

Nur die Mission zählte.

Desmond hob die Arme und Xera warf eine weitere Zutat in die Schale. Es zischte erneut, goldene Funken schlugen aus der Flamme. Desmonds Gesang wurde intensiver und lauter. Er kroch wie eine ungebetene Berührung über Ciaras Haut.

Sie erschauderte.

›Lass dir nichts anmerken‹, beschwor sie sich. ›Die anderen dürfen deine Angst nicht bemerken.‹ Sie sah hinüber zu Nate und fand Unterstützung in seinen braunen Augen. Jetzt war es leichter. Sie schluckte ihre Angst hinunter und richtete ihre Konzentration wieder auf die Magier.

Dann spürte sie es: Ihr Körper veränderte sich. Sie schrumpfte, ihre Hände wurden zu Klauen und an ihren Armen wuchsen ledrige Flügel. Die Verwandlung war nicht schmerzhaft, es war, als dehne sie ihre Muskeln zur Auflockerung vor dem Waffentraining. Ihre Augen wurden größer, doch sie sah kaum noch etwas. Dafür erhielt sie einen anderen Sinn, der Geräusche und die Herzfrequenz aller Lebewesen in ihrer Umgebung sichtbar machte.

Ciaras neue Instinkte übernahmen die Kontrolle. Es war mühsam, sich an ihren Plan zu erinnern und an ihm festzuhalten. Viel größer wirkte die Verlockung, die Flügel zu spannen und davon zu fliegen.

Sie holte tief Luft und ermahnte sich zur Disziplin. Entschlossen wandte sie den Blick zu Skyth und ortete ihn mit ihrem Echolot. Ihr Bruder breitete seine Flügel aus und reckte den Kopf. Anstelle einer Stimme kam ein tierischer Laut aus seinem aufgerissenen Maul. Sein schwarzes Fell glänzte im Schein des magischen Feuers und er stellte die Ohren auf, suchte seine Umgebung ab, um sich zu vergewissern, dass alle verwandelt waren.

Sie tat es ihm nach und ortete acht weitere Körper ihrer Größe.

Der Zauber funktionierte. Sie waren bereit.

Skyth kam zum gleichen Schluss. Er schlug mit den Flügeln und erhob sich in die Luft. Ciara beeilte sich, es ihm gleichzutun.

Sie flog!

Durch ein offenes Fenster gelangten sie hinaus in die klare Nacht. Eine kühle Brise hob sie empor, näher zu Mond und Sternen.

Sie genoss das Gefühl der neugewonnenen Freiheit. Das Fliegen war instinktiv, als hätte sie es schon viele Male erlebt. Wie einfach wäre es, in dieser Gestalt zu bleiben und ihre Probleme hinter sich zu lassen! Entschlossen erinnerte sie sich an ihr Pflichtgefühl. Erfüllte sie ihre Mission, hatten sie genug Energie, um sich aus Spaß zu verwandeln.

Sie stiegen weiter empor, über das Dach des Herrenhauses. Ciara sandte ihr Echolot in Richtung der Jäger.

Die sieben Menschen waren noch da. Sie gaben nicht auf und warteten auf eine günstige Gelegenheit. Ob sie es bemerkten, wenn der Schutzwall zusammenbrach? Griffen sie auf gut Glück an? Ciara hoffte, dass Letzteres der Fall war. Nicht auszudenken, wie groß die Gefahr wäre, wenn sie die Magie aufspüren könnten.

›Nein‹, dachte sie. ›Es gibt nur wenig Menschen, die Magie wirken können. Die Jäger werden keinen Magier bei sich haben. Das darf nicht sein.‹

Erneut spürte sie den Druck auf sich lasten. Scheiterte sie, waren sie alle so gut wie tot.

Ein zweites Mal würde Skyth sie nicht vor Lycanus retten können. Ciaras Kehle schnürte sich bei dem Gedanken an ihn zu. Gelang es ihm, sie gefangen zu nehmen, würde er sie aus purer Freude vor Skyths Augen töten. Niemals würde sie die Mordlust in seinen Augen vergessen, als er versuchte, ihr die Kehle herauszureißen. Der Hass, nachdem Skyth sie gerettet hatte.

Bekam er sie ihn die Finger, war es aus mit ihr.

So weit würde es nicht kommen. Dieses Mal würde sie ihn retten.

Mithilfe der Energie würden sie sich der Jäger entledigen und so lange Druck auf den Rat ausüben, bis sie die Ächtung aufhoben. Dann drohte ihnen durch Lycanus keine Gefahr mehr. Skyth würde sich eine wichtige Position erarbeiten. Schon bald wäre ihre Sippe angesehen und geachtet.

Die Zukunft, schwor sich Ciara, hielt Großes für sie bereit. Und sie war diejenige, die ihnen den Weg dorthin ebnete.

Sie ließen das Herrenhaus hinter sich und flogen gen Westen. Skyth führte die Gruppe an, Ciara und Nate waren direkt hinter ihm, die anderen folgten.

Unter ihnen lagen kleine Dörfer und größere Städte, Äcker, Weiden und Wälder. Ihr Weg führte sie in Gegenden, in denen Ciara noch nie gewesen war. Fernweh erfasste sie. Wie eingeschränkt war ihr Leben, wie gebunden waren sie an ihr Zuhause! Die Welt war so groß und sie sahen nur so wenig von ihr.

Mit einem starken Opal könnten sie sich durch Banne schützen, sogar vor Sonnenlicht, und endlich mehr von der Außenwelt sehen.

Sie musste erfolgreich sein und ihrem Bruder diese Freiheit schenken.

Schließlich überflogen sie eine Hügelkette. Danach kam karges Ödland, bis sie eine weitere Hügelkette erreichten; hier zog Skyth eine scharfe Linkskurve. Auf einem Pla-

teau am Rande der Bergkette kam eine an den Hang ge-
schmiegte Burg gewaltigen Ausmaßes in Sicht.

›Thoas' Burg‹, dachte Ciara. Sie waren fast am Ziel und
sie konnte es kaum erwarten. Ihre Pläne beflügelten sie,
drängten sie und ließen sie immer ungeduldiger werden.
Sie flog schneller, um ihren Bruder einzuholen.

Sie landeten auf dem gepflasterten Hof.

Kaum berührten ihre Füße den Boden, verwandelte sich
Ciara in ihre natürliche Gestalt zurück: Ihre Flügel verschwanden, sie wuchs und ihre Silhouette formte sich zu
einer schlanken Frau von knapp fünfeinhalb Fuß Größe.
Ihr schwarzes Haar kehrte ebenso zurück wie ihr violet-
tes Kleid mit dem schwarzen Mieder. Sie streckte sich
mit der Metamorphose.

Sie suchte ihren Bruder, der unweit von ihr stand und
die Burg betrachtete. Sein Gesicht zeigte die gleiche Anspannung, die sie auch spürte. Was erwartete sie hier?
Mit einem mulmigen Gefühl sah sie sich um, versuchte,
sich einen Überblick zu verschaffen.

Der ganze Ort war abweisend. Thoas hatte den Ruf, ein
Einsiedler zu sein, Besuch schätzte er nicht und hielt sich
aus allem heraus. Dass er Caterina geholfen hatte, war
großes Glück. Gleichzeitig warf es die Frage auf, warum
er es getan hatte.

Ciara sah zu Nate hinüber. Seine Ruhe übertrug sich
auf sie und sie war froh, ihn an ihrer Seite zu haben. Es
könnte alles gut zwischen ihnen sein, wäre da nicht die
Verlobung gegen ihren Willen. Sie wusste nicht, ob sie
ihm und Skyth je verzeihen und sich auf die Verbindung
einlassen könnte.

Ihr Kuss in ihrem Gemach war ein Schritt in eine Richtung, die ihr nicht geheuer war. Es fühlte sich richtig und
falsch zugleich an und verwirrte sie.

Vielleicht fanden sie auf der Mission zueinander.

Ihr Blick zuckte hinüber zu Bevan, der sie im Auge hatte. Ihr Herz klopfte schneller, wenn sie ihn sah. Nates Konkurrent, von dem er nichts wusste, war stärker, als ihr selbst lieb war.

»Kommt«, sagte Skyth und wandte sich dem Hauptportal zu.

Shelley ging neben Ciara. »Ein unheimliches Gemäuer.« Unbehaglich strich sie ihre dunkelroten Locken zurück. »Wenn ihr mir nicht von ihm erzählt hättet, würde ich schwören, es sei unbewohnt.« Sie betrachtete die Wasserspeier auf den Zinnen, den grauschwarzen Himmel und den tristen Burghof ohne die kleinste Pflanze. »Thoas hat nichts für Behaglichkeit übrig.«

»Jeder hat eine andere Auffassung von diesem Begriff«, hallte eine heisere Stimme über den Hof. Shelley wirbelte erschrocken herum. Ciaras Herz machte einen Satz, als sie die gebeugte Gestalt in einer Ecke erblickte. Es war ein alter Mann, gezeichnet von seinen Lebensjahren. Er trug dunkle Kleidung aus speckigem Leder und stützte sich auf einen silbernen Gehstock.

Skyth, der nicht einmal zusammengezuckt war, räusperte sich. »Thoas, nehme ich an.«

Der Alte neigte das kahle Haupt. Seine buschigen Augenbrauen verdeckten einen Großteil seines Gesichts, doch Ciara bemerkte die hellgrauen Augen, kalt wie Eis und unbarmherzig. Ein Blick, der jemanden in die Flucht schlagen könnte.

Wenn er keinen Mut hatte.

Doch Ciara beschloss, mutiger zu sein als alle anderen.

»Ihr seid die Leute, von denen die hübsche Caterina gesprochen hat«, schnarrte Thoas mit Grabesstimme. Jetzt fixierte er das Sippenoberhaupt direkt. »Ihr müsst Skyth sein. Der große Anführer, der seine eigene Sippe gründete, um sich nicht unterordnen zu müssen und nun ein Leben in Ächtung fristet. Beeindruckend, aber ich habe so viel über Euch gehört, dass meine Sympathie begrenzt ist. Männer, die nur gelobt und vergöttert werden, sind meist entweder dumm oder überheblich. Manchmal sogar beides. Wo ist Caterina?«

»Caterina ist nicht bei uns, weil sie ihre Besuche bei Euch vor mir geheim hielt. Ihr Fernbleiben ist ihre Buße für ihre Verfehlung. Wir sind hier, um mit Euch zu sprechen. Ich nehme an, Ihr wisst von unserem Problem«, erwiderte Skyth und ging über die Beleidigung hinweg. Sein Augenlid hatte kurz gezuckt, doch es war nicht seine Art, darauf einzugehen.

Er hatte ein Ziel vor Augen, nichts brachte ihn davon ab, es zu erreichen.

Thoas neigte wie zum Einverständnis den Kopf. »Verwechselt niemals Ungehorsam mit Illoyalität. Es ist nur ein schmaler Grat, doch dieser ist entscheidend. Von Eurem Problem mit dem Opal berichtete sie mir. Ein seltenes Problem, wie wir feststellten. Ich versprach ihr, zu helfen. Warum weiß ich nicht, wahrscheinlich hat mir das Hexenweib mit seinem Körper den Verstand benebelt.«

Er lachte und Ciara sah im Augenwinkel Doria einen Schritt zur Seite machen, um sich hinter Ride und Echo zu verstecken.

Die Angst war unbegründet. Skyth würde sie alle beschützen.

»Wir wollen den Handel eingehen, den Ihr mit Caterina in meiner Abwesenheit geschlossen habt. Ich bin bereit, ihn zu übernehmen.« Thoas fixierte Skyth aus seinen farblosen Augen auf eine Art, die Ciara Gänsehaut verursachte.

»Der Handel bestand zwischen Caterina und mir.«

»Damit wäre er hinfällig, denn Caterina wird nicht wieder zu Euch kommen.« Skyth ließ sich nicht anmerken, wie viel von dieser Absprache und Thoas' Hilfe abhing. Er stand da wie ein Fels und hielt dem Blick des Eremiten stand.

»Sie muss Euch sehr verärgert haben.«

»Das hat sie, aber Eure Sorge ist das nicht. Was ist also? Seid Ihr bereit, den Handel mit mir statt ihrer abzuschließen?«

Thoas schien darüber nachzudenken. Je länger Ciara ihn betrachtete, desto mehr kribbelte ihre Haut am ganzen Körper vor Unbehagen.

»Lasst uns drinnen darüber sprechen, nachdem Ihr alles gesehen habt. Ihr sollt euch ein Bild davon machen, damit Ihr versteht, worum es geht.«

»Das weiß ich bereits.« Skyths Mund verzog sich zu einem schmalen Strich.

»Dessen bin ich mir nicht so sicher. Oder hat sie Euch von den Gefahren berichtet, vor denen ich sie warnte? Aber dies ist kein Thema für einen Burghof. Kommt hinein.« Thoas drehte ihnen den Rücken zu und humpelte ohne auf eine Antwort zu warten ins Innere der Burg.

»Ich habe den Eindruck, dass er ein Spiel mit uns spielt«, sagte Nate zu seinem Herrn. Dieser nickte finster.

»Ich auch, aber wir haben keine andere Wahl. Lycanus wird nicht ewig warten.«

»Ist noch eine Nachricht von ihm angekommen?« Ciaras Hand war an ihre Kehle gewandert, an die große Narbe von Lycanus' Übergriff. Der Grund für Skyths Rebellion. Hatte ihr ehemaliger Herr sich erneut bei ihm gemeldet? Hatte er seine Pläne erläutert? Ein Datum genannt, an dem er sie angreifen wollte?

Skyth schüttelte energisch den Kopf. »Auch das ist kein Thema für einen Burghof. Ich will keine Zeit verschwenden. Die Nacht dauert nicht ewig und ich werde den Tag nicht hier verbringen. Folgt mir.« Damit schritt er entschlossen durch das Tor. Nate folgte ihm und Ciara zögerte nicht länger, obwohl ihr viele Fragen auf der Seele brannten.

Zorn stieg in ihr auf, weil ihr Bruder Nate Dinge anvertraute, die er ihr verschwieg.

Warum behandelte er sie wie ein Kind?

Sie warf Nate einen wütenden Blick zu, den dieser nicht bemerkte. Er mochte ein loyaler Krieger und Verbündeter sein, doch sie war seine Schwester, sein eigen Fleisch und Blut! Warum misstraute er ihr oder schätzte sie so gering, dass er sich ihr nicht mitteilte?

Sie nagte an ihrer Unterlippe und schwor sich, ihm zu beweisen, was in ihr steckte. Dass er sich irrte, wenn er sie außen vor hielt und sich damit mehr schadete als nutzte.

Am Ende der Mission würde er sich fragen, warum er jemals an ihr gezweifelt hatte.

Shelley trat neben sie. »Beruhige dich«, flüsterte ihre beste Freundin.

»Ich bin ruhig«, erwiderte sie patzig.

»Das sehe ich.« Shelley seufzte. »Aber alle anderen sehen es auch. Wenn du dich jetzt aufregst, werden sie sich darüber Gedanken machen, wer der Anführer ist.«

Ciara warf einen Blick über ihre Schulter und fing Bevans unbewegten Blick auf.

»Ich denke, sein Interesse ist anders gelagert«, sagte Shelley. Ciara rümpfte die Nase. »Es geht um Lucia und

Mason. Um Echo.« Ciara blickte unauffällig in ihre Richtung. Sie folgten Skyth ins Innere und beobachteten sie in der Tat.

Wütend biss Ciara auf ihre Unterlippe. »Das ist alles Nates Schuld.«

»Das würde ich nicht sagen.« Shelley legte ihre Hände auf Ciaras Schultern. »Du hast es in der Hand, verstehst du? Nate wird sich nicht in den Vordergrund drängen, aber du musst die Position auch ausfüllen, die du unbedingt wolltest.«

Ciara atmete tief ein. Shelley hatte recht.

»Danke«, flüsterte sie.

Shelley nickte, ergriff ihre Hand und zog sie in Richtung der Burg. »Es wird Zeit.«

Sie gingen hinein.

Der Saal war riesig.

Allein die Decke war mindestens zehn Meter hoch. Die Wände bestanden aus nacktem Stein, es war dunkel und kalt. Kein Möbelstück oder Bild war zu sehen, dafür duckten sich in Wandnischen, am Fuß der Treppe und auf den Galerien, Simsen und an der Decke Wasserspeier in allen möglichen Formen.

Staunend blieb Ciara stehen und nahm das unwirkliche Szenario in sich auf. Gänsehaut kroch über ihre Arme. Um nichts in der Welt wollte sie hier leben. Das Herrenhaus mochte beengt sein, doch das war ihr lieber als diese kalte Leere.

Skyth trat an Thoas heran. »Ihr wolltet über die Bedingungen für Eure Hilfe sprechen, also lasst hören.«

»Ich will Euch ebenso auf die möglichen Gefahren hinter dem Portal hinweisen. Es kann dort ewige Nacht herrschen, aber vielleicht scheint dort immer die Sonne«, erwiderte Thoas.

Ciaras Herz setzte einen Schlag aus. Wenn Letzteres der Fall war, wären sie innerhalb von Sekunden tot.

»Wie wahrscheinlich ist das?«, fragte ihr Bruder.

Thoas zuckte mit den knorrigen Schultern. »Das ist schwer zu sagen.«

»Aber die Existenz der Energiequelle ist sicher?«, hakte Skyth nach. Abermals nickte Thoas.

»Ganz sicher.«

»Dann wird die Reise stattfinden.«

»Eine Reise ins Ungewisse«, sagte der Alte warnend. »Niemand weiß, was Ihr dort vorfindet. Ob die Energie bewacht und verteidigt wird. Von welchen Wesen die fremde Welt bewohnt wird. Ob sie stark sind und Euch töten, wenn Ihr versucht, die Energie zu stehlen. Vielleicht wird die Welt ausschließlich von Tieren bevölkert, vielleicht von Dämonen, die stärker als wir sind. Darüber solltet Ihr nachdenken, bevor Ihr auf den Handel besteht.«

Ciara sah die Gedanken in Skyths Kopf rotieren. Es war seine Verantwortung, auf welche sie sich auf die Reise machten. Jeder von ihnen hatte sein Leben einst in seine Hände gelegt und er hatte geschworen, es zu beschützen. Es war Skyths Pflicht, Gefahren abzuwenden, nicht, seine Schutzbefohlenen hineinzuschicken.

An seiner Miene sah sie, dass er eine Entscheidung fällte, die zentnerschwer wog.

Er verwarf den Plan. Den einzigen, den sie hatten.

Er verwarf Ciaras Chance, sich zu beweisen.

Wofür? Wegen einer vagen Gefahr, die viel geringer sein könnte, als der, in der sie wirklich schwebten!

Er sah hinüber zu Nate. »Ich kann euch dieser Gefahr nicht aussetzen. Wenn es so ist, wie Thoas sagt, müssen wir einen anderen Weg finden. Ich kann euch nicht allein lassen und selbst gehen. Aber ich kann auch nicht verantworten, dass ihr neun geht.«

Ciara sah Lucia erleichtert aufatmen, doch sie selbst spürte Verzweiflung.

Und Wut, weil Skyth mit Nate sprach, als wäre er der Anführer der Mission. Mit einem Gefühl, als stünde ihre Brust in Flammen, trat sie vor. Ihre Hände waren zu Fäusten geballt und ihr Schädel dröhnte. Neben ihr sagte Shelley warnend ihren Namen, doch sie ignorierte es.

»Ich scheue die Gefahr nicht und werde gehen.« Sie wandte sich zu Thoas um, der sie mit einem eigenartigen Blick bedachte. Jemand stieß einen entsetzten Schrei aus. »Wenn mein Bruder aus gutem Grund den Handel ausschlägt, werde ich ihn an Caterinas Stelle übernehmen.«

»Ciara!« Fast fürchtete sie, dass Skyth sie packen und ohrfeigen würde, doch das ließ sie nicht zu. Sie ging hinüber zu Thoas und bot ihm ihre Hand an.

»Ciara, lass das!« Sie ignorierte die Stimme ihres Bruders.

»Also? Akzeptiert Ihr mich als Handelspartnerin?« Jemand näherte sich ihr, zweifellos Skyth. Thoas' Mund verzog sich zu einem Grinsen und er schlug ein. Ciara unterdrückte den Ekel, den die Berührung seiner kalten, knochigen Hand auslöste, und spürte einen trotzigen Triumph.

Sie wurde an der Schulter gepackt und herumgerissen, dann blickte sie in Skyths wütendes Gesicht. »Ich kann nicht glauben, wie ungehorsam du bist!«

»Aber ich musste es tun!« Sie wurde laut. »Du konntest es nicht, was bleibt mir denn anderes übrig? Wir müssen unsere Sippe retten und bevor du den Kodex brichst, musste ich so handeln, versteh das doch! Ich habe es aus Treue getan, nicht aus Ungehorsam!«

Skyths hellblaue Augen funkelten wie Eis und sie sah Schmerz in ihnen.

Und Angst. Angst, sie zu verlieren.

Ciara ballte die Hände zu Fäusten. Warum bestand seine Liebe zu ihr nur aus Angst und nie aus Vertrauen? Er hatte ihr doch versprochen, das zu ändern! Darum ließ er sie doch gehen!

»Skyth, ich begleite Ciara«, hörte sie Nate sagen. Ihr war klar gewesen, dass er das tun würde. Als ihr Verlobter war es wiederum seine Pflicht, sie zu schützen. Es war ihr egal. Der Handel mit Thoas war bindend, es gab nichts, was Skyth dagegen tun konnte. Aus dem Augenwinkel sah sie den Alten hämisch grinsen, anscheinend gefiel ihm die Darbietung.

Ihr Bruder nickte finster.

Jetzt meldete sich Shelley. »Ich werde Ciara ebenfalls begleiten.«

Ride und Doria traten vor und versprachen dasselbe. Doria würde sich das Abenteuer nicht entgehen lassen und Rides Loyalität als Freundin gebot es ihr. Entsprechend schloss sich auch Echo an, der seine Geliebte nicht allein lassen würde, und Bevan versprach, ebenfalls seine Pflicht zu erfüllen.

Blieben Lucia und Mason. Der Schmied sah seine Geliebte auffordernd an. Er würde sich ihr anschließen, wie auch immer sie sich entschied. Ciara sah ihre Freundin mit sich hadern, anscheinend hatte sie schon gehofft, dass die Reise nicht stattfand.

Skyth wurde das Warten zu lang. »Meine Schwester hat den Handel mit Euch gegen meinen Willen abgeschlossen. Dennoch werde ich mich daran beteiligen und sicherstellen, dass Ihr sie nicht übervorteilt.«

»Das ist Euer Recht als ihr Vormund«, erwiderte Thoas, als sei Ciara ein unmündiges Kind. Sie wollte aufbegehren, doch Nate legte ihr die Hand auf die Schulter und schüttelte den Kopf.

»Lass es«, flüsterte er. »Du bekommst doch, was du willst.«

Sie musste einsehen, dass er recht hatte. Es wäre ungeschickt, Skyth noch weiter zu verärgern.

»Worauf stützt Ihr die Informationen, die Ihr Caterina gabt?«, fragte Skyth.

»Es existiert eine Schriftrolle, die ich Caterina als Studienobjekt überließ. Sicher hat sie sie Euch gegeben. Gut. Sie wurde von einem unserer Art verfasst, der die Reise selbst unternommen hat. Caterina entdeckte sie bei ihren Studien in meiner Bibliothek und wir sind gemeinsam zu dem Schluss gekommen, dass sie authentisch ist.«

Ciara wusste nicht, wie umfangreich die Bibliothek des Schlosses war, dennoch wollte sie nicht darüber nachdenken, wie lange Caterina gebraucht hatte, um die Schriftrolle zu finden. Wie oft sie sich davongeschlichen und verbotene Zauber benutzt hatte. Und ob es Mitwisser gab, die ihr den Rücken freigehalten und Skyth ebenfalls hintergangen hatten.

»Wenn der Dimensionsreisende von unserer Art war, ist die Gefahr der ewigen Sonne gering. Auch scheint es keine übermächtigen Gegner zu geben, sonst hätte er sicher davon berichtet«, sagte Skyth und Ciara sah Erleichterung in seinem Gesicht. Diese Erkenntnis nahm ihm eine Last von den Schultern. »Was ist der Preis für Eure Hilfe?«

»Zum einen erwarte ich einen detaillierten Bericht über die Reise und die fremde Dimension. Ich bin zu alt, um selbst durch das Portal zu gehen. Das ist der erste Punkt. Der zweite wird dir nicht gefallen, aber so haben wir es vereinbart.«

Skyths Miene versteinerte bei Thoas' Worten. »Was ist es?«

»Caterina berichtete, eure Sippe bestünde aus siebenundzwanzig Schattenkindern. Dreizehn Männern und vierzehn Frauen. Ein Ungleichgewicht, wie Euch sicher bewusst ist.«

Hinter ihr holte Doria schockiert Luft und Ciaras Magen hob sich, als sie seine Absichten erriet.

Jetzt offenbarte sich ihr auch, warum Thoas so daran interessiert war, den Handel abzuschließen. Allein der Gedanke an den Greis ... Gänsehaut kroch über ihre Arme. Sie hatte Caterinas Handel übernommen. Bedeutete das ...

»Das wird nicht passieren.« Nates Hand lag noch immer auf ihrer Schulter und zum ersten Mal hatte sie das Bedürfnis, sich in seine Arme zu flüchten.

»Dies zu versprechen lag nicht in Caterinas Macht«, sagte Skyth. »Sie kann kein Mitglied meiner Sippe verkaufen, nicht an Euch und an niemanden sonst.«

»So ist die Vereinbarung«, schnarrte der Alte. »Egal was Ihr davon haltet.«

»Ein Leben ist kein angemessener Preis für Eure Hilfe«, hielt Skyth dagegen. »Und ich werde keine der Frauen, deren Leben in meinen Händen liegt, dazu zwingen, einen Bund mit Euch einzugehen.«

»Bund? Wer redet von einem Bund?«

Ciara wurde übel. Wie schlimm konnte es noch werden? Scheiterte die Mission, weil Thoas' Preis inakzeptabel war? Auf keinen Fall konnte sie darauf eingehen und Skyth würde das ebenfalls nicht tun.

Er schwieg lange und sie sah ihm an, dass er verschiedene Möglichkeiten gegeneinander abwog. Sein Blick traf ihren und sie sah Wut in seinen Augen, weil sie ihn in diese Situation brachte. Sie hielt stand, obwohl in ihr verschiedene Gefühle stritten. Es würde lange dauern, bis er ihr verzieh.

»Da du diesen Handel ursprünglich mit Caterina abgeschlossen hast, ist es an ihr, ihn einzulösen.« Ciara traute ihren Ohren nicht. Wollte er seine Geliebte an den Alten abtreten? Nicht einmal sie verdiente dieses Schicksal. Sie wollte protestieren, doch in seinen Augen glitzerte etwas, das sie aus ihrem Schock riss.

Ihr Bruder wusste, was er sagen musste. So hatte er seine jetzigen Sippenmitglieder überzeugt, sich ihm anzuschließen. Das hieß nicht, dass das letzte Wort gesprochen war.

Thoas wirkte nicht vollends zufrieden, doch sein Blick ließ Ciara erahnen, dass auch er sich Gedanken machte. Wie auch immer die Mission ausging, zwischen dem Einsiedler und Skyth würde es Klärungsbedarf geben. Und eine Nachverhandlung.

»Damit ist der Handel besiegelt. Die Zeit verrinnt, wir sollten anfangen, ehe die Nacht zu Ende geht.« Er ging in einen Raum zur Linken und kam mit einem schweren Lederband zurück, den er leise schimpfend öffnete und eine bestimmte Seite suchte.

Er streckte seinen knochigen Arm aus und deutete auf eine kahle Wand. Bei näherem Hinsehen erkannte Ciara ein Muster in den Steinen. Es schien, als seien die Linien mit flüssigem Metall gefüllt, das sich wie ein Puls bewegte.

Ciaras Mut sank. Die Zeit drängte, doch sie wünschte, sie könnte vorher mit ihrem Bruder sprechen. Wenn die Legenden, die sich um Thoas rankten, nur ein Körnchen Wahrheit enthielten, musste man sich auf alles gefasst machen. Zweifellos verfolgte er einen eigenen Plan.

Sie drehte sich zu Nate um, der dicht hinter ihr stand, seine Hand auf ihrer Schulter. Er strahlte eine solche Ruhe aus. Ein tröstliches Gefühl, ihn bei sich zu haben.

Aus dem Augenwinkel sah sie, dass Bevan sie beobachtete, sein Blick undefinierbar. Seinen Körper zierten mehrere Bissmale von ihrem Stelldichein in der Bibliothek. Sie hatte jede Sekunde genossen. Und eine unnötige Gefahr innerhalb der Gruppe geschaffen.

Nicht zum ersten Mal fragte sie sich, was daraus werden sollte. Sie waren über bloße körperliche Zusammenkünfte hinaus, weiter, als es für die Mission zuträglich war. Weiter, als sie es sich eingestehen wollte.

Thoas fand die richtige Seite in seinem Folianten.

»Lasst uns beginnen.«

Mit klopfendem Herzen trat Ciara vor.

Es gab kein Zurück mehr.

Sie widerstand dem Drang, sich nach Skyth umzusehen, ihr Trotz ließ sie stur geradeaus schauen.

Die Zeit, in der er sie wie ein kleines Mädchen behandeln konnte, war vorbei. Ab sofort trug sie die Verantwortung.

Sie sah sich nach Nate und Shelley um. Sie waren treu an ihrer Seite. Egal, was kam, sie konnte sich auf sie verlassen. Auch Ride, Doria und Echo kamen zu ihnen, Bevan hatte bereits Stellung bezogen. Aus dem Augenwinkel sah sie Mason und Lucia aufschließen.

Also doch.

Ihre Truppe trat ihre Mission in voller Stärke an. Ein Gefühl des Triumphs stieg in ihr auf, ihr Mund verzog sich zu einem Lächeln.

Sie richtete ihren Blick auf das Portal. Die pulsierenden Linien wurden heller, leuchteten wie Silber im Mondlicht. Jetzt konnte sie eine Abbildung ausmachen, einen Baum mit vielen Ästen, die sich gen Himmel streckten. Darüber vielzackige Sterne.

Sie kniff die Augen zusammen. War das eine Frauengestalt neben dem Baum?

Thoas sprach eine Beschwörung in einer ihr unbekannten Sprache. Sie klang anders als der Verwandlungszauber, den Desmond angewandt hatte. Hätte sie doch eine der Magierinnen als Begleitung auswählen sollen? Sie wären hilfreich gewesen. Doch Skyth brauchte Desmond und seine Schülerinnen im Herrenhaus, um den Schutzwall aufrecht zu halten.

Sie musste es allein schaffen.

Sie würde es allein schaffen.

Erneut spürte sie das Aufkommen von Magie. Sie wusste nicht, woher Thoas seine Kräfte bezog, doch er war mächtiger als Desmond. Das Summen seiner Beschwörung war so stark, dass ihr Kopf dröhnte wie nach einem Abend mit zu viel Blut und Wein. Sie biss die Zähne zusammen und konzentrierte sich auf das Portal.

Mit einem Knirschen öffneten sich die Flügel, die Scharniere quietschten.

Das Summen wurde noch stärker, beinahe unerträglich. Ihr Kopf fühlte sich an, als befände er sich zwischen zwei Händen, die ihn zusammenquetschten.

Sie durfte jetzt nicht aufgeben. Gleich war es geschafft.

Neben ihr stöhnte Ride auf. Die Freundin war viel sensibler als sie, die Beschwörung bereitete ihr Schmerzen. Echo schloss seine Arme um sie und stützte sie.

Das Portal öffnete sich vollends, dahinter war gähnende Schwärze. Ein kalter Wind peitschte durch den Saal, der sie fast von den Beinen riss. Sie stemmte sich gegen die Bö und ballte die Hände zu Fäusten.

»Ihr müsst springen!«, rief Thoas, der sein Buch umklammerte und sich an einem Wasserspeier festhielt.

Ciara schluckte. Der Sprung in die Finsternis verlangte beinahe mehr Mut, als sie aufbringen konnte. Sie schloss die Augen, ging in die Knie und atmete tief ein.

›Denk nicht darüber nach‹, beschwor sie sich. ›Tu es einfach!‹

Sie ließ die Luft aus den Lungen entweichen, spannte alle Muskeln an und blendete die bodenlose Schwärze aus.

Sie sprang.

»Ciara!« Sie hörte die Stimme ihres Bruders, doch es war zu spät. Sie versank in der Finsternis und fiel in endlose Tiefen. Der eiskalte Wind erfasste sie und drückte sie hinunter, schneller, immer schneller.

Panik erfasste sie, doch ihre Hände griffen nichts, woran sie sich festhalten konnte, ihre Augen fanden keinen Fixpunkt.

Sie wusste nicht einmal, ob sie als Einzige gesprungen war.

Die Luft wurde aus ihren Lungen gepresst.

Dann verlor sie das Bewusstsein.

*

Atemlos beobachteten die Dryaden in der Halle des Berggottes die Neuankömmlinge.

»Es ist eine Hohe Göttin! Sie kommt, um uns zu helfen!« In Coras Augen traten Tränen, als sie die Götterbotin sah, die soeben an ihre Mutter herantrat. Bell stand bewegungslos auf dem Felsplateau. Sie konnte die Augen nicht von der goldenen Erscheinung nehmen. Ihr Blick glitt über die weißen Flügel, das Kleid aus Regenbogen und die perlmuttern glänzende Haut.

Ihr Mund wurde trocken. Also hatte der Berg jemanden entsandt, um sich ein Bild zu machen. Konnte sie hoffen, dass Iris gekommen war, um Xarenia zu helfen? Vielleicht war das zu viel verlangt, aber möglicherweise erfuhr sie mehr. Sie sah sich nach Tyler um, der ähnlich zu denken schien, doch Cora war mittlerweile in Tränen ausgebrochen. Das brachte Bell zurück.

»Ist alles in Ordnung?«, fragte sie. Saw, der den Arm um seine Verlobte geschlungen hatte, zuckte mit den Schultern.

»Ich bin nur so erleichtert«, schluchzte Cora. »Wenn die Göttin helfen kann, können wir vielleicht morgen wieder nach Hause.« Bell glaubte nicht daran, aber sie brachte es nicht über sich, ihrer Freundin die Hoffnung zu nehmen. Es bestand noch eine kleine Möglichkeit. Die Götterbotin sprach mit Ora und Rupes, die bei Xarenia standen und ihre Hände hielten.

185

Bell schluckte. Unterbrachen sie den Kontakt, starb ihre Mutter im schlimmsten Fall. Sie wusste nicht, wie sie den Nachbargöttern je für ihre Hilfe danken sollte.

Neben ihr stand Pace mit ernster Miene. »Was denkst du?«, fragte er.

»Ich wage nicht, auf eine einfache Lösung zu hoffen«, erwiderte sie gedämpft, damit Cora sie nicht hörte. »Ich denke, sie will sich vergewissern.«

»Das glaube ich auch.« Neben Pace nickte auch Feliné, seine Verlobte.

»Sie sähen nicht so ernst aus, wenn es anders wäre«, sagte sie.

»Sie werden mit dir sprechen wollen«, meinte Pace.

Bell nickte. Darauf war sie gefasst. Als Xarenias Stellvertreterin musste sie sich der Göttin stellen und ihre Fragen beantworten.

Rupes wandte sich zu ihnen um und winkte mit seiner riesigen Hand.

Bell straffte sich. Jetzt war sie an der Reihe.

»Begleitest du mich?«, fragte sie Tyler. Er ergriff ihre Hand. Gemeinsam gingen sie hinüber zum Plateau. Je näher sie ihnen kamen, desto besser sahen sie die besorgten Mienen der Götter.

Ihr Verdacht war richtig: Iris kam nicht, um Xarenia zu heilen. Sie kam, um Hilfe zu suchen.

»Was, denkst du, wollen sie wissen?«, flüsterte sie.

»Vermutlich, was geschehen ist«, erwiderte er ebenso leise. »Sie werden einen Bericht von dir fordern.«

»Ich kann nichts dazu sagen, warum sie krank ist.«

»Wenn du das könntest, kämen sie zu uns, statt wir zu ihnen.«

Sie erreichten die Götter. Iris' große weiße Schwingen waren wie ein Dach über Xarenia ausgebreitet. Ihre goldenen Augen musterten die beiden Baumnymphen vor sich mit dem Gleichmut von jemandem, der schon viele Geburten und Tode gesehen hatte.

Doch gleichzeitig entdeckte Bell etwas darin, das sie beunruhigte: Furcht.

Auch eine Hohe Göttin vom Berg fürchtete sich vor der mysteriösen Krankheit. Wer konnte sagen, wie viele Götter Xarenias Schicksal teilten?

Bells Hand verkrampfte sich in Tylers. Sie mochte nicht daran denken, doch es bestand die Möglichkeit, dass Iris ihnen sagte, es gäbe keine Heilung für ihre Mutter. Die Dryaden starben deswegen nicht, aber ein Stamm ohne Göttin war nichts.

Es musste eine Rettung geben.

Sie verneigten sich und schlugen die Augen nieder. Es stand ihnen nicht zu, Iris ins Gesicht zu blicken.

»Dies ist Belladria, Xarenias Tochter und Stellvertreterin«, sprach Ora und legte ihre kühle Hand auf Bells Schulter. »Sie wird Euch Rede und Antwort stehen.«

»Belladria, du weißt, wer ich bin?«

»Ja, Herrin. Ihr seid Iris, die Götterbotin.«

»Das ist korrekt. Ich bin hier, um nach deiner Mutter zu sehen. Sie ist von einer Krankheit betroffen, die Götter befällt.« Bell schwieg, den Blick auf den Boden geheftet, Tylers Hand fest in ihrer. »Ich muss wissen, was in den Stunden, bevor sie erkrankte, geschehen ist.«

»Wie Ihr befehlt.« Bell berichtete in kurzen Sätzen von dem Verlobungsfest und auch von den finsteren Zeichen, die sie in ihrer Vision gesehen hatte.

»Du erhältst Visionen?«, unterbrach Iris sie mit verändertem Tonfall. Ihr Gleichmut war verschwunden.

Bell stockte und sah erschrocken hoch. »Ja, Herrin.«

Iris machte einen Schritt auf sie zu, ihre Miene ließ Bell erzittern. »Was hast du gesehen? Beschreibe es mir in allen Einzelheiten.« Tylers Hand verhinderte, dass sie das Weite suchte.

Bell versuchte es und berichtete von allem, woran sie sich erinnerte. Vom finsteren Himmel und dem grellen Licht, das in vier Teile zerbrach. »Ich sah einen flammenden Himmel, tiefe Nacht und eine weiße Stadt. Dabei fühlte ich mich seltsam, als wäre ich mehrere Personen gleichzeitig. Es ist schwer zu beschreiben«, gestand sie. Iris sah enttäuscht aus, als sei Bells Vision unzulänglich.

»Sind deine Vorhersehungen immer so unklar?«

»Meistens ja, Herrin.« Iris schwieg und schien nachzudenken. Bell und Tyler tauschten einen beklommenen Blick, auch Rupes und Ora waren unruhig. Schließlich richtete sich Iris' Blick erneut auf Bell.

»Zu dumm. Dennoch könnten sie uns nützlich sein, deswegen will ich, dass du mich zum Berg begleitest.«

Bells Herzschlag setzte aus. »Zum Berg, Herrin?«

Was sollte sie dort? Was konnten die Hohen Götter von einer Dryade wollen?

»Ich bringe dich zu Urania. Die Sternenseherin kann deine Vision ordnen und uns weiterhelfen.«

Bell nickte. »Natürlich. Ich tue alles, was ich kann, um Xarenia zu heilen.«

»Nicht nur Xarenia ist betroffen. Wir wissen von sieben erkrankten Göttern. Du könntest eine Heldin werden, wenn deine Vision uns hilft.«

»Die Genesung meiner Mutter wäre mir Dank genug«, erwiderte Bell.

»Wir werden sehen, ob du überhaupt Dank erhältst. Wir brechen sofort auf.« Iris schritt ohne ein weiteres Wort vom Plateau. Bell sah Ora und Rupes verzweifelt an.

»Folge ihr«, polterte der Berggott. »Die Olympier warten nicht gern. Wir behalten Xarenia und deine Familie bis zu deiner Rückkehr hier.«

Sie hatte keine Wahl. Iris würde kein Nein akzeptieren und die Folgen waren nicht abzusehen. Sie musste sich beeilen.

Bell rannte hinter der geflügelten Göttin her. Sie fühlte sich elend, weil sie sich nicht verabschieden konnte.

Nicht einmal von Tyler.

Iris verließ die Höhlen der Oreaden auf dem schnellsten Weg. Ohne auf Bell zu warten schritt sie durch die Dunkelheit der Stollen und legte ein Tempo vor, dem die Dryade schwer folgen konnte. Bell stolperte hinter ihr her und rang nach Luft. Zwar lief sie regelmäßig, doch nie so schnell.

Als sie die Oberfläche erreichten, war es finsterste Nacht und Bell blinzelte in den Sternenhimmel. Ihre Seiten brannten vom Rennen. Sie hoffte nur, dass sie so keine weite Strecke zurücklegen musste. Schweiß rann über ihre Stirn und sie fühlte sich ausgelaugt. Der wenige Schlaf der Nacht reichte nicht aus.

Die Götterbotin streckte die Hand nach ihr aus, ohne sie anzusehen. »Hast du Höhenangst?«

»Nein, Herrin.«

»Bist du schon einmal geflogen?«

»Nein, Herrin.«

»Falls dir unwohl wird, schließe die Augen. Unsere Reise wird schnell vorüber sein.« Bell ergriff die Hand und spürte eine Woge der Energie durch ihren Körper rollen. Erschrocken sah sie auf die glänzende Haut der Göttin, auf ihre Hand, die sie zu sich zog. Iris schlang den Arm um ihre Taille, breitete die Flügel aus und erhob sich in die Luft.

Bell schlug die Hand vor den Mund, um nicht vor Schreck zu schreien. Unter ihr wurden die Berge und auch der Wald immer kleiner. Wind peitschte in ihr Gesicht und raubte ihr den Atem. Iris war schnell wie die Winde, die sie entfernt über den Himmel rasen sah.

›Götter‹, dachte sie mit einem seltsam hohlen Gefühl in den Eingeweiden. Was wollten sie von ihr?

Sie hatte Angst davor, allein zum Berg zu reisen und mit Urania zu sprechen. Zwar gehörte die Muse nicht zu den hochrangigsten Göttern, aber sie lebte auf dem Berg. Das war erschreckend genug.

Würde auch sie so enttäuscht reagieren wie Iris?

Aber sie konnte nichts für den Inhalt ihrer Visionen, sie zu beeinflussen war ihr nicht möglich. Und wenn sie am Ende nichts zu Xarenias Rettung beitragen konnte?

Vor dem nachtschwarzen Himmel voller Sterne kam ein Berg in Sicht. Er war so hoch, dass sein Gipfel wolkenverhüllt war und seine Wände zu steil, um sie zu erklettern. Nur Götter oder ihre Begleiter konnten das Heim der Olympier erreichen.

Alle Geschichten, die Bell über den Berg gehört hatte, wurden Wirklichkeit, doch sie konnte sich darüber nicht freuen. Zu schwer wog die Angst vor dem, was hier auf sie warten könnte.

Iris durchbrach die dichten Wolken und Bell fror erbärmlich, als sie sie einhüllten. Schneeflocken trafen ihr Gesicht und nässten ihre Haare und Kleider. Es war, als wäre sie ohne Vorwarnung in einem Herbststurm gelandet. Die Eiskristalle prickelten auf ihrer Haut und schmerzten wie Dornen. Sie kniff die Augen zusammen und hoffte, es sei bald vorbei.

Die Wolken verschwanden und es wurde schlagartig warm und hell.

Benommen rieb sich Bell die Augen. Iris setzte zur Landung an. Mit einem Aufprall, der ihr durch Mark und Bein ging, kam die Göttin auf einem marmornen Vorplatz zum Stehen und ließ sie so abrupt los, dass Bell beinahe fiel.

Sie ging in die Knie und schnappte nach Luft. Der Flug hatte ihr den letzten Rest ihrer Kräfte geraubt. Ihr Kopf fühlte sich schwer an, als sei er mit Wasser gefüllt und ihre Knie zitterten. Kurz fürchtete sie, sich erbrechen zu müssen, ihr Magen war furchtbar flau.

»Hole Urania«, wies Iris jemanden an und Bell hörte Schritte, die sich entfernten. Sie atmete tief durch und strich ihr nasses Haar zurück. Gänsehaut überzog ihre feuchte Haut und ihre Tunika aus Spinnenseide klebte unangenehm an ihrem Körper.

Was hielt diese Reise noch für sie bereit?

Erneut erklangen Schritte, dieses Mal sah sie auf. Eine Göttin mit dunkler Haut und nachtblauem Haar kam auf sie zu, zweifellos Urania. Ihre Aura war nicht so kräftig und ehrfurchtgebietend wie Iris'. Bell spürte, dass sie zu ihr Vertrauen fassen konnte. Mit ihr konnte sie sprechen.

Und sie hoffte auf Antworten.

»Belladria empfängt Visionen. Sieh dir ihre Letzte an«, befahl Iris. Das Augenlid der Muse zuckte und sie nickte der Götterbotin knapp zu. Offenbar schätzte sie den Tonfall der anderen nicht, durfte aber nicht aufbegehren. Kleine Lichtpunkte in ihren Haaren verschoben sich. Sie sahen aus wie Sterne.

»Wie du wünschst.« Sie wandte sich der Dryade zu. »Folge mir.« Bell war froh, Iris hinter sich zu lassen und beeilte sich, Urania nachzulaufen. »Hast du die Götter gesehen?«, fragte sie. Bell sah ihr ins Gesicht. Ihre Augen waren dunkelblau und die Himmelsgestirne spiegelten sich darin.

»Das kann ich nicht sagen«, gestand sie. »Meine Visionen sind unklar. Ich hoffe, Ihr könnt etwas erkennen.«

Urania lächelte schmal. »Wir werden sehen. Ich hoffe für dich, dass sie unklar genug sind.«

»Herrin?«

»Sterbliche mit Fähigkeiten, die den Göttern nützen, verlassen den Berg in der Regel nicht mehr«, erwiderte Urania und richtete den Blick geradeaus.

Bell blieb stehen. Grauen erfasste sie bei dem Gedanken, Xarenia nie wieder zu sehen. Und noch größer wurde es, als sie sich vorstellte, Tyler in Rupes' Höhle zum letzten Mal gesehen zu haben. Sie hatten sich nicht einmal voneinander verabschiedet.

Wenn sie ihn nie wiedersah, wurde sie ihres Lebens nicht mehr froh.

Urania beobachtete sie, ihre Miene war unergründlich. »Lass mich zuerst die Vision sehen. Mein Tempel ist dort.« Sie ging voran, Bell folgte ihr mit einem Gefühl der Leere.

Im Tempel war es kühl. Der Raum war rund, seine Wände zierten Säulen. In der Decke war ein Loch, durch das der Himmel zu sehen war. Darunter stand ein kreisförmiger Tisch, auf dem die Sterne eingeritzt waren. Urania winkte Bell heran und hieß sie, auf einem Stuhl platz zu nehmen.

»Ich versuche, dir nicht wehzutun«, sagte sie und legte ihre kühlen Hände an Bells Schläfen. Bell zuckte zusammen, als die Vision ein zweites Mal durch ihren Kopf raste. Erneut spürte sie die verschiedenen, widersprüchlichen Emotionen und ihr wurde heiß, als sich das Feuer in ihren Eingeweiden sammelte. Dieses Mal war sie darauf vorbereitet und stellte erschrocken fest, dass es ihr gefiel. Es war, wie Tyler nahezukommen. Viel näher, als Xarenia es erlaubte.

Die Vision endete und Urania ließ Bell los. Im Gesicht der Göttin sah sie Verblüffung.

»Damit habe ich nicht gerechnet«, murmelte sie.

»Was bedeutet es?«, fragte Bell leise. »Und werdet Ihr mich hierbehalten?«

»Ich muss mit Iris darüber sprechen, aber ich denke nicht. Du, Belladria, hast einen Auftrag erhalten. Du wirst versuchen, die Götter zu heilen. Das Licht, das du gesehen hast, ist der Schlüssel dazu.«

»Aber es ist zerbrochen«, wandte Bell ein.

Urania nickte. »Und nicht nur das: Es befindet sich nicht hier.«

»Was bedeutet das?«

Die Muse der Astronomie schritt unruhig durch den Tempel, ihre Fingerspitzen glitten über die Platte ihres Sternentisches. Wieder und wieder, in Kreisen und Mustern, die Bell nicht verstand. Mit bangem Herzen beobachtete sie sie dabei und wagte nicht, etwas zu sagen.

Ihre Vision war ein Auftrag? Es war an ihr, Xarenia und die anderen Götter zu retten? Aber wie war das möglich? Was könnte sie tun? Wohin könnte sie gehen? Wie könnte sie eine Lösung, ein Heilmittel für die Götter finden?

Sie verstand die Vision nicht, hätte sie niemals so gedeutet, doch Urania schien sich sicher zu sein. Die Göttin studierte noch immer ihre Sternenkarte, jetzt wandte sie den Blick zum Himmel. Ihre Augen wurden seltsam leer.

So also sah es aus, wenn jemand eine Vision empfing.

Urania holte tief Luft und hob die Arme über den Kopf. Die goldenen Reifen an ihren Handgelenken rutschten klappernd hinunter zu ihren Ellenbogen. Die Sterne in ihren Haaren rotierten, es schien, als drehe sich der Nachthimmel in einem fantastischen Tanz. Bell wurde vom Zusehen schwindelig.

Endlich ließ die Muse die Arme sinken, ihre Augen hatten sich wieder aufgeklart.

Sie sah Bell ins Gesicht.

»Des Rätsels Lösung ist jenseits der Dimensionsgrenze. Du wirst nicht nur dein Zuhause, sondern auch deine Welt verlassen müssen, um deinen Auftrag zu erfüllen.«

Bell schwieg. Es fiel ihr schwer, Uranias Worte zu verstehen. Die Sternenseherin trat zurück.

»Warte hier. Ich gehe zu Iris.«

Sie ließ Bell allein.

Blicklos starrte sie auf ihre Hände. Niemals hätte sie damit gerechnet, dass ihre Vision ein solches Ausmaß hatte.

Sie sollte die erkrankten Götter heilen? Aber wie? Was konnte sie tun? Und was bedeutete es, dass sie in eine andere Welt reisen musste?

Ihr Blick fiel auf die Sternenkarte auf dem Tisch. Aus dem Wald kannte sie kein Pergament und als ihre Finger die Oberfläche berührten, zuckte sie zurück. Dennoch zogen sie die Zeichnungen an und sie versank in den Darstellungen der Sternenbilder. Sollte sie dorthin reisen? Wohin führte sie ihre Mission?

Als sie Schritte hörte, fuhr sie hoch. Urania kam mit Iris zurück, das Gesicht der Götterbotin war ernst.

»Urania hat mir berichtet, was sie in deiner Vision gesehen hat.« Sie betrachtete Bell abschätzig. »Wir, der Rat, haben beschlossen, dass du diesen Auftrag übernehmen wirst. Solltest du weitere Visionen erhalten, werden sie dir den Weg zeigen. Glaubst du, unseren Erwartungen gerecht zu werden?« Bells Mund wurde trocken und ihr Herz schlug unangenehm kräftig gegen ihre Rippen.

»Ich werde mein Möglichstes tun, Herrin.« Ihre Stimme war kratzig. Angst stieg in ihr hoch. Sie hatte keine Ahnung, was von ihr erwartet wurde. »Bitte sagt mir, wie.«

Iris sah Urania auffordernd an. »Deine Vision ist hier nicht eindeutig. Es scheint aber so, dass du das Licht suchen musst, zur Not alle Teile, in die es zerfallen ist. Es könnte sich um eine Art göttliche Energie handeln.«

Bell wartete, ob die Muse ihr noch weitere Auskünfte geben konnte, doch sie schwieg. Auch Urania war es nicht gelungen, die Bilder vollends zu entschlüsseln. Falls das überhaupt möglich war.

Sie sammelte sich. Ihr war die Möglichkeit gegeben worden, etwas zur Rettung ihrer Mutter beizutragen. Sie hatte Iris gesagt, dass sie alles tun würde, was notwendig war. Zu diesem Versprechen musste sie stehen. Auch, wenn das bedeutete, ihre Familie nie wiederzusehen.

»Wann soll ich gehen? Und wohin?«, fragte sie.

»Du wirst nicht allein gehen«, erwiderte Iris. »Die Aufgabe ist zu wichtig, um sie dir zu überlassen. Wir Götter können diese Dimension nicht verlassen und der Donnerer denkt, dass du am meisten Zuversicht verspüren wirst, wenn dich jemand begleitet, dem du vertraust. Ich werde zurück zu Rupes fliegen und Mitglieder deines Stammes holen.«

Bell fuhr auf, sie wusste nicht, ob sie sich verhört hatte.

»Ist das wahr?«, fragte sie mit dünner Stimme. Iris nickte, sie schien ihren Auftrag wenig zu schätzen. Sicher hielt sie es für eine Verschwendung ihrer Zeit, weitere Dryaden zu holen. Sie fing einen Blick von Urania auf. Die Muse hatte sie auf ihrer Seite, so viel sagte er ihr. Iris drehte sich um und verließ die beiden.

»Darf ich hier bei Euch warten?«, fragte Bell.

Urania nickte. »Ich habe dir noch etwas zu sagen, das für Iris nicht relevant ist. Das, was du an Emotionen in der Vision empfingst, gibt Aufschluss darüber, wie schwierig es wird. Und sicher hast du auch die Lust gespürt.« Sie runzelte die Stirn, als sie Bells verwirrte Miene sah. Als Muse waren ihr alle körperlichen Vergnügungen bekannt. »Die Hitze, hast du sie nicht gespürt?«

Jetzt verstand Bell. »Doch, das habe ich.«

»Du wirst in Versuchung kommen. Sie wird stark sein.«

Bell sah zu Boden. Sie fühlte sich ertappt und verlegen. Sie war Tyler bereits nähergekommen, als es Xarenias Regeln erlaubten.

»Ich werde allen Versuchungen widerstehen und erfolgreich sein«, versprach sie.

»Du missverstehst mich. Ich gehe nicht davon aus, dass du widerstehen kannst. Möglicherweise ist das notwendig, um deinen Auftrag zu erfüllen. Wichtig ist, dass du das Ziel im Auge behältst.«

»Wie könnte ich das Leben meiner Mutter aus den Augen verlieren?«

»Belladria, es sind schon gewaltigere Ziele wegen der Aussicht auf Lust aus den Augen verloren worden.«

Bell wartete lange in Uranias Tempel. Die Muse sah sich noch andere, ältere Visionen an, doch keine hatte etwas mit der Götterkrankheit zu tun. Nur die Letzte schien Hinweise zu enthalten. Bell merkte Urania an, dass diese darüber enttäuscht war, doch sie konnte es nicht ändern.

Ihre Visionen waren wie das Wetter: Man konnte sie nicht ändern, sich nur nach ihnen richten.

Uranias Worte hallten noch lange in ihrem Kopf nach. Konnte die Göttin recht haben? Niemals könnte sie vergessen, Xarenia zu retten, kein Verlangen der Welt konnte so stark sein, dass sie ihre Pflicht vergaß.

Doch je länger sie darüber nachdachte, desto mehr wuchs ihre Angst, sie könnte schwächer sein, als sie dachte. Sie musste stärker als das sein. Und sich notfalls von Tyler fernhalten. Egal, wie schwer ihr das fiel.

Trübsinnig erinnerte sie sich, dass sie ihr Cello in Rupes' Halle gelassen hatte. Ihr Instrument fehlte ihr, als habe sie einen Körperteil verloren. Sicher war dafür auf ihrer Reise kein Platz und sie musste mit diesem Gefühl noch lange leben.

»Wisst Ihr, wie lange Iris fortbleiben wird?«, fragte sie Urania, die sich über ihre Sternenkarten beugte.

Die Sternenseherin verdrehte die Augen zur Decke und summte leise. »Sie ist vor Einbruch der Nacht zurück«, erwiderte sie dann. »Und sie bringt dir acht Begleiter.«

»Acht? So viele?«

»Die Neun ist eine Glückszahl der Götter«, sagte Urania. »Sie stellt eure Reise unter einen guten Stern.«

»Trotz meiner Vision?«

Urania lächelte. »Wir werden alles tun, um das Glück anzulocken. Du weißt, wie viel von dir abhängt.«

»Ja, das weiß ich.« Bell sah auf ihre leeren Hände. Die Verantwortung erdrückte sie beinahe.

»Deine Vision ist ein guter Anfang. Jetzt kommt es auf deine Zuversicht an.«

»Ihr könnt den Ausgang der Mission nicht sehen, nicht wahr?«

»Nein. Zu viele ungewisse Faktoren spielen mit hinein und meine Gabe beschränkt sich auf diese Ebene.«

»Herrin, ich ...« »Ich weiß.« Urania blickte wieder auf ihre Sternenkarte. »Je weniger über manche Dinge gesprochen wird, desto besser.«

Bell verfiel erneut in Schweigen. Die Stunden verrannen, bis eine junge Frau im Tempel erschien.

»Schwester, Iris ist zurück. Ich komme, um die Dryade zu holen.« Urania nickte.

»Ich wünsche dir alles Glück, Belladria. Mögen die Sterne über dich wachen und dir wohlgesonnen sein. Geh mit dem Segen der Götter.«

»Ich danke Euch.« Bell erhob sich und folgte der anderen Muse zurück zu dem Platz, auf dem sie und Iris gelandet waren. Ihr Herz machte einen Satz, als sie Tyler sah, sein rotes Haar leuchtete im Sonnenlicht. Bei ihm waren Cora und Saw, außerdem ihre Freundinnen Helly, Brooke und Cyntha. Neben ihnen standen Albion und Feliné. Von Pace war nichts zu sehen.

»Bell!«, rief Cora und klatschte in die Hände. »Da ist sie!« Sie flog ihr entgegen und schloss sie in ihre Arme. »Wir haben keine Sekunde gezögert, als Iris zurückkam.« In Coras braunen Augen standen Tränen und Bell erging es nicht anders.

Tyler trat an sie heran und sie entdeckte, dass alle ihre Instrumente mitgebracht hatten. Ihr Cello war ebenfalls da. »Ich könnte nicht glücklicher sein!«, flüsterte sie.

»Iris hat uns nur kurz berichtet, was geschehen ist. Deine Vision konnte entschlüsselt werden?«, fragte er.

»Teilweise.« Bell sah sich um. »Ist Pace nicht mitgekommen?«

»Er will bei den anderen und Xarenia bleiben«, sagte Feliné. Bell schluckte. Sie hatte sich darauf verlassen, dass Pace sie begleitete. Seine Ruhe und Besonnenheit fehlten ihr als Charaktereigenschaften. »Ich werde ihn würdig vertreten«, sagte Feliné. Sie war ebenfalls pragmatisch, wenn auch nicht so einfallsreich. Dennoch würde sie Bell eine Stütze sein.

»Kannst du uns noch mehr darüber sagen, was als Nächstes geschieht?«, fragte Helly. »Iris hat sich kurz gehalten und ...« Sie lachte nervös. »Abgesehen davon, dass wir dir helfen wollen, wissen wir nichts.«

»Nun, ich ...«, setzte Bell an, doch da trat Iris zu ihnen.

»Ihr brecht sofort auf. Nehmt eure Instrumente zur Hand.« Sie betrachtete die Dryaden mit hochgezogenen Brauen, offenbar ging ihr die Begeisterung für Musik ab.

Bell ergriff ihr Cello und beeilte sich, der Götterbotin zu folgen. Sie hätte den anderen gern mehr gesagt - zumindest das wenige, was sie wusste - doch die Götter hatten es eilig.

Sie folgten Iris an den Marmorsäulen vorbei durch einen Olivenhain. Die Augen der jüngeren Dryaden wurden immer größer und Hellys Mund stand nicht mehr still, doch niemand wusste Antworten auf ihre vielen Fragen und die Götterbotin schwieg beharrlich. Sie umrundeten den Hain und standen mit einem Mal einem Mann gegenüber.

Den Dryaden fielen die Kinnladen herunter. Er drehte sich zu ihnen um, das lockige Haar durch ein goldenes Band gebändigt und seine Gestalt wie von einem meisterhaften Bildhauer. Als er die Instrumente sah, kräuselte sich sein Mund zu einem Lächeln.

»Iris, sind dies die Dryaden?«, fragte er. Die Götterbotin blieb stehen.

»Ja, Apoll, das sind sie.«

»Sie sind Musiker. Eine gute Wahl. Davon hattest du nichts gesagt.« »Es spielt keine Rolle für die Mission. Die Instrumente sind nur« Iris warf einen Blick auf Tylers Kontrabass. »Sperrig.«

»Ein Instrument ist niemals sperrig. Und ich bin mir sicher, sie werden wichtig für die Mission sein.« Apoll trat an Bell heran. »Du trägst die Verantwortung?«

»Ja, Herr«, antwortete Bell ehrerbietig und neigte das Haupt. Sie zuckte zusammen, als der Gott der Künste seine Hand auf ihr Cello legte und das Holz warm wurde.

»Ich gebe euch meinen Segen, auf dass ihr siegreich sein mögt. Eure Instrumente verfügen nun über göttliche Kräfte und können euch beschützen.« Jemand rief seinen Namen und Apoll trat zurück. Er schien noch etwas sagen zu wollen, doch die Stimme rief ein weiteres Mal und fesselte seine Aufmerksamkeit. Ohne ein weiteres Wort verließ er sie.

Bell betrachtete ihr Violoncello. Statt des Eichenholzes glänzte es golden im Licht. Sie wusste nicht, was er damit getan hatte, aber sein Segen konnte nicht schaden. Die Instrumente der anderen hatten sich ebenfalls verändert.

»Kommt jetzt. Wir haben keine Zeit zu verlieren.« Iris drehte sich brüsk um und ging weiter. Abermals musste Bell sich beeilen. Die anderen folgten ihr auf dem Fuß.

Sie ließen den Tempel der Hohen Götter hinter sich und näherten sich dem anderen Ende des Gipfels. Auch hier wuchsen Olivenbäume und spannten ihre Zweige wie Dächer. Iris schritt zwischen ihnen hindurch, ohne sie eines Blickes zu würdigen. Bell spürte eine Vibration in der Luft, als läge eine Note darin.

Sie drehte den Kopf und suchte nach der Quelle, nach einem Instrument, das den Ton verursachte. Es war nichts zu sehen. Dafür entdeckte sie ein Portal am Ende des Wegs.

Iris hielt darauf zu, in der Hand hielt sie eine Pergamentrolle und einen goldenen Gegenstand, den sie jetzt erst sehen konnte. Sie kniff die Augen zusammen, konnte aber nicht erkennen, was es war.

»Wohin reisen wir, Liebste?«, fragte Tyler.

»Ich weiß es nicht genau. Wir suchen eine Energie, die die Götter heilen kann«, erwiderte sie. »Laut Uranias Deutung meiner Vision befindet sie sich in einer anderen Dimension.« Hinter ihr kam Getuschel auf.

»In einer anderen Dimension«, wiederholte Tyler. »Was bedeutet das?«

»In einer anderen Welt«, sagte Iris, ohne sich umzudrehen. Sie hatte sie gehört. »Es gibt außerhalb eures Waldes noch viel mehr.« Tyler verzog das Gesicht, sagte aber nichts. Bell verstand ihn, Iris' abweisende Art machte sie nervös. Sie wurde nicht schlau aus der Göttin, konnte nicht sagen, ob ihr Stolz es ihr verbot, herzlicher zu ihnen zu sein, oder ob sie etwas verbarg.

Sie befürchtete, beides könnte der Grund sein. Urania hatte ebenfalls nichts dazu gesagt. Obwohl sie vertraut mit Bell umgegangen war, war auch die Muse nicht ihre Freundin. Ihre Loyalität galt dem Obersten Gott. Er hatte entschieden, dass sie gehen würden.

Jetzt.

Sie warf einen Blick über ihre Schulter, um in die Gesichter ihrer Begleiter zu sehen. Einige waren aufgeregt, andere ängstlich, Saw und Albion zeigten betont gleichmütige Mienen. Seit sie von ihrer Lichtung aufgebrochen waren, hatte sie das Gefühl, dass sie sich selbst hinterherlief.

In Wahrheit lief sie Iris hinterher, die sich nicht in die Karten sehen ließ.

Sie wusste nur so wenig über das, was sie tun sollte, dass sie bezweifelte, alles richtig machen zu können. Sie sah Tyler scheu an und erinnerte sich an Uranias Worte.

Konnte sie seinetwegen die Mission aus den Augen verlieren?

Sie erreichten das Portal.

Es war beinahe baumhoch und bestand ebenso aus weißem Marmor wie der Tempel. Sein goldenes Schloss schien schon lange nicht mehr benutzt worden zu sein, eine Rankpflanze hatte sich seiner bemächtigt. Mit einer unwirschen Handbewegung riss Iris sie ab.

»Belladria, tritt vor.« Sie zeigte ihr die Schriftrolle. »Bewahre sie unter allen Umständen auf. Sie enthält die Anleitung für eure Rückreise. Die Beschwörung öffnet das Portal erneut. Außerdem beinhaltet sie eine Beschreibung, wie ihr die Energie speichern könnt.« Sie reichte ihr ein goldenes Amulett. »Nutze dies dazu. Mit dem Medaillon können wir nach eurer Rückkehr die Götter heilen.«

Bell nahm beide Gegenstände entgegen und band sie an ihren Gürtel aus Spinnenseide. Dabei betete sie zu allen Göttern, dass sie sie niemals verlor.

Iris trat an das Portal und schloss es mit einem goldenen Schlüssel auf. Mit beiden Händen ergriff sie die Klinke und zog die Flügel auf. Dabei stemmte sie sich so gegen den Boden, dass Bell eine Ahnung bekam, wie schwer das Tor sein musste.

»Bildet einen Kreis und fasst euch an den Händen. Die Reise durch das Portal wird kein Waldspaziergang.« Iris' Stimme war vor Anstrengung gepresst, die Dryaden beeilten sich, ihrem Befehl folge zu leisten. Zum ersten Mal in ihrem Leben spürte Bell eine ehrliche Abneigung. Ausgerechnet gegen die goldene Göttin, die ihnen so widerwillig half.

Dies war nicht der Zeitpunkt, um empfindlich zu sein. Ihr Mut war gefragt.

Sie ergriff Coras Hand und hielt mit der anderen ihr Cello fest. Tylers Finger schlossen sich um ihren Oberarm, auf diese Weise bildeten sie einen Kreis. Bell betete, dass ihre Kräfte ausreichten, um zusammen zu bleiben.

»Lass mich nicht los«, flüsterte Cora Saw zu.

»Niemals«, versprach er.

Iris öffnete das Portal vollends und ein rauer Wind kam auf. Dahinter war gleißendes Weiß, formlos, konturlos. Bell konnte nicht einmal sagen, ob es einen Boden gab, auf den sie treten konnte. Sie traten näher, Bell schlug das Herz bis zum Hals, ihre Hand, die den Hals des Cellos umklammerte, war feucht.

»Geht hindurch!«, rief Iris gegen den heulenden Wind. Neben Bell schluchzte Cora auf.

Es hatte keinen Sinn, sie musste als erste gehen. Sie schritt voran, Tylers und Coras Hände mit sich ziehend, und trat über die Schwelle.

Sie fiel in bodenlose Tiefe, in ein gleißendes Nichts.

Coras Hand entglitt ihr und sie spürte, wie Tyler sie losließ.

»Nein!«, schrie sie, doch ihre Stimme wurde vom Wind verschluckt. Sie wurde umhergewirbelt, das Einzige, woran sie sich festhalten konnte, war ihr Cello. Sie presste das Holz an sich und schloss die Augen.

Dann verlor sie das Bewusstsein.

*

*B*lanche eilte durch die Flure der Magieakademie, Snow im Schlepptau. Sie war euphorisiert von der
Aufgabe, die sie ihnen verschafft hatte.

»Wir werden Starcity retten, Snow«, sagte sie zum drit-
ten Mal und setzte die Spitze ihres Magierstabes fest auf.
»Dank uns wird die Stadt nicht in Finsternis versinken,
sondern weiterstrahlen.« Sie lachte. »Sie werden unsere
Büsten an besonders schönen Stellen in der Lichthalle
aufstellen.« Sie hielt inne und blieb stehen. »Apropos
Lichthalle: Was war da zwischen dir und dem Fremden?«

»Nichts«, antwortete Snow. »Ich bin ausgerutscht und
er hat mich aufgefangen.« Sie holte tief Luft. »Er hat
mich nicht losgelassen, obwohl ich ihn aufforderte.«

»Ihr wirktet vertraut.« Blanches Tonfall war anklagend.

»Ich habe ihn dort zum ersten Mal gesehen«, widersprach Snow. Blanches hellblonde Brauen zogen sich
ungläubig zusammen. »Woher sollte ich ihn kennen? Ich
hatte gar keine Zeit, ihn zu treffen. Wenn du dich erinnerst: Du und ich waren seit seiner Ankunft fast ununter-
brochen zusammen.«

»Das ist wahr. Hast du Alecs Gesicht gesehen?« Blanche kicherte. »Ich dachte, er zettelt eine Schlägerei an.«

»Das wäre furchtbar gewesen. Und seiner nicht würdig.«

»Natürlich nicht. Aber es gibt kaum etwas Schmeichel-
hafteres, als wenn sich zwei Männer um eine Frau duel-
lieren.«

»Ich kann auf jede Art von Schmeichelei verzichten, vor allem auf solche.« Snow richtete ihren Blick auf den Boden. »Und wir haben andere Probleme.«

»Unbestritten. Ich wollte die Sache nur nicht ins Hintertreffen geraten lassen.« Snow kannte ihre beste Freundin zu gut, um ihr zu glauben. Blanche liebte Klatsch und Tratsch und verbreitete beides selbst mit Vorliebe.

»Ich hoffe, du weißt, dass ich nicht daran interessiert bin, dass das die Runde macht.«

»Liebes, ich erzähle niemandem davon. Und vermutlich interessiert es niemanden, schließlich bist du zur Anführerin der Mission zur Rettung Starcitys ernannt worden.« Irrte sie sich, oder schwang Eifersucht in Blanches Worten mit?

»Ich habe nicht darum gebeten«, erwiderte Snow dünn.

»Das weiß ich, Liebes. Sie hätten Alec genommen, wenn er sich nicht so aufgespielt hätte. Mein Vater ...« Blanche schnaubte. »Er kommt auf die seltsamsten Ideen. Das war eine davon.«

»Mir ist dieser Titel nicht wichtig. Ich möchte nur ...«

»Ich weiß«, unterbrach Blanche sie. »Das wollen wir doch alle.« Sie bogen in den Flur ein, in welchem ihre Wohnung lag. Der Unterricht war bereits vorbei und sie beschlossen, direkt zurückzugehen und erste Vorbereitungen zu treffen.

Vor ihrer Tür standen zwei Frauen, eine in grün, die andere in rot gekleidet. »Kassie, Evelyn, wartet ihr auf uns?«, fragte Blanche, als sie die Freundinnen erkannte. »Was für ein Glück, ich habe unglaubliche Neuigkeiten!« Sie lotste die beiden in die Wohnung.

»Entschuldigt mich kurz«, bat Snow und ging in ihr Schlafzimmer. Sie hatte auf etwas Ruhe gehofft, in der sie alles, was am heutigen Tag geschehen war, verdauen konnte. Offenbar war es ihr nicht vergönnt, denn sie hörte Blanches aufgeregte Stimme durch die Tür.

Sie griff vor und nahm den Ordensvorsitzenden der beiden die Möglichkeit, ihnen selbst von ihrer Teilnahme an der Mission zu berichten. Das würde nicht gut ankommen, aber um solche Dinge scherte Blanche sich nicht.

Snow sank auf ihr Bett und atmete tief durch. Es war erst Mittag, aber sie fühlte sich, als sei sie seit mehreren Tagen wach.

»Snow, kommst du?«, rief Blanche. Sie seufzte.

Hatte sie eine Wahl?

»Wir waren im Begriff, zum Unterricht zu gehen, als der Kristall ausfiel«, berichtete Blanche. »Wir standen quasi direkt darunter. Ich sah, wie seine Zacken verloschen und sich anschließend das Zentrum verdunkelte. Ein furchterregender Anblick.«

Snow bezweifelte, dass Blanche es gesehen hatte, denn sie war - wie sie auch - viel zu sehr mit Alec und Damocles beschäftigt gewesen. Diesen Teil der Geschichte hatte Blanche bisher übersprungen.

Sie hoffte, dass es dabeibliebe. Evelyns Moralpredigt wollte sie sich ersparen.

»Natürlich war mir sofort klar, dass wir zum Rat gehen müssen«, fuhr Blanche fort.

»Das war Alecs Vorschlag«, wandte Snow ein.

»Ich wollte es gerade sagen, als er davon sprach«, winkte Blanche ab. »Für uns ist doch nichts naheliegender, als unsere Eltern aufzusuchen.« Snow schwieg verblüfft.

»Ich kann mir vorstellen, dass Alec sogleich das Kommando übernommen hat«, sagte Kassie nickend. »Als Tutor hat er auch immer alles im Griff.«

»Nun ja, er gibt gern den Ton an«, erwiderte Blanche. »Jedenfalls liefen wir vier zum Rat und siehe da! Sie hatten keine Idee, woran es liegen könnte.«

»Deine Mutter sagte, sie hätten damit gerechnet, dass das passieren würde«, widersprach Snow. Blanche warf ihr einen angespannten Blick zu.

»Ich werde mit der Geschichte niemals fertig, wenn du mich ständig unterbrichst, meine Liebe.«

»Verzeih mir.«

»Natürlich.« Blanche wandte sich wieder ihren Zuhörerinnen zu. »Der Kristall verliert seit einiger Zeit Energie, aber der Rat hat noch keine Lösung für dieses Problem. Allerdings ist das gleiche vor einiger Zeit in Cloud passiert. Dort haben sie in einer anderen Dimension einen Ersatz beschafft. Jetzt ratet mal.«

»Was?« Evelyns Stirn runzelte sich.

»Ratet, wer den Ersatz für Starcity beschaffen soll«, forderte Blanche. Kassie und Evelyn sahen ratlos aus. »Wir!«, rief sie ungeduldig. Die beiden starrten sie an.

»Wir?«, fragte Kassie vorsichtig.

»Ja! In Cloud haben sie ebenfalls die begabtesten Studenten losgeschickt«, trumpfte Blanche auf. »Sobald der Rat etwas gefunden hat, werden wir losziehen und das Abenteuer unseres Lebens bestreiten.«

Es war still in dem kleinen Wohnzimmer. Snow sah Evelyn und Kassie mit ihren Gefühlen kämpfen.

»Das ... ist ja unglaublich«, sagte Evelyn schließlich und sah Snow fragend an. Diese nickte.

»Das stimmt, aber es ist die Wahrheit.«

»Warum wir?«, fragte Kassie. »Und nicht Alec oder Rain?« »Alec und Rain sind ebenfalls Teil der Mission«, erwiderte Blanche spitz. »Aus jedem Orden nimmt ein Vertreter teil.«

»Und wer sind die übrigen drei?«, fragte Evelyn.

»Für den Alchemieorden begleitet uns Chelsea, Nimbus Nigros Tochter.«

»Ist sie nicht drei Klassen unter uns?«, fragte Kassie.

»Stimmt, aber Nimbus bestand darauf. Es ist seine Entscheidung«, sagte Blanche achselzuckend.

»Und für den Windorden?«, fragte Evelyn hoffnungsvoll. Ihr Verlobter Wing gehörte diesem Orden an.

»Nimbus hat Savoy vorgeschlagen«, erwiderte Blanche. »Ich konnte Wing nicht mehr ins Spiel bringen, da hatte der Ordensvorsitzende schon zugestimmt.«

»Savoy?«, fragte Kassie begeistert und klatschte in die Hände. Sie war schon länger heimlich in den Oberschüler verliebt. Enttäuscht lehnte Evelyn sich zurück.

»Wing wäre besser für die Gruppe gewesen.«

»Das hatten wir nicht zu entscheiden.«

»Und für den Erdorden?«, fragte Kassie

»Damocles«, verkündete Blanche angriffslustig. Erneut sah sie in erschrockene Gesichter.

»Der ... Neue?«, fragte Kassie zögerlich.

»Das kann nicht dein Ernst sein!«, begehrte Evelyn auf. »An der Geschichte stimmt doch etwas nicht. Warum sollte man ihn auswählen?«

»Weil es sein Vorschlag war«, sagte Snow leise. Die drei Freundinnen sahen sie entgeistert an. »Er kommt aus Cloud«, fügte sie hinzu.

»Und warum war er beim Rat? Habt ihr ihn unterwegs aufgegabelt?« Evelyn hatte ihre Enttäuschung noch nicht überwunden, ihre Stimme war spitz. Jetzt zögerte Blanche und warf einen unsicheren Blick zu Snow.

Es klopfte an der Tür. Snows Weg war der kürzeste, deswegen stand sie auf und öffnete. Vor ihr stand ein Ratsbote.

»Verehrte Niva Nivea«, sprach er sie respektvoll mit ihrem lateinischen Magiernamen an. Die meisten jungen Magiestudenten verzichteten auf diesen komplizierten Brauch und nannten sich bei kürzeren Spitznamen. »Ich komme im Auftrag des Rats. Du und Blanditia Basiata seid morgen zur neunten Stunde eingeladen. Der Rat erwartet euch.«

»Wir werden dort sein«, versprach sie. »Gilt die Nachricht auch für Evidentia Exacta und Candela Casta? Beide sind derzeit hier.«

Der Bote wirkte erleichtert, so ersparte er sich einen Weg. »So ist es. Vielen Dank.« Er grüßte und Snow schloss die Tür wieder. Als sie in das Wohnzimmer zurückkam, sahen Evelyn und Kassie sie mit großen Augen an. Evelyns Miene drückte Missbilligung aus.

»Ein Bote für uns vier«, sagte sie. »Morgen früh um neun erwartet uns der Rat.« Fragend sah sie Blanche an, die ihrem Blick auswich. Sie hatte getratscht.

Ärger schwoll in Snow an. Sie hatte es ihr versprochen und jetzt, das sagte ihr Evelyns Gesicht, musste sie sich für etwas verantworten, an dem sie schuldlos war.

»Was möchtest du sagen, Evelyn?«

»Gar nichts.«

»Wir sprachen gerade über unseren Plan«, brachte Blanche sich hastig ein. Ihre Wangen hatten sich gerötet. »Wenn der Rat uns bereits morgen einlädt, hat er sicher etwas gefunden.«

»So muss es sein«, sagte Kassie, die ihren Blick nicht von Snow abwenden konnte. Sie wirkte nicht wütend, eher neugierig, als sähe sie Snow mit neuen Augen.

»Dank der Informationen von Damocles ...« Evelyn schnaubte. »Er ist Teil unserer Gruppe. Wir werden mit ihm auskommen müssen«, sagte Blanche. Snow nickte.

»Obwohl es zwischen ihm und Alec schwierig werden wird.«

»Kein Wunder«, platzte Evelyn heraus. »Wäre ich als seiner Stelle, ginge es mir nicht anders.«

»Was willst du damit sagen, Evelyn?«, fragte Snow. Sie hasste es, sich zu streiten, ihr sanftes Wesen ließ sie Konflikten in der Regel aus dem Weg gehen. Doch in den letzten Tagen war so viel geschehen, dass ihre Nerven dünn waren. Jeder bestimmte über sie und jetzt musste sie sich auch noch verurteilen lassen.

»Weißt du, Snow, du musst selbst damit leben, was die Leute über dich denken, wenn du dich mit solchen Menschen in den hintersten Ecken der Halle herumdrückst«, fauchte Evelyn.

Snow zuckte zurück. Genau das hatte sie vermeiden wollen.

Ihr Blick fiel auf Blanche, die puterrot geworden war. Sie hatte nicht einmal versucht, sie mit ihrer Schilderung zu schützen.

Wut kochte in ihr hoch. Sie hatte noch nicht einmal die Gelegenheit bekommen, mit Alec selbst über die Sache zu sprechen. Auf keinen Fall sollten solche Gerüchte die Runde machen, wie Blanche sie eben gestreut hatte.

»Ich habe mich nicht herumgedrückt«, sagte sie so ruhig sie konnte. »Er hat mir geholfen, weil ich ausrutschte und fiel. Dass er mich nicht losgelassen hat, obwohl ich ihn dazu aufforderte, war ungehobelt, das stimmt, aber sicher war ich nicht mit ihm verabredet oder was auch immer du denkst.« Sie atmete tief durch. »Ich kläre das ganze mit Alec, denn nur ihn geht es außer mir etwas an. Und ich verlasse mich darauf, dass ihr keine falschen Geschichten verbreitet.«

»Natürlich nicht, Snow«, sagte Kassie mit einem Seitenblick auf die anderen beiden. »Es klang eben anders.«

»Anscheinend.« Snow sah aus dem Fenster, durch das die Magieakademie zu sehen war. »Seine Erfahrungen von der Mission in Cloud werden uns helfen.«

Evelyn schnaubte. »Aber sicher doch. Das alles bereitet mir Magenschmerzen. Ich verstehe nicht, warum man uns mit dieser Aufgabe betraut. Es gibt hundert andere Magier, die besser geeignet sind als wir.«

»Wir sind auch in der Lage, Starcity zu retten«, fuhr Blanche auf und mied den Blickkontakt mit Snow.

»Du solltest dir das nicht zu einfach vorstellen. Wenn es Schwierigkeiten gibt, werden wir Probleme bekommen. In eine fremde Dimension reisen, Energiequellen suchen ... das klingt, als wäre es drei Nummern zu groß.« Evelyn verschränkte die Arme vor der Brust.

»Sie werden uns vorbereiten und wir beweisen dem Rat unsere Eignung!«, verteidigte Blanche den Plan.

»Wir wären nicht ausgewählt worden, wenn sie uns nicht für fähig hielten«, sagte Snow. »Du kannst deine Bedenken morgen vorbringen. Wenn du zurücktreten willst, besprich das mit deinem Ordensvorsitzenden, er wird einen Ersatz für dich finden. Und über die andere Sache werde ich nicht mehr diskutieren.«

Sie warf Blanche einen Blick zu, den diese verstand. Brach sie noch einmal ihr Versprechen, wäre sie diejenige, die sich um die Klarstellung bemühen müsste.

Bevor Evelyn etwas entgegnen konnte, verdunkelte sich das Zimmer. Die jungen Frauen schraken zusammen, als sie in Schwärze versanken.

»Was ist das?« Kassies Stimme zitterte. »Der Kristall?«

»Was denn sonst?« Blanches Stimme war schneidend und höher als sonst.

Snow hörte ihren eigenen Herzschlag laut in ihren Ohren. Sie hielt den Atem an und zählte die Sekunden.

Wenn sie versagten, wäre immer tiefste Nacht und sie hätten keine Möglichkeit, Magie dagegen einzusetzen. Am Ende müssten sie auf Kerzen oder Feuer zurückgreifen ... Ihre Gedanken wurden jäh unterbrochen, als eine kleine Flamme ein schwaches Licht spendete.

Kassie hatte sie erschaffen. Sie tanzte auf ihrer Handfläche. Das Feuer erhellte ihre Gesichter und hüllte den Raum in unruhige Schatten.

»Danke«, flüsterte Snow und schloss die Augen.

Sie musste Ruhe bewahren.

Einen kühlen Kopf behalten.

Es war nicht davon auszugehen, dass es in der fremden Dimension immer hell war. Je eher sie sich an die Dunkelheit gewöhnte, desto besser.

»Wir haben keine andere Wahl, als nach der Quelle zu suchen. Ich werde euch begleiten«, sagte Evelyn düster.

Die vier starrten auf das Feuer in Kassies Handfläche und lauschten angestrengt. Es war totenstill, als sei alles Leben aus Starcity gewichen.

Ein Flackern.

Ein Summen, das über Snows Haut vibrierte.

Das Licht kehrte zurück.

Blinzelnd sahen sich die vier Freundinnen an, als ihre Augen sich wieder an die Helligkeit gewöhnten.

»Lasst uns hoffen, dass sie uns morgen sagen, sie hätten etwas gefunden«, sagte Blanche schwach lächelnd.

Snow nickte matt. Es gab wichtigeres als ihr loses Mundwerk.

Es waren sechshundertsiebenundvierzig Sekunden der Dunkelheit gewesen.

Beinahe elf Minuten.

Und sie befürchtete, es würden nicht die letzten sein.

Am nächsten Morgen bereiteten sich Snow und Blanche auf ihre Besprechung mit dem Rat vor.

Sie schwiegen, Snow hatte keine Lust, mit Blanche zu sprechen. Die Freundin hatte sich noch nicht für ihr Tratschen entschuldigt. Snow hoffte, dass sie Alec treffen würde und die Gelegenheit bekam, mit ihm zu sprechen.

Wie sie schon zu Evelyn gesagt hatte, war er der einzige, dem sie Rechenschaft schuldete.

Ihr Herz verkrampfte sich vor Enttäuschung über Blanche. Dass die Freundin sich einfach über ihre Bitte hinweggesetzt hatte, um den anderen eine interessante Geschichte auftischen zu können, verletzte sie.

Blanche hatte beim Frühstück so getan, als sei nichts gewesen und auch wenn Snow von Natur aus nicht nachtragend war, saß die Verletzung zu tief, um einfach darüber hinwegzusehen. Momentan hatte es nicht den Anschein, als sähe Blanche ihren Fehler ein.

Vielleicht, mit ein wenig Abstand, gelang es ihr besser.

Jetzt fragte sich Snow, was der Rat mit ihnen besprechen wollte. Gab es bereits Informationen über eine etwaige Energiequelle? Über die Dimension, in die sie reisen würden? Hatte Damocles dem Rat noch nützliche Details geben können?

Snows Handflächen wurden feucht, wenn sie an die Mission dachte. Sie hoffte, dass sie intensiv vorbereitet wurden. Je mehr Informationen sie hatte, desto leichter würde es ihr fallen, zu gehen. Wenn sie wusste, wie die Gefahrenlage war und womit sie zu rechnen hatte, würde sie sich besser fühlen. Jetzt gerade fühlte sie sich wie ein Blatt im Wind: hilflos den äußeren Umständen ausgeliefert und mit unbekanntem Ziel.

Gleich würde sie mehr wissen.

Sie waren im Begriff, sich auf den Weg zu machen, als es an der Tür klopfte.

Blanche öffnete einem jungen Mädchen, wenigstens drei Klassen unter ihnen. Es trug sein rotes Haar zu einem Zopf geflochten, seine Augen schimmerten wie flüssiges Gold. Der violette Ornat wies es als Mitglied des Alchemieordens aus.

Sie kannten sich schon lange.

»Hallo Blanche, der Rat schickt mich, um euch zu holen. Ihr sollt euer Gepäck mitbringen.« Die Sternenmagierin war einmal mehr über ihre dunkle Stimme überrascht, die nicht zu ihrem zarten Äußeren passte. Hinter ihr trat Snow in den kleinen Flur.

»Was?«, machte Blanche verdattert, erst jetzt drangen die Worte zu ihr durch.

»Es gab eine Planänderung«, sagte die Jüngere. »Wir brechen heute auf.«

»Hallo Chelsea«, sagte Snow und die angespannte Miene der Besucherin erhellte sich. Chelsea war Nimbus Nigros Tochter. »Was sind das für Neuigkeiten?«

Chelsea wiegte den Kopf. »Ich kann es dir nicht sagen. Der letzte Ausfall gestern hat alle in Aufruhr versetzt. Vater war erst spät zuhause, der Rat hat lange getagt. Sie haben eine Energiequelle entdeckt, dank der Hilfe des Rats von Cloud.«

»Aber ...«, setzte sie an.

»Wunderbar. Ich hatte mich schon gefragt, wie brenzlig die Situation noch werden soll.« Blanche schnalzte mit der Zunge, sie hatte sich gefangen. Das war Snow noch nicht gelungen. »Aber dass es jetzt so schnell geht ... Wir haben nicht gepackt.«

»Dann beeilt euch. In einer halben Stunde treffen wir uns in den Räumen des Rates.«

Snows Herz setzte mehrere Schläge aus und ihr Mund wurde trocken. Den ganzen letzten Abend und die Nacht versuchte sie erfolglos, ihre Mission zu verdrängen, doch nun, da der Aufbruch feststand, kam ihre Unsicherheit zurück. Blanche warf ihr einen triumphierenden Blick zu und verschwand in ihrem Zimmer, um ihre Sachen zusammenzupacken.

Snow sah ihr nach, doch sie brachte nicht die Kraft auf, sich zu bewegen.

»Ist alles in Ordnung?«, fragte Chelsea. Sie war von Natur aus gelassen.

Snow rang sich ein schwaches Lächeln ab. »Das alles ist aufregend.«

»Vater versprach mir, der Rat habe alles getan, um uns abzusichern.« Chelseas Augen bohrten sich in Snows und sie fühlte sich, als spendete sie ihr Kraft. »Vermutlich wird es eine einfache Mission. Vater sagte, dieser neue Student aus Cloud habe an der dortigen Suche teilgenommen. Wenn wir alle zusammenarbeiten, werden wir in Kürze zurück sein.«

»Ich hoffe, du hast recht.« Doch Snow ging es besser.

Endlich fand sie die Kraft, sich ebenfalls in ihr Zimmer zu begeben. Chelsea schenkte ihr ein Lächeln und ging.

War die Mission so schnell und leicht zu erfüllen, wie Chelsea es andeutete, fragte sie sich, als sie ihre Sachen packte: Ersatzkleidung, ein paar Magieutensilien, Hygieneartikel. Viel konnte sie nicht mitnehmen, doch wenn Chelsea recht behielt, brauchte sie nicht mehr.

Blanche wartete bereits auf sie, als sie aus ihrem Zimmer kam. Sie hatte die angespannte Stimmung vergessen und redete aufgeregt in einem Fort.

»Es ist so weit, Snow«, sagte sie. »Jetzt können wir unseren Eltern und dem ganzen Rat beweisen, aus welchem Holz wir geschnitzt sind. Alec und dieser Damocles können sich warm anziehen. Wir Frauen werden das Zepter in die Hand nehmen. Uns wird es zu verdanken sein, dass Starcity, ach was, ganz Lúthien gerettet wird.«

Blanches Gepäck war deutlich größer als ihres und sie schwang es wie ein Pendel. Mit der anderen setzte sie ihren Magierstab fest auf. »Sie werden sich bei uns dafür entschuldigen müssen, dass sie an uns gezweifelt haben.

Snow lief in ihre eigenen Gedanken versunken neben ihr, ohne ihr zuzuhören.

Im Ratssaal wurden sie bereits ungeduldig erwartet. Die restlichen Mitglieder der Gruppe standen in voller Reisemontur bereit. Nur der Außenseiter lehnte lässig an einer Säule, den Stab auf seinem Fuß balancierend. Bis auf ihn wirkten alle nervös, auch die Ratsmitglieder, die in unmittelbarer Nähe standen und sich über ein Schriftstück stritten.

Luna Lutea und ihr Mann nahmen Snow beiseite.

»Wir haben alles getan, um die Risiken für euch zu minimieren«, sagte sie. Ihre dunklen Augen waren nervös geweitet. »Dennoch bitte ich dich, vorsichtig zu sein. Die Dimension, in die ihr reist, ist zivilisiert, aber trotzdem wisst ihr nicht, welche Absichten die Menschen dort verfolgen. Halte dich an Alec, er wird dich beschützen.«

Snow nickte.

»Wir sind stolz auf dich,« sagte ihr Vater. »Dass du an der Mission teilnimmst, ist mutig und alle wissen das zu schätzen. Ihr seid eine starke Gruppe, die unter deiner Anleitung und mit Alecs und Damocles' Hilfe schnell einen Erfolg verbuchen kann. Sei tapfer.«

Snow schluckte den Kloß in ihrem Hals hinunter und nickte.

Gelo Grigio, Blanches Großvater und Rektor der Magieakademie, ergriff das Wort. »Starcity dankt euch für eure Bereitschaft, diese Mission zu begehen. Ihr macht der Akademie große Ehre. Dank der Hilfe aus Cloud wissen wir genug, um euch trotz der Kurzfristigkeit gehen zu lassen. Erinnert euch dessen, was ihr gelernt habt, haltet euch an den Kodex der Neun Orden und meidet unnötige Gefahren. In der Not kehrt zurück und wisset, dass ihr hier immer helfende Hände findet. *Fortis in unum.*«

Alle Magier wiederholten das Credo der Neun Orden: gemeinsam stark.

Gelo Grigio überreichte Snow ein Buch mit Verteidigungszaubern. »Nur im Notfall, mein Kind. *Pax super omnia.*« Friede über alles.

Snow neigte den Kopf und nahm das Buch entgegen. Der Kodex war jedem Magier heilig.

»Die Zeit der Abreise ist gekommen.« Der Erdmagier, in die gleichen Farben wie Vega Verde und Damocles gekleidet, hob die Arme.

»Tretet in den Zirkel.«

Auf dem Boden des Saales war das Nonagon, das die Symbole der Neun trug, in den Marmor eingelassen. Golden schimmerten die Linien und die Symbole. Zusammen bildeten sie die neun Facetten der Lichten Magie. Jeder Teilnehmer der Mission trat hinein und stellte sich neben das Zeichen seines Ordens. Sogleich spürten sie die Bündelung der Energie, die sich in dem Neuneck befand. Dies war der Ort in Starcity, an dem die Magie am stärksten war.

Snow stand zwischen Blanche und Alec. Sie mied die Freundin und suchte seinen Blick. Es hatte sich nicht ergeben, dass sie miteinander sprachen, alles ging zu schnell.

Das machte sie zusätzlich nervös, sie wusste nicht, wie er zu ihr stand. Ob er ihr böse war.

Sie spürte, dass sie ihre Unschuld beteuern musste. Sie kannten einander zu wenig, er wusste nicht, wie sie war. Hoffentlich dachte er nicht schlecht von ihr.

Sie richtete den Blick nach vorn. In der weißen Marmorwand der Halle befand sich ein Portal, annähernd sieben Meter hoch, mit zwei Türflügeln. Snow hatte es schon oft gesehen, sich jedoch nie Gedanken darüber gemacht, was dahinter liegen mochte.

Jetzt wusste sie es.

Der Rat trat an den Außenrand des Nonagons, der Vorsitzende eines jeden Ordens vor seinen Schützling. Snow sah in das Gesicht ihres Vaters. Er lächelte sie beruhigend an, die Narben in seinem Gesicht verzogen sich dabei. Sie entspannte sich. Ihrem Vater vertraute sie vollkommen. Er hatte entschieden, dass es sicher war, sie gehen zu lassen, also ging sie.

Die Ordensoberhäupter schlossen den Kreis, die linke Hand jeweils an den Stab des nächsten Magiers legend. Die fünf Frauen und vier Männer stimmten einen Singsang an, einen Kanon.

Ihre Worte verbanden sich mit der Energie der Luft. Farbschleier entstanden und mischten sich miteinander, bis eine Nebelwand entstand und die Studenten einhüllte. Magie waberte durch den Raum und der Kanon schwoll an wie eine Brandung, die durch die Luft rauschte.

Es kam nur selten vor, dass die Mächtigsten gemeinsam Magie wirkten, und keiner der anwesenden Studenten hatte das bisher erlebt. Auch Snow nicht, deren Eltern nur selten zuhause ihre magischen Kräfte anwandten.

Es war ein faszinierendes und beeindruckendes Spektakel, das jeden der Studenten berührte.

Goldene Wellen bildeten sich in der Luft, Polarlichtern gleich. Sie schillerten und schienen in einem surrealen Windhauch zu wehen. Langsam, sanft, hypnotisch.

Snows Haut prickelte, ihre feinen Härchen stellten sich auf. Die Macht der Ratsmitglieder war berauschend, sie durchdrang jede Faser ihres Körpers und ließ ihre Zellen summen.

Der Nebel verdichtete sich und floss vom Nonagon zum Portal, legte sich darüber wie ein Schleier und drang durch die Spalte. Sie errichteten den Korridor zu der Dimension, in die sie reisen sollten.

Snows Blick glitt erneut hinüber zu Alec, der in diesem Moment zu ihr herübersah. Sein schmales Gesicht schien unbeweglich, als wüsste er nicht, ob sie ein Lächeln verdiente.

›Bitte nicht‹, dachte sie. ›Ich brauche deine Unterstützung, sonst stehe ich das nicht durch.‹ Sie öffnete die Lippen ein wenig und schaffte ein schmales Lächeln. Er zögerte, dann erwiderte er es. Sie streckte die Hand nach ihm aus.

Gleich würde sich das Portal öffnen. Die Luft im Saal war so dick, als könne man sie mit den Händen greifen, ein Knistern lag darin und das Summen wurde stärker.

»Lux aeterna. Lux inducens. Lux sanitas.«

Die Ordensoberhäupter wandten sich dem Portal zu.

Sie erhoben ihre Stäbe, sodass die magischen Juwelen auf die Torflügel gerichtet waren. Sie richteten die leeren Flächen ihrer linken Hände in dieselbe Richtung.

»In nominae novem, aperi!«

Ein Dröhnen ging durch den Raum, als die Torflügel aufschwangen und dahinter ein Licht erschien, so gleißend, dass selbst die Lichtmagier ihre Augen abwenden mussten.

Alec ergriff Snows Hand und zog sie näher zu sich. »Colligo!«

Snow spürte, wie sich ein unsichtbares Band um ihre Handgelenke schlang. Alec hatte sie aneinandergebunden. Was auch immer geschehen mochte, sie würden einander nicht verlieren.

Sie sah in sein Gesicht und fühlte sich besser.

Sicherer.

Sie kannten einander so wenig und doch ... da war eine Vertrautheit, die sie nicht beschreiben konnte, doch sie war vorhanden.

Ihr Vater hatte den richtigen Mann für sie ausgewählt.

Mit Alec an ihrer Seite konnte sie die Mission erfüllen.

»Geht!«, rief Algor Albatus, die Anstrengung, das Portal offen und die Verbindung zur anderen Dimension aufrecht zu erhalten, war ihm und den anderen Magiern anzusehen. Sie schwitzen und ihre Arme schienen schwer wie Blei.

»Ite in unitatis. Ite in lumine!«

Snow straffte sich und machte einen Schritt aus dem Nonagon heraus. Es fühlte sich an, als müsse sie durch dichte Spinnenweben gehen, eine Barriere, fein, aber doch spürbar. Sie bekam Gänsehaut am ganzen Körper und ein Zittern überkam sie.

»Geh weiter«, flüsterte Alec. Er stand schräg hinter ihr, ihr oblag es, voranzugehen.

Sie war die Anführerin.

Alle anderen orientierten sich an ihr.

Snow schluckte und machte einen weiteren Schritt auf das Licht zu. Jetzt war es einfacher. Sie schritt voran, mit einer Entschlossenheit, die sie von sich nicht kannte.

›Hindurch. Geh hindurch.‹

»Abenteuer, wir kommen«, hörte sie Blanches Stimme hinter sich. Sie klang atemlos, konnte es kaum erwarten.

Sie hatte recht. Es war an der Zeit.

Snow lief weiter, über die Schwelle, hinein ins Licht. Alec war an ihrer Seite, alle anderen dicht hinter ihr. Jemand holte tief Luft und sie blinzelte in die weiße Unendlichkeit. Es war so hell, dass sie die anderen nicht sehen konnte.

»Wohin?«, fragte sie leise mit zitternder Stimme.

»Voran«, sagte Alec.

Sie ging weiter, tiefer in das Gleißen. Es schien sich auszudehnen und noch heller zu werden, so hell, dass ihre Augen tränten und sie sie schließen musste.

Was war das?

Mit einem Mal verlosch das Licht und Schwärze breitete sich aus. Sie war so tief, so allumfassend, dass Snow den Boden unter den Füßen verlor und stürzte. Panisch klammerte sie sich an ihrem Stab fest und spürte ein Reißen an ihrem Handgelenk. Alecs Band hielt.

Doch sie fiel.

Jemand neben ihr schrie gellend. Oder war sie es selbst?

Wind peitschte in ihr Gesicht und sie bekam keine Luft.

Sie konnte keinen klaren Gedanken fassen, die Angst raubte ihr alle Sinne.

Dann versank sie noch tiefer in der Dunkelheit und verlor das Bewusstsein.

*

*O*ran reiste durch die Länder zu seinen Geschwistern und bat sie um Unterstützung.

Er schilderte ihnen Chelisons Kriegserklärung und in welcher Situation er sich befand. Yun, deren Länder im hohen Norden lagen, gab ihm dreitausend Mann. Sie war schlecht auf Chelison zu sprechen, die ihr Reich überfallen und ihr die Kolonie Gola gestohlen hatte, das Land, aus dem das gestohlene Gold stammte.

In Pargosz hatte er ebenfalls Glück. Der gleichnamige Gott hegte einen alten Groll gegen die Schwester, die ihn um einiges an Gold geprellt hatte. Er schickte Oran fünfzig schwer bewaffnete Kriegsschiffe mit je hundertfünfzig Soldaten. Hier gereichte es Oran zum Vorteil, dass Zara das erbeutete Gold genutzt hatte, um seine eigenen Schulden zu begleichen.

Finster überschlug er seine gewachsene Streitmacht. Selbst wenn er jeden zu den Waffen rief, der in seinem Land ein Schwert oder eine Lanze halten konnte, kam er auf maximal fünfzehntausend. Zusammen mit den zehntausend von Yun und Pargosz erreichte er nur die Hälfte von Chelisons Truppenstärke.

Es reichte nicht.

Das letzte Land war die Insel der Dunkelheit, Quigoon, die von Göttern und Menschen gemieden wurde. Alles in ihm sträubte sich, diesen Ort aufzusuchen, doch er durfte keine Chance ungenutzt lassen.

Schweren Herzens trat er vor die letzte verfluchte Schwester, die ihn von ihrem Thron aus Menschengebeinen aus abschätzig betrachtete. Bei ihrem Anblick überkam ihn das Grauen. Oran hatte schon viel Entsetzliches gesehen, doch Quies war wie ein Albtraum.

»Chelison hatte schon immer ein perverses Vergnügen daran, andere Völker abzuschlachten« Sie lächelte herzlos. »Dass sie Yun Gola gestohlen hat, ist hundert Jahre her und schon zettelt sie ein neues Blutvergießen an. Soll sie das tun. Solange sie mich in Ruhe lässt, ist es mir egal. Was aber treibt dich ausgerechnet zu mir, dem Schandfleck der Götterfamilie?« Sie lachte, als hätte sie einen guten Witz gemacht. Dabei zeigte sie die nadelspitzen langen Zähne hinter ihren schwarzen Lippen.

Ein Schauder rann Orans Rücken hinunter.

»Ich brauche deine Hilfe«, erklärte er. Er sah ihr ins Gesicht. Ihre Augen waren mit Blut geschminkt, die Wangen und Augenbrauen mit Knochensplittern von Kindern kunstvoll verziert. Aus dem Mundwinkel rann der Herrin der Dunkelheit ein dünnes Rinnsal dunklen Blutes und sie spielte gedankenverloren mit einem frischen menschlichen Herz, das sie in den Händen hielt. In der Rechten hielt sie ihr Zepter, welches ebenfalls aus Gebeinen beschaffen war.

»Ich habe nicht genug Soldaten, um gegen Chelison bestehen zu können. Sie greift mich an, um meine Länder zu erobern und mein Volk abzuschlachten.«

»Wie unmenschlich von ihr!« Quies amüsierte sich und erinnerte Oran, dass sie jede Woche von ihrem Volk ein Kinderherz forderte, zum Beweis, dass die Liebe zu ihr die Liebe der Eltern übertraf. Genüsslich biss sie in ihre heutige Gabe, dabei schien sie angestrengt nachzudenken und ließ den Blick durch den Saal schweifen.

»Ich kann dir keine Armee geben, denn ich besitze keine. Und ich finde dein Auftauchen unverschämt, nachdem du mich immer gemieden hast.« Ihre roten Augen blitzten. »Aber ich bin nicht nachtragend und so gebe ich dir einen Rat: suche dir eine Energiequelle und mache dein Volk so stark, dass du in einem Verhältnis von eins zu zwanzig die Oberhand behältst.«

»Das habe ich versucht, doch es gibt keine Quelle der Macht, die ich nutzen könnte«, erwiderte er. »Wenn ich nichts unternehme, wird mein Volk ausgelöscht und sag mir, was ist ein Gott ohne Volk?«

Sie nickte mit ihrem schweren Kopf. Ihr graues Haar war zu einem riesigen Turm frisiert und sie biss noch einmal von ihrem Kinderherz ab.

Oran drehte es den Magen um. Er war nicht zart besaitet, doch dies überstieg seine Toleranzgrenze deutlich.

»Es gibt in dieser Ebene keine derartige Energiequelle, das ist richtig, doch in anderen existieren sie.« Ihre geschlitzten Pupillen hielten seinen Blick fest und sie wischte sich Blut vom Mund. »Hier in Quigoon gibt es ein Portal und weil ich heute guter Laune bin, werde ich es für dich öffnen. Du selbst kannst es nicht durchqueren, aber du kannst Sterbliche schicken, damit sie die Quelle suchen können. Als Gegenleistung verlange ich nur fünf Kinderherzen. Ich möchte wissen, ob die Kinder anderer Länder anders schmecken als die meinen.«

»Wenn ich den Krieg gegen Chelison gewinne, werde ich dir fünfhundert ihrer Kinder schenken, Quies«, versprach Oran vollmundig.

Hier eröffnete sich eine Möglichkeit, an die er schon nicht mehr zu glauben gewagt hatte.

Die Todesgöttin schüttelte den Kopf. »Nicht nötig. Ich will nur fünf. Diese Zahl ist schneller aufgebraucht als fünfhundert, wenn ich sie nicht mag. Falls sie mir aber schmecken, werde ich sie nachträglich bei dir bestellen«, erwiderte sie. »Also bringe deine Menschen her und vergiss die Kinder nicht!«

Oran erschien im Hof des Tempels, als seine Priester eine Übungseinheit absolvierten.

Zwei Tage waren seit Chel-a-Nisars Auftauchen und der Kriegserklärung vergangen. Tage, in denen sie mit bangem Herzen jedem Sonnenaufgang entgegensahen. Drei der fünf Heermeister waren bereits losgeritten, um sich um die Grenzbewachung und die Truppen zu kümmern. Ebenso waren einige Spione losgezogen, um sich ein Bild der Lage im Nachbarland zu machen.

Zara erwartete sie bald zurück, sie mussten schnell sein.

Die Kriegserklärung trieb sie alle um. Alle wussten, wie gering ihre Chancen waren, sollte Chelison ihr Wort brechen und sie ohne Vorwarnung angreifen. Jeder Tag war kostbar, er gewährte ihnen Aufschub. Zara hoffte, dass Oran erfolgreich war.

Jeden Tag war sie in seinen Gemächern und hoffte auf seine Rückkehr mit guten Nachrichten. Inzwischen waren die Bewohner Kyacerons über den bevorstehenden Krieg informiert. Sie verbrachte viel Zeit im Bürgerhaus, um die Bewohner nicht zu demoralisieren und die Vorkehrungen für die Mobilmachung zu überwachen.

Die Erwartungen lasteten schwer auf ihr.

Sie erfuhr als erstes Neuigkeiten. Umso größer war die Enttäuschung, wenn sie unverrichteter Dinge zurückkam.

Oran ließ ihr eine Nachricht zukommen, in der er ihr mitteilte, er habe Unterstützung bekommen. Doch die Bodentruppen und Kriegsschiffe benötigten Zeit, um Balton, die Küstenstadt, zu erreichen.

Jetzt stand er zwischen ihnen und wirkte zufrieden. Die Priester beeilten sich, demütig in die Knie zu gehen. Unbeirrt rief er nach Zara. Seine Hohepriesterin eilte zu ihm und verneigte sich. Sie hoffte auf erlösende Neuigkeiten.

»Du bist zurück, Herr.«

»Ich habe einen Plan gefasst«, verkündete er. »Yun und Pargosz senden uns zehntausend Mann, doch dies ist nur ein Teil unserer Strategie. Weil ich alles tun werde, um uns zum Sieg zu führen, begab ich mich nach Quigoon und sprach mit Quies.«

Zaras Mund wurde trocken. Der Name der Todesgöttin jagte jedem Angst ein, auch einem Priester des Kriegsgottes.

Oran erhob die Stimme. »Ich werde euch durch Magie so stärken, dass ihr auch in Unterzahl siegreich sein werdet. Quies öffnet uns das Tor in eine fremde Dimension, wo es diese Magie gibt. Ich kann es nicht passieren, ohne von meiner Macht zerrissen zu werden, also musst du gehen, Zara.« Leiser fügte er hinzu: »Du kannst als Einzige diese Mission erfüllen.«

»Natürlich, Herr. Ich werde alles tun, was du verlangst. Wann soll ich aufbrechen?«, fragte sie, auch wenn ihr bei dem bloßen Gedanken Himmelangst wurde.

»Du gehst nicht allein. Wähle acht Gefährten. Neun, ein Drittel meiner Priesterschaft, sollten reichen, um eine Energiequelle zu finden. Entscheide dich noch heute. Die Zeit drängt, wie du weißt. Morgen werden wir zur Todesinsel reisen. Ich werde euch im Morgengrauen holen. Jetzt muss ich mich um die Bezahlung kümmern, die Quies verlangt.«

Damit war er verschwunden. Zara starrte blinzelnd auf die Stelle, an der er eben noch gestanden hatte.

Oran hatte also eine Lösung gefunden, obwohl sie furchtbar klang: Der Todesgöttin war sie nie begegnet, doch es rankten sich viele Legenden um sie und Quigoon. Eine schlimmer als die andere. Es hieß, sie habe ein so grauenhaftes Antlitz, dass Menschen den Verstand verloren, wenn sie es erblickten.

Darüber durfte sie nicht nachdenken. Von ihr hing es ab, ob ihr Land zerstört und sie alle getötet wurden oder ob sie siegreich waren und hinterher ein friedliches Leben führen konnten.

Die Priester warteten, bereit, sich ihrem Befehl zu fügen. Es lag an ihr, die richtige Mannschaft auszuwählen.

Doch wen konnte sie auswählen? Jeder von ihnen hatte wichtige Aufgaben zu erfüllen. Niemand war entbehrlich. Jeder, für den sie sich entschied, würde an seinem Posten empfindlich fehlen.

Ihr Blick glitt zu Cory, doch es wäre eine Sünde, ihn zu bitten. Orans Streitkräfte brauchten ihren Obersten Heermeister.

»Ich werde allein gehen«, sagte sie. Die Priester warteten schweigend. »Ihr habt wichtige Aufgaben, die unbedingt erfüllt werden müssen. Wenn Chelisons Truppen in fünfeinhalb Wochen hier einfallen, müssen wir bereit sein. Du musst bereit sein«, sagte sie zu Cory, der protestierend die Hand heben wollte.

»Zara, du weißt, dass ich dich immer unterstütze und deine Befehle befolge«, sagte Madison. »Aber in diesem Fall werde ich Orans Befehl deinem Wunsch vorziehen. Er hat dir acht Begleiter aufgetragen und ich werde eine davon sein. Nein«, unterbrach sie Zara, als diese den Kopf schüttelte. »Ich akzeptiere diesen Befehl nicht. Scheiterst du allein, wird es niemand erfahren und wir sind chancenlos. Es muss jemanden geben, der weitermacht, wenn du es nicht mehr kannst.«

»Meine Kommandanten werden mich vertreten und die anderen Heermeister ebenso«, sagte Cory. »Du wirst diese fremde Dimension nicht ohne mich betreten. Du wirst acht Begleiter haben.«

»Dann wähle du sie aus!«, fuhr Zara auf. »Wenn meine Meinung nicht zählt, dann ...« Sie brach ab und sammelte sich. Atmete tief ein. »Gut, ihr habt recht«, räumte sie ein. »Wir wissen nicht, was uns erwartet. Wenn ich sterbe, muss jemand weitermachen. Cory, Madison, ihr seid dafür verantwortlich, uns Begleiter auszuwählen, deren Aufgaben übernommen werden können.« Sie wandte sich den Priesterinnen zu. »Ich brauche euch. Folgt mir.« Sie verließen den Hof.

Madison verschränkte die Arme vor der Brust und setzte an, ihr zu folgen, doch Stroke hielt sie zurück.

»Du hast eine Aufgabe zu erfüllen«, erinnerte er sie. »Ich werde ebenfalls mitkommen.«

Madison schnaubte, nickte dann aber und sah Cory an. »Er hat recht. Also?«

»Wir brauchen unterschiedliche Talente«, erwiderte der Heermeister. »Nicht nur Krieger, auch einen weiteren Spion.«

»Und jemanden, der sich mit Wundversorgung auskennt«, schaltete sich Gotham ein. »Darf ich mich anbieten? Und ich schlage euch Morgan vor, sie versteht sich auf Heilkunde.« Morgan war seine jüngere Schwester, die Zara gerade mit den anderen Priesterinnen in den Tempel gefolgt war. Als Nächstes meldete sich Sill, die ebenfalls auf der Galeere gewesen war und mit ihr Candle, eine der jüngsten Kriegerinnen. Dann trat Nadie vor.

»Ich trage eine Mitschuld an der Kriegserklärung und möchte sie auf diese Weise wettmachen.«

»Ich hätte dich ohnehin gebeten, uns zu begleiten«, sagte Madison.

Damit waren es neun, wie Oran befohlen hatte. Ihnen blieb nur noch wenig Zeit, bis zu ihrer Abreise. Stunden, die sie nutzen mussten, um Pläne zu schmieden, eine Strategie zu erarbeiten, wie auch immer die Mission ausgehen mochte.

Madison sah einigen Kriegern an, dass sie sie gern begleitet hätten. Das kam ihnen vielleicht leichter vor, als diesen aussichtslosen Krieg vorzubereiten.

Doch jetzt, da sie sich auf den Weg in den Tempel machten, verstand Madison zum ersten Mal, welchen Auftrag sie erhalten hatten. Gleichzeitig hatte sie das Gefühl, nichts mehr zu verstehen. Sie sah hinüber zu der Tür, hinter der Zara mit den anderen Priesterinnen sprach, und hoffte, dass wenigstens ihre Freundin den Überblick behielt.

»Wir müssen miteinander sprechen«, sagte Zara zu den vier Frauen und deutete auf die Holzbänke in der Ecke des Raumes. Die Priesterinnen nahmen Platz und sahen sie erwartungsvoll an. Sie bemerkte auch ihre Unsicherheit und Angst. »Da Oran mich mit der Leitung der Mission betraut hat, werdet ihr meine Aufgaben währenddessen übernehmen. Ihr werdet zu den Bewohnern der Stadt sprechen und die Heermeister und Krieger mit all euren Kräften unterstützen. Ihr werdet für jeden da sein, der ein Anliegen hat.«

Die anderen Frauen nickten ernst, ihre Gesichter waren blass. Zara hatte Mitleid mit ihnen, doch das brachte sie nicht weiter. Sie hatte sich alles selbst beibringen müssen, ihre Vorgängerin war im letzten Krieg getötet worden. Ihre Mitstreiterinnen hatten Glück, dass sie sie beiseitenahm und ihnen ihre Pflichten erklärte. Es war viel, doch zu viert sollten sie es schaffen.

»Wir werden unser bestes tun, Zara«, versprach Nova. »Auch wenn es kaum möglich sein wird, dich zu ersetzen.«

»Das braucht ihr auch nicht, wir werden zurückkommen. Dennoch brauche ich die Gewissheit, dass ihr mich vor Oran vertretet.« Sie wurden noch blasser. Jede von ihnen war bereits in seinen Gemächern gewesen und mit jeder hatte sie hinterher ein langes Gespräch geführt und Tränen getrocknet.

Der Gott war alles andere als zärtlich, nicht das, was sich eine junge Frau als Liebhaber wünschte. Zara hätte sie gern vorbereitet, doch Oran entschied erst nach dieser Nacht, wer zur Priesterin aufstieg. Er erwartete Hingabe, Stärke und eine gewisse Härte, die er in dieser Nacht spüren wollte. Zum Glück der anderen rief er sie nur selten, die restliche Zeit war es Zaras Aufgabe, ihm gefällig zu sein.

»Wenn er euch zu sich ruft, sprecht mit ihm«, sagte sie eindringlich. »Bittet ihn, euch seine Gedanken mitzuteilen, damit ihr sie den Heermeistern weitergeben könnt. Sprecht mit ihnen und wenn sie Bedenken haben, sagt Oran das. Ihr müsst vermitteln. Und bitte, wenn ihr feststellt, dass er sich verrennt, tut alles, um ihn davon abzuhalten.«

»Das ist eine große Bitte, die du an uns richtest«, erwiderte Nova unglücklich. »Niemand hat solchen Einfluss auf ihn wie du. Natürlich werden wir unser bestes geben, aber ich weiß nicht einmal, ob er uns überhaupt Gehör schenkt.«

»Bittet ihn darum. Sagt ihm, dass ihr seine Wünsche an die restlichen Priester weitergeben wollt. Erklärt ihm, warum manche Pläne vereitelt werden könnten und wie sie in seinem Interesse besser gestaltet werden können.« Zara sah die Verzweiflung in den Gesichtern der Priesterinnen.

Sie waren jünger als sie selbst, doch das schützte sie nicht davor, im Kampf getötet zu werden. Sie mussten zeigen, was in ihnen steckte. Dazu gehörte nicht nur die Hingabe. Jetzt mussten sie beweisen, wie klug, umsichtig und vorausschauend sie waren. Wie stark sie waren. Dass sie es verdienten, Orans Priesterinnen zu sein, die er so sorgfältig auswählte.

»Jede von uns trägt einen Teil der Verantwortung«, sagte sie und es tat ihr leid, hart mit ihnen sein zu müssen. »Es ist nun eure, wie viele von uns den Krieg überleben.« Sie erhob sich und schickte sich an, den Raum zu verlassen, als Nova nach ihr rief.

»Zara.« Sie drehte sich um und blickte ihr ins Gesicht.

»Wir wissen, dass du recht hast. Wir werden unser Bestes geben. Auch wir wollen niemanden verlieren«, ihr Blick glitt über die Gesichter der anderen. »Den wir lieben.«

Zara nickte und verließ den Raum. Ihre Probleme wurden nicht kleiner, doch sie fühlte sich etwas leichter.

Wenigstens etwas.

Sie ging zu ihrem Zimmer und packte. Dabei wurden ihre Arme immer schwerer und ihr kamen Zweifel.

Was war das für eine wahnwitzige Idee? War Quies überhaupt zu trauen? Konnten sie rechtzeitig zurückkommen, bevor Chelison angriff? Die Nachbargöttin war schön und stolz, Oran hatte sie zutiefst gekränkt.

Sie wünschte sich, ihr Gott hätte sie mitgenommen, doch sie ahnte, dass er nicht überall freundlich empfangen worden war. Auch er war stolz. Und an der falschen Stelle ehrgeizig.

Wenigstens waren ihre engsten Vertrauten an ihrer Seite. Ohne Cory und Madison, dessen war sie sich sicher, könnte sie nicht erfolgreich sein.

Das Schicksal des Landes hing von ihnen ab. Von ihr.

Und doch kreisten ihre Gedanken erschreckend viel um die Erkenntnis, dass vor ihr eine Zeit lag, in der sie sich nur um Cory kümmern konnte.

Im Morgengrauen versammelte sich der Orden im Burghof und wartete auf seinen Kriegsgott.

Sie alle waren müde und zerschlagen, eine lange Nacht lag hinter ihnen. Doch auch die Verletzten waren, von ihren Kameraden gestützt, anwesend.

Zara stand mit ihrem Bündel in der Mitte des Hofes und hatte den Blick gen Westen gerichtet. Dies war Orans bevorzugte Himmelsrichtung. Er würde zusammen mit der Sonne im Hof erscheinen, ein beeindruckendes Bild.

Doch heute empfand sie keine Freude darüber. In ihr tobte die Angst, schob ihr tausend Gedanken unter, einer fataler als der nächste. Der letzte Tag war anstrengend. Noch lange hatte sie mit den übrigen Priestern zusammengesessen und geplant, taktiert und getüftelt. Ihr Herz war schwer, genau wie die Last der Verantwortung auf ihren Schultern und hatte sie kaum schlafen lassen.

Ihr Blick glitt hinüber zu den anderen Priestern, Kriegern und Heermeistern, die bei ihr standen. Sie beobachteten. Niemand war glücklich mit Orans Plan. Niemand wollte auf Zara verzichten.

Sie wollte nicht gehen.

Sie musste.

Madison, die neben ihr stand, sah ähnlich müde aus, ebenso die anderen Teilnehmer der Mission, mit deren Auswahl Zara zufrieden war. Zwar blieb wegen Morgans Begleitung noch mehr Arbeit an Nova und den anderen beiden Priesterinnen hängen, doch das ließ sich nicht ändern. Zara sah ein, warum sie Gothams Schwester brauchten. Auch die anderen würden ihr gute Dienste erweisen.

»Alles in Ordnung?«, fragte Madison leise. Zara nickte.

»So gut, wie es geht.« Ihr Blick glitt zu Cory, dessen Gesicht unbewegt war. Dank ihm war es besser.

Die Sonne ging auf.

Mit ihren ersten Strahlen erschien Oran im Innenhof des Tempels.

Der Kriegsgott trug seine lederne Rüstung, sein beidhändiges Schwert auf dem Rücken, dessen Knauf über seinem Kopf aufragte. Seine Götterzeichen, die seinen ganzen Körper bedeckten, schimmerten wie Glut im Sonnenlicht. Seine Ankunft begleitete ein Donnerknall.

Demütig senkten alle Priester ihre Häupter.

Der Blick des Gottes glitt über ihre Gesichter, dann sah er die Verletzten und die Zerstörung, Details, die ihm gestern entgangen waren. »Was ist geschehen?«, grollte er.

»Chel-a-Nisar ist persönlich erschienen«, erinnerte sie ihn leise, um ihn nicht aufzuregen, doch umsonst. Zara sah ihm an, wie viel es ihn kostete, nicht loszustürmen und sich zu rächen.

»Das wird sie büßen«, knurrte er. »Ihr Blut wird unsere Äcker tränken. Es wird mir ein besonderes Vergnügen sein, Chelison ihrer Hohepriesterin zu berauben. Dass sie es wagt, in meinen Tempel zu kommen ...«

Zara warf Nova einen warnenden Blick zu. Genau solche Gedanken hatte sie gemeint, als sie die Priesterinnen um Hilfe bat.

»Herr«, sprach sie ihn an. »Ich werde persönlich gegen sie antreten. Auf dem Schlachtfeld. Sobald ich zurück bin.«

Oran kam zur Besinnung und richtete seinen Blick auf seine Hohepriesterin. Er brannte auf ihrer Haut und sie erriet seine Gedanken.

›Nicht jetzt‹, dachte sie. ›Er darf jetzt nicht die Beherrschung verlieren. Nicht vor den anderen. Nicht jetzt.‹

Er entspannte seine Körperhaltung und schenkte ihr ein schmales Lächeln.

»Du hast recht. Alles zu seiner Zeit. Eure Mission hat Vorrang. Chelison darf sich noch ein wenig an ihr erfreuen. Das wird den Verlust umso härter machen.« Er sah zu den Priestern, die hinter Zara standen. »Kommt, wir haben keine Zeit zu verlieren. Quies erwartet uns.«

Um seinen Mund war ein harter Zug erschienen, als hätte er Dinge gesehen, die ihn in alle Ewigkeit verfolgen würden.

Gehorsam stellten sich Zaras Gefährten zu ihrem Herrn.

Zaras Herzschlag beschleunigte sich. Vor jeder Reise, die sie mit ihm unternahm, spürte sie Nervosität. Nie wusste sie, wie sie verlaufen würde und ob der Besuchte hinterher noch Freund oder schon Feind war. Oran hatte wenig diplomatisches Geschick. Ein Defizit, das sie stets große Mühe kostete.

Obwohl sie viele Städte kannte, wusste Zara, dass das, was sie in Quigoon erwartete, anders als alles Bekannte war. Es rankten sich furchtbare Legenden um die Insel und niemand bei klarem Verstand betrat sie freiwillig.

Doch diese Reise war ihre einzige Chance, so schwindend klein, dass Zara kaum zu hoffen wagte.

Oran nahm Zara an der Hand und deutete ihnen, einen Kreis zu schließen.

Mit einem Ruck kamen sie auf dem Boden auf.

Candle würgte und Zara fühlte sich, als käme ihr Magen mit zehn Sekunden Verzögerung an. Die Reise durch die Astralebene war unangenehm, doch es gab keine schnellere Weise, um große Distanzen zu überbrücken.

Sie schluckte und sah sich um.

Es war dunkel.

Die Blätter und Stämme der Bäume waren schwarz und ihre Gestalten albtraumhaft verzerrt. Das dichte Blätterdach verschluckte das Sonnenlicht, sodass graues Zwielicht herrschte, und ein Wind fuhr zwischen die Zweige, der sie frösteln ließ. Ein Prickeln glitt über ihren Nacken, sie fühlte sich beobachtet, als hätten die Bäume Augen. Etwas knackte im Unterholz und ihr Herz machte vor Schreck einen Satz.

Sonst scheute sie keine Gefahr, doch hier in Quigoon reichte ihr Mut nur aus, um nicht in Panik zu verfallen. Der Ort fühlte sich krank an, kalt und abweisend, wie eine Grabstätte, über deren Boden dichter Nebel kroch.

Sie hatte die Todesgöttin noch nicht einmal gesehen.

»Folgt mir«, sagte Oran. »Der Palast liegt hinter dem Wald.«

Zara straffte sich. Vor ihrem Gott durfte sie keine Schwäche zeigen, er erwartete, dass sie ihrem Ruf gerecht wurden. Doch auch die tapfersten Krieger waren nur Menschen und sie ahnte, dass es ihren Begleitern wie ihr ging. Sie bahnten sich ihren Weg durch das Dorngebüsch zu dem stachelförmigen schwarzen Palast.

Der Boden unter ihren Füßen war morastig und gab widerlich schmatzende Geräusche von sich. Ihre Schritte waren langsam, es war, als hielte der Schlamm die Stiefel der Krieger fest, zöge sie an sich und versuchte, ihrer habhaft zu werden.

Zara sah Gotham an Morgans Hand ziehen, als diese bis zum Knöchel in einer Pfütze versank und einen unterdrückten Schrei ausstieß. Es bedurfte Strokes Hilfe, um sie wieder herauszuziehen.

»Passt besser auf«, wies Oran sie an. »Wir haben keine Zeit.« Morgans Gesicht lief rot an und sie verbarg sich hinter ihrem Bruder. Auf keinen Fall wollte sie Orans Zorn erregen.

Alle Priester richteten ihren Blick zu Boden, um dem Schlamm auszuweichen, der über den Weg zu kriechen schien. Schlimmer als Quigoon konnte die fremde Welt nicht sein. Zara hoffte, dass sie hier schnell wegkamen. Sie ging neben Oran an der Spitze und versuchte, ihre Gefühle unter Kontrolle zu bekommen. Die Schnitte auf ihren Handflächen brannten von ihrem Gebet und einige hatten sich wieder geöffnet, weil sie vor Nervosität an ihnen gekratzt hatte.

Dass ihr Blut die Todesrune getroffen hatte, war ein schlechtes Omen, egal, wie viel Interpretationsspielraum blieb. Zara ahnte, dass ihre Gruppe nicht vollständig zurückkehren würde und das machte ihr Angst. Oran würde es als ihr Versagen ansehen, wenn während der Mission jemand zu Tode kam, er brauchte jeden einzelnen seiner Priester. Und sie könnte es sich niemals verzeihen, einen von ihnen zu verlieren.

Sie wagte einen Blick auf ihn. Oran war angespannt, ihm behagte es nicht, Dinge aus der Hand zu geben, nicht einmal in ihre Hände. Seine Ungeduld würde ihm das

Warten auf ihre Rückkehr zur Qual machen, dabei konnte seine Anspannung nur allzu leicht in Wut umschlagen. Ein Scheitern kam nicht infrage. Sie musste erfolgreich zurückkehren, nicht nur um ihres Landes willen, sondern um sich selbst zu schützen. Fünf Wochen waren eine erschreckend kurze Zeit, wenn man nicht wusste, wonach man suchte und wie man es finden konnte.

Zara zerbrach sich den Kopf, wie sie etwas Körperloses wie Energie aufspüren, einfangen und mitbringen sollte. Sie hoffte, die Todesgöttin könne ihr in dieser Hinsicht einen Rat geben. Sie war keine Magierin wie Chel-a-Nisar, ein gewaltiger Nachteil. So musste sie auf ihren Einfallsreichtum bauen.

Der unebene Weg wurde breiter und sie erreichten den Palast der Todesgöttin. Ein magisches Summen lag in der Luft, das sich wie Ameisen auf der Haut anfühlte. Der Drang wegzulaufen, nahm zu. Sie sollten nicht hier sein, das konnte sie nur ins Unglück stürzen.

Vor dem großen Tor des Palasts kauerten zwei Wächter, die den Dornenbüschen ähnelten. Sie waren so abstoßend, dass Zara sich fragte, wie Quies aussah, wenn sie diese Kreaturen geschaffen hatte.

Der Wächter erkannte Oran und verneigte sich tief. Das krumme Rückgrat knackte. »Willkommen, Oran, Herr der Stürme.« Seine Stimme klang, als wären die Stimmbänder verätzt worden. »Meine Herrin erwartet Euch bereits.« Er öffnete das Portal. Ein eisiger Windstoß fuhr heraus und ließ die Priester frieren wie im Winter.

Oran schritt in die Schwärze des Gebäudes, ohne sich umzusehen. Zara folgte ihm dichtauf. Sie hielt sich aufrecht und setzte jeden Schritt bewusst vor den anderen, den Blick fest auf seinen Hinterkopf und seine breiten Schultern gerichtet.

Im Inneren des Gemäuers brannten Fackeln an den Wänden, doch statt es zu erhellen, spendeten sie ein diffuses grünes Licht.

Zaras Augen brauchten lange, um sich an das Zwielicht zu gewöhnen, und wünschte sich sogleich, sie hätten es nicht getan. Die Ausstattung des Todespalastes glich einem Albtraum. Quies schien Farben und Licht zu verabscheuen, doch war eine groteske Detailverliebtheit an jeder Wand, in jeder Nische und an jeder Verzierung zu erkennen.

Doch die schweren dunklen Stoffe, die von Decken und Wänden hingen, erzeugten Beklemmung, die durch die Themen der Skulpturen und Statuen verstärkt wurde: das Sterben naher Angehöriger. Eine Mutter, die ihr totes Kind im Arm wiegte. Das Sterben an Krankheiten, auf dem Schlachtfeld, durch Unglücke oder zahllose andere Umstände waren voll Hingabe und in allen Details dargestellt.

Die Gesichter der porträtierten Menschen spiegelten die Unausweichlichkeit des Todes wider, die auch Zara beschlich. Wenn sie versagten, erntete Quies ihre Seelen, um sie in ihrem Schmuckkästchen zu verwahren, bis sie neugeboren wurden.

Ihr Blut hatte die Todesrune getroffen.

Daran durfte sie jetzt nicht denken.

Sie gelangten in eine große Halle, die ebenfalls in fahles grünes Licht getaucht war. Am hinteren Ende stand Quies' Thron und auf ihm saß die Herrin der Dunkelheit. Vor ihr eine Tafel, auf der ein Holzkohlegrill Kinderherzen briet.

Angesichts ihres Aussehens und des Gestanks, den die blutigen Herzen auf dem Grill verursachten, wurde Zara übel. Sie alle waren bleich und Candle presste die Hände vor Mund und Nase, um nicht zu schreien.

Quies lächelte mit ihren schwarzen Lippen.

»Mein lieber Bruder, wie verabredet«, säuselte sie mit Grabesstimme. »Und du hast deine Schützlinge mitgebracht. Wie nett.« Sie strich sich mit den langen Nägeln über die dürren Arme, kaum mehr als hautüberzogene Knochen. »Aber wir haben keine Zeit für höfliches Geplauder, schließlich ist das nicht deine Stärke und wir wollen dein Reich retten, nicht wahr?« Die roten Augen mit den geschlitzten Pupillen fixierten ihn und die künstlichen Wimpern aus Knochensplittern klackerten, als sie blinzelte.

»So ist es«, sagte Oran und ging über die Beleidigung hinweg. Sogar er hatte Respekt vor der Todesgöttin.

Quies zog ihre reptilienartigen Lippen zurück und zeigte die zwei Reihen scharfer Reißzähne dahinter. Als sie mit den Fingern schnipste, erschienen sechs geduckte Priesterinnen, um ihr Haar hochzuhieven. Sie erhob sich hoheitsvoll und schritt an dem Tisch vorbei, mitten durch die Gruppe der Kriegsgottpriester hindurch. Ihr Rock aus Menschenhaut schleifte über den Boden.

»Das Portal ist draußen.«

Sie folgten ihr durch das Tor und einen Flur entlang, bis sie durch ein Portal zurück ins Freie gelangten. Ein geschwungener Pfad führte durch Dornengebüsch und ein Gestank nach faulen Eiern lag in der Luft. Zara versuchte, die Dinge, die sie eben gesehen hatte, zu vergessen. Sie ging hinter Oran, da der Weg für sie beide zu schmal war, und neben Madison, die ihr zulächelte.

»Es wird alles gut«, versprach sie ihrer Freundin mit einer Überzeugung, die sie nicht spürte. »Hab Vertrauen in Oran. Er schützt uns. Auch wenn ...«, sie brach ab.

»Ich weiß, Zara. Aber nach ihrem Anblick werden wir uns vor nichts mehr fürchten, nicht mal vor einem Krieg mit Chelison.«

»Du hast recht. Lass uns hoffen, dass wir schnell von hier verschwinden.«

Sie gingen durch das Dornengebüsch, bis Quies vor einem überwucherten Portal stehen blieb. Die Priesterinnen beeilten sich, den Berg Haare aus dem Weg zu schaffen, und duckten sich in die Dornenhecke.

»Dies ist es.« Ihre Krallen kratzten über den Marmor wie Nägel über eine Schiefertafel. Zaras Nackenhaare stellten sich auf. Neben ihr schluckte Candle laut. Ihre Hände zitterten und sie ballte sie trotzig zu Fäusten.

»Nun, Herr des Krieges, sind deine Jünger immer noch entschlossen, die schwierige Aufgabe zu erfüllen? Ich habe nicht den Eindruck, dass sie mutig sind«, spottete Quies.

»Sie sind die mutigsten unter der Sonne, denn mein Blut fließt in ihren Adern«, warf Oran sich in die Brust.

»Wie beruhigend. Hoffentlich bewältigen sie ihre Aufgabe, bevor Chelison vertragsbrüchig wird und dein Reich schneller in Schutt und Asche legt, als du dich wehren kannst!« Sie kicherte und es lief den Priestern kalt den Rücken hinunter.

Quies holte einen eisernen Schlüssel, beinahe so lang wie Orans Hand, aus einer Falte ihres Gewandes und steckte ihn in das verrostete Schloss des Tores. Es schwang mit quietschenden Scharnieren auf und gab den Blick auf ein wildes Chaos aus Farben frei, die sich vermischten, auseinander rannen, erneut ineinanderflossen und zu pulsieren schienen.

»Wer leitet diese Truppe?«

Zara trat einen Schritt vor. »Ich.«

Quies' Blick verharrte auf ihr. »Nimm das hier und bete, dass du es niemals verlierst!« Sie reichte ihr den Schlüssel. Außerdem zog sie eine Phiole aus ihrem Gewand hervor, aus Glas und Gold und so zart, dass Zara dachte, sie zerbräche bei der kleinsten Berührung. »Behüte den Schlüssel wie deinen Augapfel, Priesterin, ohne ihn könnt ihr nie mehr zurückkehren und euer Reich ist verloren. Nutze die Phiole, um die Energie darin zu verwahren, so kannst du sie sicher zurücktransportieren. Der Zauberspruch steht auf der Schriftrolle.«

Voll Ekel nahm Zara den Schlüssel und zog ihren Gürtel durch seinen Ring. Die Schriftrolle packte sie in ihr Bündel. Die Phiole aber gab sie Stroke, der alle Waffen zu einem großen Paket verschnürte. Das gläserne Gebilde schlug er behutsam in ein Tuch ein, um es in dem hohlen Griff eines Schwerts zu verstauen.

»Beeilt euch!« Gehorsam traten sie an das Portal.

Quies schrieb mit ihrem langen Finger ein Muster in die Luft. Ein Rauschen ertönte und gleißendes Licht erschien auf der anderen Seite, keine Kontur, nichts, was erahnen ließ, wie es dahinter aussah.

Über ihnen stießen Wolken zusammen und es donnerte. Der dunkle Himmel schien auf sie herabzusinken, gleich würde es einen Sturm geben. Die Luft wurde immer kälter und von den Sümpfen wehte deren Gestank herüber.

Zaras Hände zitterten, doch sie bemühte sich, keine Miene zu verziehen.

»Und Priesterin: Ich will die Instrumente zurück. Falls ich noch mit anderen Reichen Handel abschließen muss. Und nun durch das Tor! Ich habe Kinder zu verspeisen!«

Zara wandte sich zu Oran um, erwartete seinen Befehl. Bei dem Gedanken, auf sich allein gestellt zu sein, wurde ihr kalt, doch sie bemühte sich um den Mut, den sie ihm schuldete. Dies war ihre Chance, ihm ihre Treue zu beweisen und der ganzen Welt zu zeigen, was Oran und seine Priester wert waren.

Quies schnalzte mit der Zunge.

»Offenbar muss ich nachhelfen.«

Sie ließ einen Energiestoß los, der die Priester durch das Portal schleuderte und mit einem Krachen verschloss. Über ihnen donnerte es und ein Blitz zerriss die Dunkelheit.

»Mein lieber Bruder, denkst du, sie werden siegreich sein?«, fragte sie Oran, dessen Blick auf dem geschlossenen Tor verharrte.

Er fuhr herum. »Natürlich! Sie sind meine Priester. Meine Geliebte. Dafür habe ich sie erschaffen.« Er wandte sich dem Tor zu, als wolle er warten, bis sie zurückkehrten.

»Sicher hast du das. Doch was, wenn sie auf andere treffen, die stärker sind als sie?«

»Was soll das heißen?«, fuhr er sie an. Quies schenkte ihm ein Lächeln mit nadelspitzen Zähnen.

»Ich empfing eine Vision, in der ich deine Priester gegen andere kämpfen sah«, eröffnete sie ihm. »Eine solch interessante Erkenntnis hatte ich schon seit Jahrhunderten nicht mehr. Das ist der einzige Grund, aus dem ich dir helfe. Ich hoffe auf weitere Visionen und will sehen, wie deine Priester sich gegen die Schattenwesen, die Waldwesen und die Lichtwesen behaupten. Es wird mich prächtig unterhalten dabei zuzusehen, wie deine primitiven Wesen gegen diese Fremden antreten.«

»Sie sind nicht primitiv«, sagte Oran erzürnt.

Quies lachte. »Wie könnten sie anders sein als du, ihr Gott? Und du, Oran, bist der primitivste von allen. Deine Priester werden keine Woche überleben, wenn sie sich ebenfalls nur auf ihre Muskeln verlassen. Aber solange nur einer von ihnen lebt, kann ich ihr Geschick verfolgen.«

»Du widerst mich an, Quies«, entfuhr es Oran und suchte nach einer Möglichkeit, seine Schwester zu töten, so grausam, wie sie es verdiente.

Quies erriet seine Absicht. »Du bist dümmer als ich dachte. Dies ist mein Portal und wenn es dir gelänge, mich zu töten, wären deine Priester für immer verloren.« Ihre roten Augen wurden hart und ihre Stimme drohend. »Du solltest dich schleunigst davonmachen, bevor ich ernsthaft böse werde und Chelison den Rat gebe, dein wertloses kleines Land noch heute in Schutt und Asche zu legen.«

Orans Kiefer mahlte, als er sich in die göttliche Astralebene begab. »Du irrst dich, widerliche Schwester«, sagte er. »Egal, worauf meine Priester in der fremden Dimension treffen, egal, wie gefährlich die Gegner sein werden, Zara wird eine Lösung finden und siegreich zurückkehren.«

Quies betrachtete belustigt die Stelle, an der Oran eben noch gestanden hatte. »Die Frage ist nur, zu welchem Preis.« Sie ließ sieben schwarze Kiesel zu Boden fallen. Zwei weitere warf sie in einen giftig grünen Tümpel, in dem sie zischend untergingen. »Denn sie werden mit Blut bezahlen.«

Sie drehte sich um und ging hochzufrieden zurück zu ihrem Palast.

*

TEIL 4

SCHEIN

TEIL 4

SCHIRN

$\mathscr{C}$iaras Kopf dröhnte.

Ihr Brustkorb fühlte sich an, als sei sie viele Kilometer gerannt. Ihre Lungen brannten und ihre Rippen schmerzten. Sie lag auf dem Boden, kalt und fest, die Augen geschlossen. Nur langsam kam sie zu sich, als wäre sie aus einem tiefen Traum geholt worden.

Sie fürchtete sich vor dem, was sie sehen würde, wenn sie die Augen öffnete. Stattdessen konzentrierte sie sich auf ihr Gehör: In ihrer Nähe gab es keine lauten Geräusche, keine Stimmen. Sie hörte Vögel - eine Eule. Sie atmete auf. Ein Nachtvogel. Weiter entfernt hörte sie ein Rauschen, das sie nicht identifizieren konnte.

Niemand war in ihrer Nähe. Sie konnte es wagen, sich zu bewegen.

Ihre Finger kribbelten, als sie sie vorsichtig ausstreckte und den Untergrund abtastete. Er fühlte sich an wie feuchtes Gras.

Sie holte noch einmal tief Luft und öffnete die Augen.

Über ihr war ein nächtlicher Himmel, dunkelblau und voller Wolken, die ab und zu den Blick auf ein paar Sterne freigaben.

Die Eule schrie erneut, als sie sich aufsetzte.

Schwindel erfasste ihren dröhnenden Schädel. Die Reise durch das Dimensionsportal war schrecklich gewesen. Sie erinnerte sich an die schwarze Kälte und das Gefühl, in endlose Tiefen zu fallen.

Skyth hatte versucht, sie aufzuhalten, doch es war zu spät.

War sie als Einzige gesprungen? Verloren in dieser Welt?

Sie biss die Zähne zusammen. Wenn es so war, musste sie das Beste daraus machen.

Shelley und Nate hatten so dicht bei ihr gestanden, sie mussten ebenfalls gesprungen sein. Sie würde es herausfinden.

Neben ihr im Gras lag ihr Bündel. Ciara atmete auf. Wenigstens war sie bewaffnet und musste sich nicht allein auf ihre Reißzähne verlassen.

Sie sah sich um. Das wichtigste war nun, sich einen Überblick zu verschaffen. Sie drehte den Kopf in Richtung des Rauschens, das sie gehört hatte, und erstarrte.

In etwa drei Kilometern Entfernung erhoben sich Bauwerke, so hoch, wie sie sie noch nie gesehen hatte. Sie waren beleuchtet und hoben sich geisterhaft vom Nachthimmel ab. Gegen sie sah das Herrenhaus trotz seiner Türme wie eine hölzerne Hütte aus. Sogar Thoas' Burg wirkte winzig im Vergleich.

Ihr Herz sank. Was, wenn die anderen dort gelandet waren? Das Areal war riesig, es war ein Ding der Unmöglichkeit, dort jemanden zu finden.

Sie senkte den Kopf und starrte auf ihre leeren Hände. Sie hatte nichts in der Hand, keinen Anhaltspunkt, ob die anderen hier waren, wo die Energiequelle war und wie sie nach Hause zurückkehren konnte.

Sie war verloren.

Angst schnürte ihre Kehle zu. So endete also ihre glorreiche Mission, um die sie Skyth angefleht hatte.

Es hätte nicht schlimmer kommen können.

Neben ihr knackte es im Gebüsch. Sie fuhr herum und kam gleichzeitig auf die Beine, bereit, jeden anzugreifen, der sich ihr näherte.

Ein Mann kam auf sie zu, sie roch ihn, doch der Wind stand ungünstig, sodass sie ihn nicht identifizieren konnte. Im Zweifel würde sie erst zuschlagen und dann nachsehen.

Sie holte ihre Krallen aus dem Beutel und legte sie an. Duckte sich, bereit zum Sprung.

Nur noch ein paar Meter ...

Der Mann umrundete den letzten Ginsterbusch, da stieß sie sich ab und schoss auf ihn zu. Sie breitete die Arme zu beiden Seiten aus, bereit, ihre Krallen zwischen seinen Rippen zu versenken.

»Ciara?« Noch im Sprung erkannte sie ihn.

Nate.

Sie prallte gegen ihn und riss ihn von den Füßen. Die Arme ließ sie ausgebreitet, um ihn nicht zu verletzen, konnte sich so aber nicht abstützen. Sie fiel auf ihn und schlug mit der Stirn auf den Boden hinter seiner Schulter.

Stöhnend schloss sie die Augen, vor denen Sterne tanzten. Nates Arme lagen um ihren Oberkörper, er hatte das schlimmste verhindert.

»Mit so einer stürmischen Begrüßung hatte ich nicht gerechnet«, sagte er, sie hörte, dass er lächelte.

»Es tut mir leid«, murmelte sie. Er half ihr auf und nahm ihr die Klauen ab, damit sie ihre Stirn betasten konnte. Es war nichts zu erfühlen, Glück gehabt.

Gemeinsam sahen sie sich um.

»Ich habe die Stadt bereits gesehen«, sagte Nate. »Die Menschen hier scheinen über andere Mittel zu verfügen als bei uns zuhause.«

»Woher weißt du, dass es Menschen sind?«, fragte sie.

»Ich bin nicht hier im Park aufgewacht, sondern in einer Straße. Dort habe ich Menschen gesehen. Sie sind anders gekleidet als bei uns, ansonsten ist alles gleich.«

»Dann wissen wir wenigstens, dass wir nicht verhungern.«

Nates Mundwinkel zuckte. »Das wird sicher nicht passieren.«

»Bist du als Einziger hinter mir hergesprungen?«

Nate schüttelte den Kopf. »Soweit ich weiß, sind wir alle gesprungen.«

Ihr fiel ein Stein vom Herzen. Zwar hatte sich ihre Lage durch Nates Auftauchen um ein Vielfaches verbessert, doch dass die anderen - vor allem Shelley - hier waren, gab ihr die Hoffnung, doch erfolgreich zu sein. Gemeinsam würde ihnen etwas einfallen.

»Wir müssen sie suchen.« Nate nickte und bot ihr seinen Arm an, damit sie auf dem feuchten Gras nicht ausrutschte.

»Was denkst du, ist das hier für eine Dimension?«, fragte sie, als sie einen Sandweg erreichten.

»Das werden wir herausfinden. Sie unterscheidet sich von unserer, doch wie groß kann der Unterschied sein, wenn hier Menschen leben? Sie sind überall gleich: Sie nehmen Land ein, bewirtschaften es und vermehren sich.« Nates Blick glitt hinüber zu den hohen Gebäuden. »Es wird hier nicht anders sein.«

Sie verließen den Park und folgten dem Sandweg bis zu einer breiten geteerten Straße. Pechschwarz wand sie sich durch die Landschaft, beleuchtet von Laternen, deren Lichtquelle die beiden Schattenkinder nicht identifizieren konnten.

»Die Menschen verschwenden viel Energie, um eine Straße zu beleuchten, die niemand befährt«, sagte Nate stirnrunzelnd. Außer ihnen war niemand zu sehen, auf dem ganzen Weg in die Stadt begegnete ihnen kein einziger Mensch.

Endlich erreichten sie die ersten Häuser, niedriger als die, die sie aus der Ferne gesehen hatten, doch jedes war mindestens vier Stockwerke hoch. Sie bestanden aus rotem Backstein und hatten große Fenster zur Straße.

»Geschäfte«, stellte Ciara fest. Solche Gebäude gab es in der Stadt, in deren Nähe sie lebten, auch. Sie boten Brot an und andere Dinge, die Menschen besitzen wollten. Sie sah Schmuck, Flakons mit Duftessenzen, Kleidung und andere Dinge, die sie nicht kannte.

»Woran kannst du dich erinnern?«, fragte Nate.

»Du meinst, vor unserer Abreise?« Ciara betrachtete das Straßenpflaster vor sich und dachte angestrengt nach. »Ich fürchte, an alles. Thoas und Skyth werden einiges zu besprechen haben, wenn wir zurückkommen.«

»Das auch. Aber erinnerst du dich daran, wie wir zurückkommen können?« Er klang angespannt. Überrascht sah sie zu ihm auf.

»Was meinst du?«

»Thoas wollte uns eine Möglichkeit aufzeigen, wie wir zurückkommen können«, sagte Nate. »Doch ich kann mich nicht erinnern, dass er es getan hat.«

Ciara blieb betroffen stehen. Darüber hatte sie nicht nachgedacht. Nate nickte düster.

»Es ist im Trubel untergegangen. Ich weiß nicht, wie wir dieses Problem lösen sollen.«

»Wann ist das besprochen worden?« Sie konnte sich nicht daran erinnern.

»Als wir die Burg betraten.« Und sie mit Shelley gesprochen hatte.

Ciara wurde kalt vor Furcht. Wenn sie nicht zurückkamen, war Skyth erledigt. Mit nur achtzehn Sippenmitgliedern und ohne seinen besten Mann hatte er Lycanus nichts entgegenzusetzen.

Schuld überflutete sie. Sie hatte alles falsch gemacht. Es gab nichts, was sie noch tun konnte, um ihren Bruder zu retten.

Doch, eine Sache konnte sie tun.

»Wir suchen die anderen. Gemeinsam werden wir eine Lösung finden«, sagte sie fest. »Wo es magische Energie gibt, gibt es Magier. Wir werden einen finden und dazu zwingen, uns zu helfen.«

Nate nickte. »Das werden wir.«

Sie drangen tiefer in die Stadt ein und hielten Ausschau nach ihren Begleitern. Ihre Sinne, die sie sonst nie im Stich ließen, versagten in der schieren Größe der Straßenzüge.

Frustriert blieb Ciara stehen und sah sich um. Überall nur Häuser, zwar beleuchtet, doch kalt und abweisend. Nate hatte recht: Menschen nahmen sich das Land, ließen sich nieder und zerstörten es.

Wie Termiten.

»Ich weiß nicht, wo wir mit der Suche anfangen sollen«, sagte sie. »Egal, wie wir es anfangen, wir werden nie fertig.«

»Wir müssen es versuchen«, erwiderte Nate.

»Aber die Zeit drängt.« Sie rieb sich die Augen. »Weißt du, wann Lycanus angreifen will?«

Nate schüttelte den Kopf. »Leider nicht. Doch die Jäger sind unser vordringlichstes Problem. Jetzt, nachdem Skyth einen von ihnen getötet hat, werden sie umso vorsichtiger und perfider vorgehen.«

Erneut spürte Ciara die Last der Verantwortung. Die Jäger lauerten vor dem Herrenhaus, bereit, zuzuschlagen, sobald sich eine günstige Gelegenheit ergab. Je länger sie brauchte, desto wahrscheinlicher griffen sie erneut an. Wurde jemand verletzt oder getötet, ging das auf ihr Konto.

Sie drehte sich zu Nate um, entschlossen, ihm nun doch von ihren Bedenken zu erzählen, als dieser stehen blieb, die Hand an seinem Degen.

Jetzt hörte sie es auch: Schritte, die sich näherten.

»Menschen«, flüsterte er.

Sie legte ihre Stahlklauen an und verbarg ihre Hände hinter ihrem Rücken. Sie mussten die Waffen nicht sehen.

Die Menschen bogen um die Straßenecke, es waren vier Männer, gekleidet in schwarzes Leder. Ciara roch sie. Das Leder, Tabakrauch, Metall, Rasierwasser. Einer von ihnen hatte Rauschmittel genommen. Ihre schweren Stiefel verursachten laute Geräusche.

Sie sahen die beiden Schattenkinder und blieben irritiert stehen.

»Was ist denn hier los? Karneval?«, fragte der Berauschte.

»Ganz ruhig«, flüsterte Nate.

»Hey, ihr Freaks, was habt ihr hier verloren?«, rief einer der anderen Männer.

»Die Tussi sieht ganz scharf aus. Wird aber nervig, die aus ihrem Fummel rauszupellen«, feixte der dritte.

Ciaras Mund wurde trocken vor Wut. In was für einer Welt waren sie hier gelandet, wo Männer sie wie eine Hure behandelten? Zumal Nate neben ihr stand. Als würde sie sich mit einem von ihnen einlassen.

»Ich bringe sie um«, knurrte sie. »Alle vier.«

»Ciara ...«, sagte Nate warnend. Sie sah ihm an, dass die Worte ihn ebenfalls getroffen hatten.

»Gemeinsam, Nate.«

»Komm rüber, Süße, und lass den Märchenprinz stehen. Ich steck dich in was Schickeres und dann kannst du für mich tanzen.« Die Männer lachten.

Ciara sah rot.

Sie duckte sich zum Sprung und zeigte ihnen ihre Krallen.

»Was zum Henker ...«, sagte ihr Verehrer noch, da sprang sie auf ihn zu. »Scheiße!«

Sie flog durch die Luft, die Klauen im Anschlag. Der Wind ließ ihr schwarzes Haar flattern und ihre Röcke bauschten sich wie eine violette Wolke.

Ihr Blick war auf die Halsschlagader ihres Opfers fixiert, sie konnte das Blut schon riechen. Und seine Angst.

Zu spät sah sie, dass er und auch seine Kumpane bewaffnet waren.

Die Mündung des Revolvers war auf sie gerichtet und sie sah, wie der Schuss abgefeuert wurde.

Es war zu spät, um noch auszuweichen.

Die Kugel traf sie in der linken Schulter.

Sie schrie vor Schmerz auf und landete unsanft auf den Knien. Ihre wahre Natur übernahm die Oberhand. Ihre Augen färbten sich silbern und ihre Eckzähne wuchsen zu Fängen. Im Licht der Nacht glänzte ihre weiße Haut wie Perlmutt.

»Oh Scheiße, was ist das denn?«, fluchte einer der Männer, die Pistole noch in der Hand. Nate kam herangestürmt, mit gezogenem Degen. Auch seine Augen zeigten das Silber.

Die Männer wichen zurück, die Läufe ihrer Waffen waren auf die Schattenkinder gerichtet. Warmes Blut tropfte von Ciaras Schulter auf ihr Kleid. Nates Schwerthand zuckte. Das Blut ihresgleichen hatte eine gefährliche Wirkung auf sie.

Ciara versuchte aufzustehen, sackte aber mit schmerzverzerrtem Gesicht in sich zusammen. Nate knurrte warnend in Richtung der Männer und drehte sich zu ihr um. Als er das Blut sah, packte er seinen Degen und wandte sich ihren Gegnern zu.

»Verdammt, was sind das für Freaks?«, keuchte der Erste.

»Abknallen oder abhauen?«, fragte der Zweite atemlos.

So lange wollte Nate nicht warten. Er schlang seinen Arm um Ciara, zog sie hoch und richtete die Spitze des Degens auf die Männer. Der Zeigefinger des ersten zuckte am Abzug, da nutzte er ihre Fähigkeit, mit dem Schatten zu verschmelzen.

»Scheiße, wo sind sie?«

Ciara schmiegte sich an Nate, der sich in den Schatten zurückzog, während die Männer erschrocken nach ihnen suchten.

Das hätte übel enden können.

Mit solchen Schusswaffen hatte sie nicht gerechnet.

»Danke«, flüsterte sie und stöhnte, als Schmerz durch ihren Körper raste.

»Wir müssen dir Blut besorgen«, sagte Nate und schauderte, als ihm der Geruch ihres Blutes in die Nase stieg. »Und zwar schnell.«

»Mach jetzt keine Dummheiten«, sagte Ciara mit zusammengebissenen Zähnen. Trank er ihr Blut, war die erste Hälfte der Verbindung vollbracht. Es gäbe kein Zurück mehr.

Sie dachte an Bevan. Es war viel zu früh für die Verbindung.

Er atmete tief durch und schüttelte den Kopf, als könne er die Gier so loswerden. Er war stark. Er konnte widerstehen. Genau wie sie.

Nate hielt aufmerksam Ausschau nach den Ledermännern.

»Nichts zu sehen«, sagte er, da fiel ihnen eine Gruppe junger Menschen ins Auge. Sie waren bunt gekleidet, in engen kurzen Röcken, blauen Hosen und weißen Schuhen. Sie waren zu sechst, zu viele, um einen von ihnen unbemerkt verschwinden zu lassen.

Sie hielten auf ein Haus zu, aus dessen offener Tür laute Musik drang.

»Eine Party«, keuchte Ciara.

Die Musik war fremd, doch die gut gelaunten Menschen und ihre angeregte Unterhaltung verrieten ihr genug. Solche Feierlichkeiten gab es in ihrer Heimatstadt auch, wenn die Menschen zu Bällen zusammen kamen oder Festlichkeiten begingen. Hier hatten sie schon manches Mal zugeschlagen. Im Getümmel einer Party war es leicht, ein Opfer auszuwählen. Die Lautstärke und das schummrige Licht spielten ihnen in die Karten.

Nate nickte, er erriet ihren Gedanken. Sie vorsichtig stützend steuerte er auf den Eingang des Clubs zu. Als sie eintraten, schlug ihnen der Geruch vieler Menschen, Schweiß, Parfum und Alkohol entgegen. Die Luft war aufgeladen von Lust und Energie.

Sie waren am richtigen Ort.

Ciara hielt sich mit Nates Hilfe aufrecht. Ihre Augen suchten nach einer dunklen Ecke, in der sie zuschlagen konnte. Dieses Mal war sie auf Nate angewiesen, allein würde es ihr nicht gelingen, sich Blut zu verschaffen.

Sie machte einen passenden Platz aus und deutete mit dem Kinn darauf. Nate sah es und bahnte sich seinen Weg durch die feiernden Menschen. Er half ihr, sich an der Wand abzustützen und hob ihr Kinn an.

»Ich bin gleich zurück.« Er küsste sie auf den Mund, seine Augen glänzten noch immer silbern.

Ciara beobachtete, wie er zwischen den Feiernden verschwand. Sie warf einen Blick auf ihre Wunde und stöhnte. Das Blut sickerte in den Stoff ihres Kleides, tränkte ihn und lief in ihre Corsage. Das klebrige Gefühl breitete sich immer weiter aus. Wenn es andere wie sie in dieser Stadt gab, lockte sie sie im schlimmsten Fall an. Egal, was für ein exzellenter Krieger Nate war, gegen mehrere ihrer Art kam auch er nicht an.

Sie musste das Beste hoffen.

Vor ihr tanzten die Menschen zu Musik, die wie ein Herzschlag klang. Bässe wummerten durch den Raum, doch Ciara konnte keine Instrumente sehen. Es musste eine Aufnahme sein, die von einem riesigen Grammophon übertragen wurde. Musik, Licht, alles war anders als zuhause.

Trotz der Lautstärke wurde sie müde. Sie verlor zu viel Blut.

Nate kam zurück, eine junge Frau im Arm, die sich an ihn schmiegte. Eifersucht stieg in Ciara auf, obwohl sie wusste, warum er es zuließ. Die Frau war offenbar leicht alkoholisiert, sie bemerkte den Silberschimmer nicht, doch als sie Ciara sah, blieb sie irritiert stehen.

»Was wird'n das?«

»Ich sagte doch, dass ich dir jemanden vorstellen will.«

»Aber da dachte ich, du hättest noch einen Freund dabei. Von einer zweiten Frau hast du nichts gesagt«, protestierte sie. Nate schob sie zu Ciara, deren Zähne hinter ihren Lippen immer länger wurden. Sie fasste sie am Oberarm und zog sie zu sich heran.

Die Augen der Frau wurden größer, als sie in das Silber sah und den Duft von Ciaras Blut einatmete. Ihr Widerstand erlahmte.

»Na ja, irgendwann ist immer das erste Mal, oder?«, murmelte sie. Nate stand dicht hinter ihr und schirmte sie vor den Blicken der Tanzenden ab. Ciara fuhr mit den Fingern durch das lockige Haar der Frau und legte ihre Lippen an ihren Hals. Sie erschauderte bei diesem Kontakt und seufzte. Über ihre Schulter sah sie in Nates Augen.

Dann biss sie zu.

Erschrocken fuhr ihr Opfer zusammen und versuchte, sich zu wehren. Ciara sandte ihre Pheromone aus, die sie gefügig machten. Schwer sank die Frau gegen sie, als sie ihr Blut trank. Warm und süß rann es ihre Kehle hinunter und sie spürte, wie sie wieder zu Kräften kam.

Nate wartete einen Moment, dann versenkte er seine Zähne auf der anderen Halsseite. Seine Finger strichen über Ciaras Körper, als sie sich an dem Blut berauschte. Die Musik rann durch ihre Glieder und versetzte sie in Bewegung. Sie durfte nicht alles trinken, eine Leiche wäre hier schwer zu entsorgen.

Die Frau hatte Glück, sie würde die Nacht überleben.

Sie zuckte noch einmal und wurde durch den Blutverlust ohnmächtig. Ciara und Nate hielten sie aufrecht.

Mit der Zunge strich Ciara über die Bissmale, die sich daraufhin verschlossen. Sie löste ihre Lippen vom Hals der Frau und fing Nates Blick auf. Ihre Wunde hatte sich geschlossen, doch der Geruch ihres Blutes hing noch schwer in der Luft.

Nate packte die Frau und setzte sie auf den Boden, dann riss er Ciara an sich. Wie in Trance fand sein Mund ihren und er zog sie auf die Tanzfläche. Die Musik pulsierte in ihren Adern.

Ciara schmiegte sich an ihn, spürte seinen Körper der Länge nach an ihrem. Vielleicht gab es noch eine andere stille Ecke, wo sie beenden konnten, was sie anfingen.

Nate schmeckte nach Blut, diesmal war es ungefährlich, sich dem Drang hinzugeben.

Sie vergaß, wo sie war. Sie vergaß ihre Mission. Dass sie die anderen suchen müsste. Einen kurzen Moment vergaß sie sogar Skyth. Nates Hand wanderte ihren Nacken und ihre Schulter hinunter, wo er den Stoff des Kleides herunterzog und ihr weißes Fleisch entblößte.

Sie stöhnte auf, als er die empfindliche Haut ihrer Kehle küsste und biss, bis er ihr Blut schmeckte.

›Nur ein Tropfen, nicht mehr. Nur einer, um die Lust perfekt zu machen.‹

Ihre Fingernägel krallten sich in den Stoff seines Hemdes und zogen ihn noch näher an sich heran.

Da regte sich etwas in ihr, als würde ein Glöckchen durch einen Windhauch bewegt. Es zerrte an ihr und ihrem Blutrausch, verlangte nach Aufmerksamkeit.

Sie löste sich von Nate und sah sich um. Er spürte es auch. Durch das Fenster war flackerndes Blaulicht zu sehen, doch das war es nicht.

»Lass uns nachsehen«, flüsterte Nate. Ciara ergriff seine Hand und sie verließen den Club. Auf der Straße war es still, das blaue Licht war soeben verschwunden. Nur ein paar Menschen standen vor dem Haus und rauchten. Sie unterhielten sich leise.

Ciara spitzte die Ohren und konzentrierte sich. Sie hörte weitere Stimmen. Bekannte Stimmen.

Nate nickte auf ihre unausgesprochene Frage.

Sie setzten sich in Bewegung, die Umgebung im Blick. Sollten die Ledermänner zurückkommen, würde es ihnen schlecht ergehen.

Doch das war es nicht.

Sie bogen um eine weitere Ecke, jetzt waren die Stimmen so nah, dass sie die Worte verstehen konnten: »Lass mich in Frieden, verdammt, sonst bringe ich dich eigenhändig um!«

Ciara blieb stehen. Freude und Erleichterung durchfluteten sie.

Es war Shelley.

Ciara setzte sich in Bewegung und lief ihrer Freundin entgegen, Nate war ihr dicht auf den Fersen. Es gab nur eine Person, die Shelley so in Rage brachte.

Eine Kreuzung weiter sah sie sie: Shelley, die mit Doria im Schlepptau die Straße heruntermarschierte. Ihnen folgte Echo wie ein geprügelter Hund. Sie hielt Doria am Oberarm gepackt, während sie ihm Beleidigungen über die Schulter zurief.

Doria hatte es offenbar aufgegeben, sich zu wehren, und versuchte, mit ihr Schritt zu halten. Echo folgte ihnen nicht minder wütend, aber mit Sicherheitsabstand.

»Hau endlich ab!«

»Würde ich, wenn nur ein anderer von uns hier wäre, den du nicht mitschleifen könntest!«

Shelley ließ sich davon nicht beeindrucken. Hoheitsvoll warf sie ihre dunkelroten Locken zurück und sah ihn verächtlich an. »Es ist mir egal, ob du allein bist! Verschwinde einfach, du Sohn einer ...«.

Doria entdeckte die beiden anderen, die das Spektakel kopfschüttelnd beobachteten, und unterbrach Shelley in einem neuen Schwall wüster Beschimpfungen. »Seht nur! Da sind Nate und Ciara!«

Shelley verstummte mitten im Wort. Ihre Miene erhellte sich und sie ließ Doria los, um auf ihre beste Freundin zuzueilen. Die Erleichterung stand ihr ins Gesicht geschrieben und sie breitete die Arme aus, um Ciara zu umarmen. Echo folgte ihr mit Doria in gemächlicherem Tempo.

»Ich bin froh, euch zu sehen. Ich hatte schon Angst ...« Shelley brach ab, als ihr der Geruch von Ciaras Blut in die Nase stieg. »Was ist passiert?«

»Wir sind auf Menschen gestoßen«, sagte Nate. »Sie sind bewaffnet und haben auf Ciara geschossen.«

Shelley besah die verheilte Wunde. »Geht es dir gut?«

»Ja. Nate hat mir Blut verschafft.« Ciara betastete das Loch im Stoff ihres Kleides.

»Hättet ihr damit nicht warten können, bis wir da waren?«, fragte Doria. »Einen Schluck Blut könnte ich auch vertragen.«

»Dafür war keine Zeit«, erwiderte Nate. Doria errötete unter seinem strengen Blick. Ciara wusste, dass sie in ihren Verlobten verliebt war, doch das war nicht ihr Problem.

»Aber füreinander hattet ihr anscheinend Zeit«, stellte Shelley fest, sie roch, was zwischen ihnen vorgefallen war. Ciara zuckte mit den Schultern. Lust und Blut gehörten für sie zusammen.

»Ihr seid nur zu zweit?«, fragte Echo, der sich mehrfach umgesehen hatte. »Keine Spur von Ride?«

Shelley schnaubte und tastete nach dem Griff ihres Degens. Ciara hielt ihre Hand fest.

»Leider nein. Aber wenn ihr hier seid, können sie und die anderen nicht weit sein«, erwiderte Nate.

»Ride stand hinter mir«, erinnerte sich Doria. »Sie müsste als Letzte gesprungen sein.« Sie verzog das Gesicht. »Wenn sie gesprungen ist.«

»Dummes Gör«, fuhr Echo sie an. »Natürlich ist sie gesprungen! Willst du sagen, dass sie feige ist?«

»Halt die Luft an!«, fauchte Doria. »Ich habe gesehen, dass Skyth sie am Arm gepackt hat. Außerdem hat er nach Ciara gerufen, als wir schon gesprungen waren. Er hat sie zurückgehalten!«

»Aber warum?«, fragte Shelley stirnrunzelnd. »Nur, weil sie die Letzte war? Und was ist passiert?«

Das wusste niemand. Ratlos sahen die fünf Schattenkinder einander an.

»Wir suchen weiter«, entschied Ciara. »Möglicherweise wissen die anderen drei mehr.«

»In welche Richtung, Ciara?«, fragte Nate.

Sie wandte sich gen Westen. »Dort entlang.«

Noch bevor sie die nächste Häuserecke erreichten, hörten sie Schüsse.

*

*E*s war kalt und windig.

Sie roch Eisen. Überall.

Gänsehaut überzog ihren Körper und sie fror.

Die Erinnerungen kehrten zurück. Die Dunkelheit. Das Fallen. Das Gefühl, verloren zu sein.

Tränen sammelten sich in ihren Augen. Sie durfte nicht weinen. Sie musste mutig sein. Herausfinden, wo sie war. Wo die anderen waren.

Vorsichtig bewegte sie ihre Glieder. Schmerzen hatte sie nicht, sie war unverletzt geblieben. Ihre Hand betastete den Boden. Er war kalt, glatt und hart.

Steine?

Bell schlug die Augen auf. Über ihr war der nächtliche Himmel voller Wolken. Der Wind heulte um sie, doch es stürmte nicht. Die Luft schmeckte seltsam.

Sie lag auf dem Rücken und wagte es nicht, einen Muskel zu bewegen.

War sie allein?

Erneut tastete sie über den Boden und stieß gegen etwas Vertrautes. Ihr Cello. Erneut füllten sich ihre Augen mit Tränen, diesmal vor Erleichterung.

»Tyler?«, flüsterte sie. »Cora?«

Niemand antwortete.

Ein Loch in der Wolkendecke gab die Sicht auf Sterne frei. Unbekannte Sterne. Sie war nicht mehr zuhause. Nicht einmal auf dem Berg.

Ihr Mund wurde trocken vor Furcht. Allein hatte sie keine Chance. Ihre Gruppe bestand doch genau aus diesem Grund aus neun Dryaden. Wo waren sie?

Sie holte tief Luft und setzte sich auf. Sie musste sie finden. Wenn sie hier waren - und davon musste sie ausgehen, um vor Angst nicht zu vergehen - würde sie sie finden.

Ihr Herz schlug ihr bis zum Hals, als sie den Eisenzaun sah. Er war unüberwindlich hoch, doch was dahinter sichtbar war, war noch schlimmer: ein tiefer Abgrund.

Mit tauben Beinen ging Bell auf den Zaun zu, darauf bedacht, ihn nicht zu berühren, und sah hinunter. Erschrocken wich sie zurück und schlug die Hand vor den Mund. Hinter dem Zaun reichte der Abgrund mindestens fünfzig Meter in die Tiefe. Es war kein Erdspalt. Sie befand sich auf etwas, das so hoch war wie ein Berg.

Hektisch sah sie sich um, doch der Zaun beschrieb ein geschlossenes Quadrat. Sie war gefangen.

Der Wind heulte und zerrte an ihrem Kleid aus Spinnenseide. Ihre Hände, die das Cello und den Bogen trugen, zitterten.

Sie war verloren.

Hinter dem Abgrund erhoben sich weitere Berge, nein, es waren Gebäude, so hoch, dass der Tempel der Hohen Götter wie eine bescheidene Hütte wirkte. So etwas hatte sie noch nie gesehen. Die Gebäude waren ebenfalls quadratisch und von Lichtern übersäht. In diesen Lichtern konnte Bell bei dem nächstgelegenen Haus Menschen sehen.

Sie war mitten in einer Menschensiedlung gelandet.

Ihr wurde heiß und kalt. Nicht auszudenken, welche Gefahr von ihnen ausging. Wahrscheinlich waren die Jäger im Wald nichts dagegen.

Wo waren die anderen?

Waren sie verschleppt worden?

Ihre Eingeweide verkrampften sich. Das durfte nicht sein! Sie konnte nicht auch noch ihre Freunde verlieren! Xarenias Krankheit war schlimm genug, sie durfte nicht ohne sie zurückkommen.

Tyler. Was wäre ihr Leben ohne Tyler?

»Hey, Mädchen, was machst du hier?«

Bell fuhr herum. In der Mitte des Platzes war eine Erhebung, der sie zuvor keine Beachtung geschenkt hatte, in der sich nun aber eine Tür geöffnet hatte. Ein älterer Mann stand im Rahmen, er trug dunkle Kleidung und eine Kopfbedeckung.

Sie wich zurück. »Ich ...«

»Hier oben hat niemand etwas zu suchen, schon gar nicht um diese Zeit. Ich dachte, ich guck nicht richtig, als ich dich auf den Überwachungsbildschirmen gesehen habe. Wie kommst du überhaupt hier hoch?« Sein Blick fiel auf das Cello. »Bist du Musikerin?«

»Bitte«, sagte sie. »Mein Verlobter ...« Sie verstummte und spürte Tränen aufsteigen. Wie sollte sie sich erklären? Der Mensch würde ihr sicher nicht glauben und bisher hatte er nicht erkannt, dass sie nicht menschlich war.

»Verstehe schon.« Sein faltiges Gesicht war weicher geworden. »Hast es nicht leicht, oder?«

Sie bezweifelte, dass er sie verstand, nickte aber matt.

»Ist er hier in der Nähe?« Sie zuckte mit den Schultern.

»Ich weiß es nicht.«

»Hör mal, ich weiß, dass ihr jungen Leute manchmal denkt, dass es keinen Ausweg mehr gibt, aber ich kann dich nicht hier oben lassen.« Er drehte sich in Richtung Tür. »Komm mit. Wenn du willst, kann ich jemanden für dich anrufen.«

Er half ihr!

Bell war fassungslos. Niemals hätte sie damit gerechnet, dass ein Mensch freiwillig half.

»Danke«, flüsterte sie. Sie stieg hinter ihm eine schmale Treppe hinab, dabei stieß sie mit dem Cello gegen den Handlauf und ein feiner Ton schwebte durch die Luft.

Der Mann blieb stehen und drehte sich um. »So einen Ton habe ich noch nie gehört.«

Bell schluckte. »Ich habe es neu stimmen lassen«, sagte sie leise und dachte sich, dass die Segnung durch einen Gott etwas Ähnliches war.

»Das muss ein Meister gewesen sein.«

So war es wohl.

Schweigend verließen sie die oberen Stockwerke. Bell fühlte das Gewicht des Gebäudes auf sich lasten, es erinnerte sie daran, wie es sich anfühlte, durch Rupes' Stollen zu gehen. Xarenia war noch immer dort. Zusammen mit Pace und den anderen Dryaden warteten sie auf Bells Rückkehr. Sie musste erfolgreich sein, es gab keine Alternative.

Xarenia durfte es nicht schlechter gehen.

Sie erinnerte sich an ihr Gespräch mit Iris. Ein Schock durchfuhr sie. Mit zitternden Händen vergewisserte sie sich, dass der Schlüssel und die Schriftrolle nach wie vor an ihrem Gürtel befestigt waren. Ohne sie kam sie nicht zurück nach Hause.

Und ohne ein Heilmittel und ihre Begleiter würde sie sie nicht nutzen. Um ihren Hals hing das goldene Medaillon mit dem Symbol der Götter.

Endlich erreichten sie das Erdgeschoss. Der Mann öffnete eine Tür und trat beiseite.

»Ich hoffe, dass du die Probleme mit deinem Freund lösen kannst.«

»Dazu muss ich ihn erst einmal finden«, sagte sie und sah sich um. Sie standen auf einem breiten Weg aus Stein, der in beide Richtungen führte. Wohin sollte sie gehen, links oder rechts?

»Auf dem Dach eines Hochhauses findest du ihn sicher nicht.« Er legte den Kopf schief. »Ein so hübsches Mädchen wie dich muss man gut behandeln.«

Sie lächelte. »Vielen Dank für die Hilfe.« Er nickte und schloss die Tür hinter sich.

Bell war allein.

Unentschlossen sah sie sich um.

Links oder rechts?

Sie hatte keine Ahnung, wo sie war. Sie wusste nur von ihrem Blick vom Dach, dass das Areal riesig war. Ein Dickicht von Gebäuden, in dem es ebenso unmöglich war, jemanden zu finden, wie in ihrem Wald.

Sie schluckte und kämpfte mit ihrer Angst, die ihr die Kehle zuschnürte.

Sie durfte jetzt nicht aufgeben.

Nach einem tiefen Atemzug wandte sie sich nach links und lief los. Die Straße war still und verlassen, ihr begegneten keine anderen Menschen. Aber auch niemand sonst.

Mutlos strich sie über die Saiten ihres Cellos, erneut schwebte der feine Ton durch die Luft. Sofort ging es ihr besser. Wie immer, wenn sie Musik hörte. Ob sie Apolls Geschenk nutzen könnte, um die anderen zu finden?

Einen Versuch war es wert, also ließ sie sich auf einem Stein nieder, positionierte das Cello und legte den Bogen an. Als die ersten Töne erklangen, vergaß sie ihre Angst.

Die Musik hallte von den Häuserwänden wider und drang durch die nächtliche Stille. Sie spielte eine Melodie, die alle Dryaden kannten. Xarenias Lieblingsmelodie. Wenn sie in der Nähe waren, wüssten sie, dass sie es war.

Konzentriert schlug sie die Töne an, obwohl ihre Hände leicht zitterten. Ein Fehler würde nichts ausmachen, doch so musizierte sie nicht.

Ihr Lied war ein Ruf. Die Richtigen mussten ihn hören.

Als der letzte Ton verhallte, sah sie auf. Die Straße war noch immer leer. Ihr Herz sank. Waren Tyler und die anderen so weit entfernt, dass sie sie nicht hören konnten?

Da hörte sie Schritte und fuhr hoch. »Tyler?«, flüsterte sie. Sie nahm ihr Cello und lief ihnen entgegen. Tyler und Feliné waren mutig genug, um nach ihr zu suchen. Sie mussten es sein. Die Musik hatte sie erreicht.

Sie bog um eine Häuserecke und stand vor einer Gruppe Menschen. Sie waren jünger als ihr Helfer, anders gekleidet. Menschen in Gruppen waren gefährlich.

Sie wich zurück, doch da hatten sie sie gesehen.

Erstaunt musterten sie Bell von oben bis unten, ihr hellgrünes Kleid, das Cello. Ihnen entgingen ihre spitzen Ohren nicht.

»Sieh an, eine Elfe«, stellte einer der Männer fest.

Was sollte sie tun? Alle Sinne schrien danach, wegzulaufen, doch sie war wie erstarrt.

»Komm rüber, Süße, wir tun dir auch nichts.« Ihr Instinkt sagte ihr, dass das eine Lüge war.

Der Blick des Mannes glitt unangenehm über ihren Körper, sein Gesicht zeigte eine Gier, die ihr Angst machte.

Er kam auf sie zu. »Was ist denn? Hast du Angst vor mir? Nicht nötig, ich kann sehr, sehr nett sein.« Er wollte sie am Arm packen, doch sie wich weiter zurück. »Komm schon, stell dich nicht so an.«

Seine Freunde beobachteten sie, keiner von ihnen griff ein. Was auch immer er vorhatte, sie würden einfach zusehen. Einer von ihnen hielt einen schwarzen Kasten in der Hand und richtete ihn auf sie.

Der Mann griff erneut nach ihr.

Bells Sinne schlugen Alarm. Sie fasste den Hals des Cellos fester, drehte sich um und rannte los. Er rief etwas hinter ihr her, doch sie beachtete es nicht. Die Panik trieb sie an, bis ihr die Luft ausging. Keuchend blieb sie stehen und kämpfte die Angst nieder. Sie musste mutig sein und die anderen finden.

Und sich von Menschen fernhalten.

Sie lief weiter und erreichte einen Platz voller Menschen.

Sie waren überall.

Der Platz war grell erleuchtet und die Menschen ... alles war voll von ihnen. Sie standen in Gruppen zusammen oder saßen an Tischen. Sie unterhielten sich, lachten, tranken und aßen. Sie wirkten nicht bedrohlich, doch Bell hatte genug von ihnen.

Sie wich an die Häuserecke zurück, verbarg sich im Halbschatten. Unruhig huschte ihr Blick über die Gesichter der Feiernden. Waren einer oder mehrere ihrer Begleiter hier? Suchten sie nach ihr?

Sie suchte nach dem feingliedrigen Körperbau der Baumnymphen, nach Kleidung aus Spinnenseide und nach Instrumenten wie ihrem Cello, das immer schwerer in ihren Händen wurde.

Ihr Mut sank, als sie niemanden entdeckte.

Hier würde sie ihre Freunde nicht finden.

Bell wandte sich gen Osten, dem Sonnenaufgang entgegen, und sehnte sich nach den ersten Strahlen. Sie verließ den Teil der Stadt, in dem sich die Menschen aufhielten. Hier war es dunkler und ruhiger.

Allmählich schwand ihre Angst, doch ihre Unruhe wuchs stetig. Immer wieder tastete sie nach der Schriftrolle und dem Schlüssel. Die wenigen Stunden, die sie hier war, waren schlimm, doch sie ahnte, dass dies längst nicht das Ende ihrer Mühen war.

Erneut Musik zu spielen traute sie sich nicht. Stattdessen folgte sie ihrem Gefühl, das sie nach Osten lenkte, als würde sie an einer unsichtbaren Schnur gezogen.

Sie hörte etwas.

Gänsehaut überzog ihre Oberarme, als sie den Ton ausmachte. Die Saite eines Kontrabasses schwang.

Dieses Instrument kannte sie beinahe so gut wie ihr Cello.

Tyler.

Sie holte tief Luft und rannte los, dem Ton entgegen.

Ihre Beine brannten und ihre Lunge schmerzten, doch das war ihr egal.

Es musste Tyler sein.

Sie schickte ein stummes Gebet an alle Götter, sie möge ihn endlich gefunden haben. Tränen stiegen in ihre Augen, doch sie blinzelte sie weg. Zur Not würde sie meilenweit rennen, um zu ihm zu kommen.

Keine Menschen und kein Eisenzaun könnten sie davon abhalten.

Der Ton wurde leiser und Panik erfasste sie. Sie durfte ihn nicht verlieren!

Während des Laufens schloss sie die Augen, konzentrierte sich auf die feine Note.

Da war sie!

Sie rannte über einen breiten Weg, als plötzlich grelles Licht erschien, dazu ein lautes Geräusch, das sie noch nie gehört hatte. Erschrocken blieb sie stehen und starrte hinein. Es kam näher, immer schneller.

Ein durchdringender Ton ertönte, der sie aus ihrer Starre riss. Erschrocken sprang sie beiseite und sah die Lichter vorbeirauschen. Sie waren an einem weißen Ding befestigt, groß und schwer.

Bells Herz hämmerte gegen ihre Rippen, Schweiß rann über ihren Körper. Es hätte sie getötet, wenn sie nicht ausgewichen wäre.

Mit zitternden Händen presste sie ihr Cello an sich und schloss konzentriert die Augen. Der Ton war noch da, doch er verhallte.

Sie mobilisierte ihre letzten Kräfte und setzte ihm nach.

Sie überquerte einen weiteren Weg, bog um eine Häuserecke und sah sie: Tyler, Feliné und Saw. Sie unterdrückte ein Schluchzen und rief seinen Namen.

Er wirbelte herum, seine Augen weiteten sich, als er sie erblickte. Sie flog auf ihn zu, direkt in seine Arme. Sein Duft hüllte sie ein und sie zitterte. Endlich hatte sie ihn wieder!

Es dauerte ein wenig, bis sie die Kraft aufbrachte, sich von ihm zu lösen und die beiden Freunde zu begrüßen. Saws Miene war umwölkt.

»Du hast Cora nicht gesehen?«, fragte er mehrmals. Bell verneinte mit schwerem Herzen und brachte es kaum über sich, von ihrer Odyssee zu berichten.

Saw wurde immer bleicher und Tyler zog sie erneut an sich.

»Das hätte übel enden können«, sagte Feliné tonlos. »Menschen sind furchtbar. Alles Schlechte der Welt geht von ihnen aus.« »Wir müssen sie finden!«, stieß Saw hervor. »Ich muss sicher sein, dass es ihr gut geht. Wenn ihr etwas zustößt ...«

»Cora ist vorsichtig«, unterbrach Tyler ihn. »Du weißt, wie sehr. Ihre Angst ist in diesem Fall ein guter Begleiter. Sie wird sich verstecken, sobald sie auf Menschen trifft. Wir werden sie finden, sei unbesorgt. Genau wie die anderen vier.«

»Von ihnen fehlt auch jede Spur?«, fragte Bell. Tyler nickte mit unbewegter Miene.

»Leider ja.«

»Im Osten liegt ein Wald«, berichtete Feliné. »Dort drüben haben wir eine Karte gesehen. Sie zeigt, wie diese Stadt angelegt ist: Ihr Areal beschreibt vier Ecken in Form einer Raute. In diesem Wald hoffe ich, dass wir uns vor den Menschen verstecken können.«

»Falls es mehr dieser Karten gibt und die anderen sie sehen, werden sie sich auch in Richtung Osten aufmachen«, sagte Tyler fest.

Bell nickte. Jeder von ihnen würde als erstes Bäume suchen.

»Ist dir wirklich nichts geschehen?«, fragte Tyler leise, als sie sich auf den Weg machten. Seinen Kontrabass hatte er sich mit Schnüren auf den Rücken gebunden, sodass er ihre Hand halten konnte. Saw und Feliné gingen voraus. Bell bemerkte Saws Unruhe, er hatte große Angst um Cora.

»Ja, aber ich hätte nicht länger zögern dürfen. Xarenia hatte recht: Menschen sind gefährlich. Diese Männer«, sie schauderte. »Sie waren boshaft. Er hätte mir wehgetan, das habe ich in seinen Augen gesehen.«

»Jetzt bin ich bei dir«, sagte er und küsste sie auf die Wange. »Ich passe auf dich auf.«

Sie lächelte. »Du weißt, was der Mann sagte, der mir geholfen hat.«

»Ich wusste schon vorher, dass du nur die beste Behandlung verdienst.«

Bell lächelte und richtete ihren Blick geradeaus. Zum ersten Mal konzentrierte sie sich auf die neue Umgebung. Sollte es hier jemals Naturgeister gegeben haben, waren sie vor langer Zeit verschwunden. Die wenige Natur war kümmerlich und sich selbst überlassen. Die Bäume waren von Menschenhand gepflanzt und sahen traurig aus.

Was war das nur für eine Welt?

In der Luft lag ein Summen, doch es war anders, als das, was sie von Zuhause kannte, es gab keine Göttliche Energie. Sie liefen weiter und suchten nach dem Park. Auf dem Weg dorthin wurden die Häuser noch höher, bis der Himmel fast nicht mehr zu sehen war. Dann verschwanden sie abrupt und die Dryaden standen am Rand einer Wiese.

Bells Herz sank. Es war kein Wald, nur Rasenflächen, ebenso künstlich angelegt wie die breiten Wege, die sich hindurchzogen. Hinter der Wiese lag ein See, an dessen Ufer einige alte Weiden wuchsen. Weiter hinten erblickte sie einen kleinen Hain.

»Lasst uns dorthin gehen«, schlug sie vor.

»Vielleicht können wir vorher zum See gehen und schauen, ob wir aus ihm trinken können«, wandte Feliné ein. »Ich bin durstig und wir werden Wasser brauchen.«

Sie gingen über die Wiese mit dem traurigen Gras, das immer beschnitten wurde, wenn es im Begriff war, sich zu legen und im Wind zu rauschen. Sie erreichten das Seeufer und die erste Weide, deren lange Zweige die Wasseroberfläche berührten.

»Bell!« Sie fuhr herum und erblickte Brooke und Helly, die in den Zweigen der Weide hockten. Ihr Herz machte vor Erleichterung einen Satz.

Die beiden waren wohlauf.

Brooke schwang sich vom Ast und landete vor Bell auf dem Boden. Überglücklich schloss sie die Freundin in die Arme. »Ihr seid da, allen Göttern sei Dank!«

»Wie seid ihr hergekommen?«, fragte Feliné.

»Wir sind hier aufgewacht«, berichtete Helly. »Die Weide erzählte, es gäbe außerhalb des Parks nur Steinhäuser und Menschen.«

Brooke streichelte einen der herabhängenden Zweige. »Wir haben ihr einen Schreck eingejagt, weil wir sie verstehen. Sie schimpfte über uns, bis ich ihr sagte, sie habe nichts zu befürchten. Da ließ sie uns in ihre Äste.«

Bell war erleichtert. Hier war jeder Freund ein Königreich wert.

Die Blätter der Weide rauschten, als sie ihnen zu verstehen gab, dass mehr von ihresgleichen kamen. Cora, Cyntha und Albion kamen auf sie zu. Saw sprintete los und riss Cora so heftig an sich, dass sie zu Boden fielen.

Albion und Cyntha berichteten von ihrem Weg zum Park. Sie waren zusammen aufgewacht und hatten Cora kurz darauf aufgelesen. Ihnen waren keine Menschen begegnet.

»Ich hatte solche Angst«, flüsterte Cora. Ihr sorgfältig frisiertes Haar war zerrauft und die frischen Blumen darin welkten bereits. Saw schlang seine Arme um sie und wiegte sie hin und her.

»Es ist wirklich eine andere Welt«, sagte Albion. »Ich frage mich, wie wir hier finden sollen, was wir suchen.«

»Die Weide hat versprochen, uns zu helfen«, sagte Brooke. »Doch sie warnt uns vor der Aufmerksamkeit der Menschen, wenn wir uns in den Ästen niederlassen. Die meisten sind friedlich, doch sie rät uns, in Richtung des Hains zu gehen, weil es dort einen Geräteschuppen geben soll, in dem wir uns niederlassen können. Die Vögel sagen, er sei leer. Es ist ein Holzhäuschen.«

Die Dryaden schauderte es. Der Gedanke, in einem Haus aus toten Bäumen zu weilen, war unangenehm, doch die Weide hatte recht: Der Park wurde zu viel von Menschen genutzt, um in ihren Ästen zu wohnen.

»Wir sollen das Wasser des Sees nicht trinken. Es ist schmutzig, aber es gibt kleine Becken, aus denen die Menschen trinken, das sollen wir auch tun«, führte Brooke weiter aus.

Bell wusste nicht, wie sie der Weide für ihre Güte danken sollte.

»Saw, Albion und ich werden die Hütte suchen. Bleibt ihr bei der Weide«, sagte Tyler.

Saw wirkte von der Aussicht, Cora allein zu lassen, wenig begeistert, doch er nickte.

»Wartet noch kurz«, sagte Helly. »Da ist noch etwas, das wir euch erzählen müssen.« Die Männer blieben stehen. »Wir haben etwas gesehen: Zwei Personen, ein Mann und eine Frau. Sie waren ...« Sie suchte nach dem passenden Wort.

»Anders als andere Menschen«, ergänzte Brooke. »Sie bewegten sich schneller als der Wind. Die Frau griff den Mann an, dann gingen sie gemeinsam fort.«

»Sie hatten lange Zähne und ihre Haut schimmerte im Mondlicht«, berichtete Helly. »Ich glaube nicht, dass sie Menschen sind.«

»Was dann?«, fragte Bell. Niemand hatte eine Idee.

»Das bedeutet vor allem eins«, sagte Feliné. »Wenn es hier solche Dämonen gibt, müssen wir besonders vorsichtig sein. Ihr seid euch sicher, dass sie den Park verlassen haben?« Sie nickten. »Wenigstens etwas.«

»Ein Grund mehr, möglichst schnell einen Unterschlupf zu finden«, sagte Tyler.

Entschlossenen Schrittes machten sich die drei Männer auf den Weg und die Frauen blieben im Schutz der Weide zurück.

Bell war froh, rasten zu können und sah ihre Freundinnen an. Jetzt, da sie alle beisammen waren, war ihr Herz leichter und sie sah Hoffnung in den Gesichtern.

»Den ersten Schritt haben wir gemacht und können nach der Quelle suchen.« Sie sah Helly und Brooke nicken, sie waren Feuer und Flamme. Feliné war verhaltener, würde sie jedoch unterstützen, ebenso Cyntha. Doch im Gesicht ihrer engsten Freundin sah sie Angst. »Bist du nicht froh, Cora? Es hätte schlimmer kommen können.«

»Ich weiß«, antwortete Cora. »Ich habe trotzdem Angst. Wenn wir in einem Wald wären, wäre alles nicht so schlimm.« Sie sah sich bedrückt um. »Ich bin froh, dass wir diesen Park gefunden haben. Ohne Bäume ... das könnte ich nicht durchstehen.«

»Dies ist nicht die Zeit, um Angst zu haben. Dies ist die Zeit, mutig zu sein und dein Bestes zu geben«, sagte Brooke. Cora wandte den Blick ab. Sie hasste es, bevormundet zu werden.

Bell schwieg und ließ ihren Blick über den See streifen. Nachdenklich zog sie das Pergament hervor und entrollte es. Die Schrift war verschlungen, aber leserlich. Sie erinnerte sich an die Anweisung der Götterbotin, die Formel auswendig zu lernen.

Konnte sie ihr bei der Suche helfen? Ihre Augen glitten über die Zeilen, doch sie fand nichts. Seufzend rollte sie das Pergament zusammen. Auf eine Vision hoffte sie nicht. Sie kamen nie, wenn sie sie brauchte und sie heraufzubeschwören war ihr noch nie gelungen.

»Bell, wie sieht die Energiequelle aus? Haben Iris oder Urania etwas dazu gesagt? Ist es wie eine Wasserquelle?«, fragte Brooke und riss sie aus ihren Gedanken.

Verwundert blinzelte Bell. Darüber hatte sie noch nicht nachgedacht, alles war so schnell gegangen.

»Nein. Und ich weiß es nicht«, gab sie zu und bemühte sich dennoch um Zuversicht. »Ich hoffe, dass ich sie erkenne, wenn ich sie finde.«

Feliné sah sie zweifelnd an, doch die Männer kehrten zurück, bevor sie etwas sagen konnte.

»Es ist nicht weit von hier. Das Häuschen liegt im Hain. Wenn wir es geschickt anstellen, bemerkt niemand, dass wir hier sind«, sagte Tyler.

Bell nickte. Ein Häuschen zwischen Bäumen war das richtige für sie.

Sie packten ihre Habseligkeiten und Instrumente zusammen. Dankbar verabschiedeten sie sich von der Weide und versprachen, am nächsten Tag zu ihr zu kommen.

Das Häuschen war klein, doch sie hatten Platz, um schlafen und zusammensitzen zu können. Das reichte den Dryaden. Cyntha stellte fest, dass aus dem Hahn an der Wand sauberes Wasser kam, das sie trinken konnten. Auf dem Weg hatten sie Obstbäume gesehen, sodass sie fürs Erste versorgt waren. Außerdem boten die Buchen und Eichen genug Möglichkeiten, um sie sattzubekommen.

Brooke und Helly liefen los und kamen mit zwei Bündeln voller Nüsse und Früchte zurück. Es war nicht wie zuhause, aber zufriedenstellend.

Cora gähnte und lehnte sich an Saw.

»Wir sollten schlafen«, sagte Bell. »Die Reise hat viel Kraft gekostet.« Helly gähnte ebenfalls und streckte sich. »Mit mir ist nichts mehr anzufangen.«

»Sollen wir eine Wache aufstellen?«, fragte Feliné. »Falls Menschen kommen?«

»Ich kann die erste Wache übernehmen«, bot Albion an.

»Ich auch«, schaltete sich Saw ein. Er hatte die Szene in Rupes' Halle nicht vergessen und sah Albion finster an.

»Einer reicht. Albion übernimmt die erste, Saw die zweite. Danach werde ich Wache halten«, sagte Bell. Tyler wollte protestieren, doch sie schüttelte den Kopf. »Jeder kommt an die Reihe. Auch ich.« Er gab sich geschlagen und meldete sich für die vierte Wache.

»Wir werden sehen, wie viele Schichten wir brauchen«, sagte Bell, als Brooke sich als Nächste meldete. »Wir werden nicht den ganzen Tag schlafen.«

»Was machen wir dann?«, fragte Cyntha.

»Wir überlegen uns, wie wir die Quelle finden können.« Bell legte Schriftrolle und Schlüssel unter ihr Bündel, das sie als Kopfkissen nutzte. Sie in der Hand zu haben, verschaffte ihr ein wenig Ruhe.

»Das wird nicht leicht«, sagte Feliné.

»Nein«, gab Bell zu. »Aber wir haben keine Wahl.« Dem widersprach niemand.

Sie bereiteten sich Lager aus Reisig und weichen Matten, die in dem Häuschen lagen. Albion setzte sich neben die Tür, den Blick durch das Fenster nach draußen gerichtet.

Innerhalb kurzer Zeit waren alle eingeschlafen.

Bell hielt Tylers Hand.

Sobald sie aufwachten, würde sie alles daransetzen, um Xarenia zu retten.

*

*E*s war stockfinster.

Snows Herz schlug so laut, dass sie nichts anderes hörte. Ihr brach der Schweiß aus, ihre Hände waren eiskalt und zitterten. Sie hörte ein Rauschen wie fließendes Wasser, die Wände waren feucht.

Nicht einmal ihre weiße Kleidung war in der Dunkelheit zu sehen. Sie versank in ihr. Ihre Glieder wurden kalt, als würde sich ihr Körper in der Schwärze auflösen.

Sie schluchzte.

Das Geräusch verursachte einen Hall, wurde immer lauter und verstummte dann abrupt. Sie holte erschrocken Luft, erneut potenzierte sich der Ton und verschwand.

Wo war sie nur?

War das die Welt, in der sie die Energiequelle finden sollte?

Eine Welt absoluter Finsternis?

Sie wagte nicht, sich zu bewegen, aus Angst, in das Wasser zu fallen, das sie hörte. Sie konnte nicht schwimmen und das Rauschen klang, als gäbe es eine Strömung. Fatal, wenn sie einen falschen Schritt machte.

Wenn sie nur ihren Stab hätte! Als Mitglied des Sonnenordens könnte sie versuchen, eine Lichtkugel zu erschaffen. Doch ihre Hände waren leer. Sie wusste nicht, wo ihr kostbarster Besitz war.

Grauen erfasste sie.

Was, wenn er verloren gegangen war?

Erneut entwich ihr ein Schluchzen und sie kniff die Augen zusammen.

»Oh bitte ...«, flüsterte sie, doch sie wusste nicht einmal, worum sie bat. Ihre Stimme verlor sich im Rauschen und wurde gleichzeitig lauter.

»Snow?«

Ihr Herz setzte einen Schlag aus, als sie die Stimme hörte.

Alec.

Er war hier.

Sie war so erleichtert, dass sie sich ganz hohl fühlte.

»Alec, ich bin hier«, sagte sie und schrak erneut zusammen, als ihre Stimme so viel lauter zurückgeworfen wurde.

»Kannst du Licht machen?«, fragte er. Sie schüttelte den Kopf, bis ihr auffiel, dass er sie nicht sehen konnte.

»Ich weiß nicht, wo mein Stab ist«, sagte sie. »Im schlimmsten Fall ...« Sie brachte es nicht über sich, den Satz zu beenden.

»Dann erschaff das Licht ohne deinen Stab«, sagte er.

»Ich kann nicht, ich muss auf den Mond zugreifen. Er ist zu weit weg.«

Snow zögerte. Magie zu wirken, ohne den Stab zu benutzen, war höhere Magie, sie erlernten solche Fähigkeiten erst in der Nona, die Alec schon absolviert hatte.

»Kannst du mir dabei helfen?«

»Natürlich.« Alecs körperlose Stimme wurde von den Wänden zurückgeworfen. Kälte und Nässe krochen über Snows Haut. »Konzentriere dich auf die Sonne. Es muss hier eine geben. Such sie und sammle die Energie.«

Snow schloss die Augen und sandte ihren Geist aus. Sie dehnte ihn und ertastete die Grenzen ihres Gefängnisses, fand einen Spalt, durch den sie entkommen konnte, ohne zu wissen, wo er war. Sie glitt durch einen weiteren Raum, aufwärts, immer hinauf, bis sie eine Barriere durchbrach und Wärme spürte.

Wärme, die von Sonnenstrahlen verursacht wurde.

Snows Geist streckte sich in diese Wärme und versuchte, etwas von ihr zu erreichen. Vorsichtig, langsam, als sammle sie Spinnenweben, wob sie sich hinein und bündelte die feinen Fasern des Lichts. Es war einfach, intuitiv, als hätte sie es schon ein paar Mal gemacht.

Nun hatte sie genug, um ein Licht zu erschaffen. Vorsichtig zog sie sich zurück in ihren Körper, darauf bedacht, kein Quäntchen des Schimmers zu verlieren. Die Wärme berührte ihre Seele und nahm ihr etwas von der Verzweiflung.

Sie konnte es schaffen, auch ohne Alecs Hilfe. Doch dank seiner Unterstützung hatte sie den Mut gefunden.

Sie kehrte zurück und fühlte sich mit einem Mal in ihrer Haut beengt. Die Grenzen ihres Körpers waren ihr deutlich bewusst und kurz bedauerte sie es, an ihn gebunden zu sein.

Noch einmal atmete sie tief durch, dann hob sie ihre warme Handfläche und schob den Arm von ihrer Brust weg nach vorn. »*Luce.*«

Vor ihrer Handfläche erschien ein leuchtender Ball aus Sonnenlicht, beinahe so groß wie ihre Faust. Geblendet wandte Snow den Blick ab und reduzierte die Energiemenge um die Hälfte. Jetzt war die Helligkeit erträglich und ihre Augen gewöhnten sich allmählich an das Licht.

Blinzelnd sah sie sich um.

Sie befand sich in einem Gewölbe aus dunklem nackten Stein und stand auf einem schmalen Sims. Keine zwei Meter von ihr floss ein dunkler Strom, eine Art unterirdischer Fluss. Sie sah Gitter, durch die sich das Wasser seinen Weg bahnte. Alec stand fünf Meter von ihr entfernt und bückte sich gerade nach ihrem Stab. Ihr Herz flatterte vor Erleichterung. Er war nicht verloren.

Alec kam zu ihr herüber und reichte ihr das weiße Holz. Snow war dankbar, das vertraute Gewicht wieder in der Hand zu spüren.

»Wo sind die anderen?«, fragte sie, doch er schüttelte den Kopf.

»Nicht hier. Ich konnte nur uns aneinanderbinden.«

»Denkst du ...« Sie befeuchtete die Lippen mit der Zungenspitze. »Denkst du, sie sind auch hier? In dieser Dimension?«

»Ich gehe davon aus. Wir sollten sie suchen.«

Alec sah sich um und jetzt nahm Snow sich die Zeit, den Raum zu betrachten, in dem sie sich befanden.

»Das ist eine Kanalisation«, sagte sie überrascht.

Alec nickte. »Das vermute ich auch.«

»Aber dann sind wir ja unterhalb der Stadt.« Sie hielt inne und erinnerte sich, dass ihr Geist aufgestiegen war, um die Sonne zu erreichen. Starcity verfügte ebenfalls über eine Kanalisation, doch sie war nie dort gewesen. Warum auch? Die einzigen Magier, die in diesem Teil der Stadt helfen konnten, waren Quell- und Erdmagier.

»Aber das bedeutet, dass es einen Weg hinauf gibt.«

Doch es war keine Leiter zu sehen, die diesen Weg versprach.

Snows Hoffnung sank. Sie fürchtete sich davor, durch die nasse Kälte zu gehen. Zwar war ihre Angst mit dem Licht geschrumpft, doch sie fühlte sich unbehaglich in geschlossenen Räumen. Ihr war, als lastete das Gewicht der Erde über ihr auf ihrem Brustkorb. Ihre Hand mit der Lichtkugel zitterte.

Alec bemerkte es und legte seine Hand auf ihre rechte, in der sie den Stab hielt.

»Mach dir keine Sorgen, wir finden den Weg.« Er deutete in die Richtung hinter Snow. »Lass uns dort entlang gehen. Irgendwo müssen wir hinkommen.«

Snow wandte sich um. Gänsehaut überzog ihre Arme, ein schlechtes Gefühl breitete sich in ihrem Magen aus.

Alles in ihr sträubte sich dagegen, in diese Richtung zu gehen, doch sie sah in Alecs entschlossenes Gesicht.

Er wurde nicht von seiner Angst beherrscht. Sie sollte sich ein Beispiel an ihm nehmen. Also schluckte sie ihre Furcht hinunter und ging vorsichtig über den schmalen Steg am Wasser. Der Boden war nass und sie musste achtgeben, dass sie nicht ausrutschte. Schon wieder.

»Alec«, sagte sie und wandte sich um. »Es gibt noch etwas, das ich dir sagen muss.« Er sah sie erwartungsvoll an. »Was in der Großen Lichthalle mit dem Fremden geschehen ist, war ein Unfall. Ich rutschte aus und er hinderte mich am Hinfallen. Danach ließ er mich nicht los, obwohl ich ihn darum bat.« Sie sah ihm ins Gesicht. »Mir ist wichtig, dass du das weißt. Wir kennen uns nicht gut und du sollst nicht falsch von mir denken. Ich akzeptiere die Entscheidung meines Vaters und ...« Sie holte Luft. »Und ich möchte, dass nichts zwischen uns steht. Du sollst mich so kennenlernen, wie ich bin.«

Alec schwieg einen Moment und betrachtete ihr schmales weißes Gesicht. Ihre weißen Locken, die über ihren Rücken fielen und ihre schwarzen Augen, die ihn furchtsam, doch entschlossen anblickten.

Schließlich nickte er. »Ich danke dir. Tatsächlich denke ich seitdem ständig darüber nach, was geschehen ist. Jetzt weiß ich es. Und Snow, ich denke nicht schlecht von dir.«

Sie lächelte befreit, ihr Herz fühlte sich leicht an. Sie wandte sich wieder dem Weg zu und schritt erstarkt voran.

Der Steg führte sie am Wasser entlang, ohne dass sich die Umgebung veränderte. Snow verlor das Zeitgefühl. Wie lange liefen sie schon in diese Richtung? Noch hatte sie Reserven aus Sonnenenergie, doch sie würde nicht ewig halten.

»Warte«, sagte Alec mit einem Mal und sie blieb stehen. »Spürst du das auch?«

»Was?«

»Die Energie.«

Snow wollte eben verneinen, als etwas Fremdes an ihrem Geist zerrte. Erschrocken holte sie Luft. »Ja.« Die Gänsehaut auf ihren Armen intensivierte sich, kroch über ihren ganzen Körper. »Alec, sie fühlt sich nicht gut an.«

Er nickte, die Lippen aufeinandergepresst. »Wilde Energie.«

»So wild fühlt sie sich nicht an«, entgegnete sie. »Eher, als wäre sie absichtlich hier platziert worden.« Diese Erkenntnis kam ihr plötzlich. Die Energie fühlte sich an diesem Ort so falsch an, dass sie nicht hierhergehören konnte. Jemand musste sie hergebracht haben. »Lass uns schnell weitergehen.«

»Wenn sie platziert wurde, bedeutet das, dass hier jemand Magie wirken kann«, gab er zu bedenken. Snow schluckte. Er hatte recht. »Ich will versuchen, seine Signatur zu entschlüsseln. Vielleicht bekommen wir so eine Ahnung, mit wem wir es zu tun haben.«

»Hältst du das für eine gute Idee?«, fragte sie zweifelnd. »Wenn es nun eine Falle ist ...«

»Ich werde vorsichtig sein«, versprach er und richtete seinen Stab aus. Er schwang ihn und beschrieb mit dem gelben Juwel an seiner Spitze einen Halbkreis, ähnlich einem zunehmenden Mond. »Inveni!«

Ein kleines Licht zuckte wie ein Blitz in den hinteren Teil des Raumes. Dort lauerte die Energie. Sie drückte sich wie ein Tier in eine Ecke und prickelte in der Luft, nun, da sie entdeckt worden war.

Snows Unbehagen wurde immer größer. Es schien, als sei die Energie lebendig. Und sie war feindselig.

»Alec ...«, sagte sie bittend. »Ich halte das für keine gute Idee.« »Ich bin vorsichtig. Sorge dich nicht. Ich weiß, was ich tue.«

Sie wollte es ja, doch sie schaffte es nicht. Die Angst wurde größer, als Alec auf die Energie zutrat. In der Tat vorsichtig und langsam, als könne sie ihm ins Gesicht springen. Sie hatte noch nie versucht, die Signatur eines anderen Magiers sichtbar zu machen. Auch das war höhere Magie, doch sie hatte das Gefühl, dass Ort und Zeit falsch für diesen Zauber waren.

Sie wollte wieder nach ihm rufen, doch ihr fehlte der Mut. Er hatte eben schon angespannt geklungen, wenn sie ihn nun wieder aufhielt, wurde er sicher böse auf sie. Sie sollte ihm vertrauen. Das musste die Basis ihrer Beziehung sein.

»Commostra«, flüsterte Alec und richtete den Stab in die Ecke. Ein Fauchen ertönte, als sei Wasser in eine Flamme getropft, dann gab es einen dumpfen Knall.

Snow schrie erstickt auf, ihr Licht flackerte. Etwas traf ihre Brust wie ein Schlag und presste ihre Luft aus den Lungen. Panisch rang sie nach Atem und krümmte sich zusammen. Kälte breitete sich in ihrem Brustkorb aus und sie hatte kein Gefühl in den Gliedern.

Ihre Knie gaben nach.

»Snow!« Im Flackern des Lichts sah sie Alec auf sich zueilen. »Himmel, was ist geschehen? Geht es dir gut?« Sie keuchte und deutete panisch auf ihre Brust. Noch immer bekam sie keine Luft. Alecs Augen weiteten sich, er legte die Hände auf ihre Schultern. »Oh nein ...« Er biss sich auf die Unterlippe und zog die Brauen zusammen.

Snows Sicht schrumpfte, sie war schwarz gerändert und ihre Bewegungen wurden krampfhaft. Sie zuckte in dem wilden Verlangen nach Luft, doch ihre Kehle war wie zugeschnürt. Ihre Finger krallten sich in die Ärmel seines Mantels, der Ball aus Sonnenlicht sank langsam hinab. Er berührte das feuchte Pflaster und verlosch. Mit einem Klappern fiel Snows Magierstab zu Boden.

Es war stockfinster. Rote Blitze zischten vor ihren Augen hin und her.

Sie erstickte.

Ihr Gesicht wurde taub und ihre Bewegungen kleiner.

Etwas streifte ihre Lippen und wie durch Watte hörte sie Alecs Stimme.

Ihre Brust fühlte sich an, als würde sie explodieren. Sie rang nach Luft und stieß einen heiseren Schrei aus, als es gelang. Der Sauerstoff brannte in ihrer Lunge wie Feuer, doch sie konnte atmen.

Wie von Sinnen hustete und würgte sie, um ein Haar wäre sie gefallen, doch er hielt sie aufrecht.

»Snow ...«

Er hatte sie gerettet!

Ohne klaren Gedanken presste sie sich an ihn und küsste ihn, um gleich darauf erschrocken zurückzuzucken.

Was hatte sie getan? Sie konnte doch nicht einfach ...

Er schlang die Arme um sie und hielt sie fest, als sie schluchzte. Unter ihrer Wange klopfte sein Herz. Schnell. In ihre Nase stieg der Geruch von verbranntem Stoff. Vorsichtig betastete sie seine Brust und fand ein Loch im Revers seines Mantels.

»Du bist auch getroffen!«, stieß sie hervor.

»War«, erwiderte er. »Ich konnte einen Großteil abwehren und es entfernen, bevor ich gesehen habe, dass du getroffen bist. Es tut mir so leid. Wegen meiner Unvorsichtigkeit ist das passiert. Bitte verzeih mir.«

Snow nickte und schloss die Augen. Seine Umarmung war tröstlich, wie beim ersten Ausfall des Kristalls. Es war ein Unglück gewesen, dass die Energie sie angegriffen hatte. Sie durfte es ihm nicht vorhalten.

»Denkst du, du kannst das Licht wiederbeschwören?«, fragte er verhalten.

»Ich werde es versuchen.« Sie spürte in sich nach und fand einen Rest der Sonnenenergie. »*Luce*«, flüsterte sie und die Kugel kehrte zurück. Kleiner diesmal, aber sie reichte, um Alecs Gesicht zu erhellen. Der Brandfleck auf seinem Mantel war faustgroß.

»Bist du sicher, dass du alles entfernen konntest?«

»Ziemlich.« Er legte seine Hand auf den Fleck. »Mein Herz schlägt kräftig, das ist das wichtigste. Wir sollten versuchen, hier schnellstens herauszukommen. Wer weiß, welche Fallen hier noch lauern.« Sie setzten sich in Bewegung.

»Du glaubst also auch, dass jemand die Magie hier installiert hat.«

»Jetzt ja. Nachdem sie uns angegriffen hat, ist für mich klar, dass es eine Falle war.«

»Aber warum?« »Das werden wir heute nicht erfahren.« Alecs Mundwinkel waren grimmig hinabgezogen.

»Wenn wir die anderen gefunden und uns sortiert haben, werde ich zurückkehren und das untersuchen. Die anderen Oberschüler können mir dabei helfen. Falls es hier feindselige Magier gibt, ist dies unser erster Anhaltspunkt.«

Snow nickte und hoffte inständig, dass das nicht der Fall war.

Mit einem bangen Blick auf die kleine Lichtkugel setzen sie ihren Weg fort. Snows Hand verkrampfte sich an ihrem Stab. Das Licht war zu schwach, um feststellen zu können, ob der Sturz ihn beschädigt hatte. Sie betete, dass das nicht der Fall war.

»Dort!« Alec deutete nach links, dort war fahles Licht zu sehen.

Ein Türspalt!

Erleichterung durchflutete Snow und sie eilten darauf zu. Die schwere Metalltür war abgeschlossen, doch es kostete Alec keine Minute, um sie mit einem Zauber zu öffnen. Er drückte die Klinke hinab und die beiden Magier taumelten hindurch.

Es war hell, sie hatten es geschafft!

Sie befanden sich in einer Art Unterführung, zu beiden Seiten sah sie Licht, dahinter Bäume und Wiesen, als wären sie in einem Park. Ihr Herz hob sich. Wenn es in dieser Welt Parks gab, musste sie zivilisiert sein.

»Hoffentlich sind die anderen auch hier«, sagte sie. Sie sah sich um, zögerte aber, loszugehen. In welche Richtung?

»Beherrschst du einen Aufspürzauber?«, fragte Alec. Snow erriet seinen Gedanken und überlegte. »Ich habe schon einmal einen durchgeführt. Aber das ist schon zwei Jahre her«, gab sie zu. »Kannst du..?«

»Ich kann dir helfen, aber ich habe keine Verbindung, die eng genug ist, zu einem der anderen. Nur zu dir.«

Snows Wangen überzogen sich mit Röte. Um einen Aufspürzauber durchzuführen, musste der Magier genau wissen, wen oder was er suchte. Je besser er die Person oder den Gegenstand kannte, desto leichter fiel es ihm.

Es gab eine Person, deren Aura sie fast so gut kannte, wie ihre eigene.

»Blanche. Ich kann Blanche finden.« Er nickte.

»Das dachte ich mir. Es sollte dir leicht fallen.« Das tat es, stellte sie fest, als sie dieses Mal ihren Geist aussandte. Sie wusste genau, wie Blanches Aura sich anfühlte, wie sie aussah und welche Bewegungen sie umgaben. Schon hatte sie den Nebel gefunden, der eine ähnliche rosa Farbe hatte wie die Verzierungen auf Blanches türkiser Robe. Sie war einige Kilometer entfernt, doch das machte nichts. Für Snow war es beinahe, als stünde sie neben ihr.

»Adnecte«, sprach sie das magische Wort, das eine Verbindung zwischen ihr und ihrer Freundin knüpfte. Sie brauchte Alecs Hilfe nicht. Sie wusste, was sie tun musste. Das erfüllte sie mit Stolz. Als sie aufsah, zeigte seine Miene ihr Anerkennung, die ihr Herz hüpfen ließ.

Es mochten nicht die schwierigsten Zauber höchster Klasse sein, die sie in seinem Beisein anwandte, doch sie funktionierten so schnell und reibungslos wie bei ihrer Prüfung. Sie fragte sich, ob sie das seiner Gegenwart verdankte. Vielleicht hatte Alec etwas an sich, das sie beflügelte.

Sie verließen die Unterführung und folgten dem unsichtbaren Faden zwischen Snow und Blanche. Sie war froh, die Freundin so einfach gefunden zu haben und ihre Zuversicht wuchs, dass ihre Gruppe vollzählig war.

Ihr Vater und der Rat hatten dafür gesorgt, daran bestand kein Zweifel.

Diese Gewissheit ließ ihr den Raum, um sich in der Stadt umzusehen, in der sie sich befanden. Sie war riesig, um einiges größer als Starcity. Alec nickte, als sie ihm diese Vermutung mitteilte.

Es war Tag, doch die Sonne war um einiges schwächer als der Kristall der Lichtstadt. Auch damit hatte Snow schon gerechnet. Außerhalb Lúthiens, dem magischen Land, in dem sie lebte, gab es Tag und Nacht, das war jedem bekannt. Auch, wenn es seltsam sein würde, sie war darauf vorbereitet, dass die Sonne unterging.

»Wie willst du vorgehen?«, fragte Alec, als sie das Ende des Parks erreichten. Noch waren ihnen keine Menschen begegnet, doch bei der schieren Größe der Stadt würde das nicht mehr lange dauern.

Snow sah ihn überrascht an. »Was meinst du?«

»Sobald die Gruppe wieder zusammen ist, wirst du deine Rolle als Anführerin einnehmen. Ich kann dir helfen, einen Plan zu schmieden, aber der Rat hat dich bestimmt.« Alecs Miene war neutral, doch sie hörte eine Anspannung in seiner Stimme. Es wurmte ihn, dass nicht er auserkoren worden war.

»Ich verstehe bis jetzt nicht, warum sie das getan haben«, gab sie zu. »Vor allem, weil sie auch dich oder Rain zur Wahl hatten.« Noch während sie sprach, erinnerte sie sich daran, wie Alec und der Neue sich aufgeführt hatten. Das war der Grund, warum Alec die Rolle nicht zugesprochen bekommen hatte. Aber es war nicht ihre Aufgabe, ihn mit der Nase darauf zu stoßen.

»Ich wäre dir dankbar, wenn du mich unterstützt. So wie in der Kanalisation werde ich in vielen Situationen deine Ideen und Erfahrung brauchen.« Sie sah ihm an, dass sie die richtigen Worte gefunden hatte. Schmeichelei lag ihr nicht, ihre Worte waren ehrlich.

»Natürlich. Du kannst dich auf mich verlassen.«

»Danke.« Sie dachte nach und ließ den Blick über die hohen Häuser streifen. Sie reichten bis in den Himmel. Menschen begegneten ihnen, ihre Blicke streiften die beiden Magier, doch sie grüßten sie nicht so respektvoll, wie sie es von zuhause gewöhnt war. »Sie kennen keine Magier.«

»Oder nicht solche wie uns.«

»Das sollten wir herausfinden. Wir müssen wissen, wer die Falle gebaut hat und wo die Energiequelle ist. Ob sie jemand für sich beansprucht.«

»Das müsste unser neuer Freund wissen.« Snow hörte seinen Sarkasmus, doch sie ging darüber hinweg.

»Wir werden ihn fragen.« Gedankenverloren zupfte sie an dem Faden, der sie mit Blanche verband. »Wenn wir wissen, mit wem wir es hier zu tun haben, können wir die nächsten Schritte planen. Es ist doch wie bei einem Zauberbann: Erst planen, dann durchführen.«

Alec lächelte. »Das ist sicher die richtige Herangehensweise.«

Sie folgten dem Faden durch die Stadt und schon bald hatte Snow sich sattgesehen: Geschäfte, Läden, Restaurants ... die Stadt erschien ihr wie eine triste, dunkle Variante ihrer Heimatstadt. Sie sah Lichter und anderes, was sie im ersten Moment für Magie hielt, doch dann entdeckte sie, dass es Elektrizität war, jene Form von Energie, die auch Menschen nutzen konnten. In ihr keimte der Verdacht, dass diese Ebene weit weniger magisch als ihre Heimat war. Schließlich erreichte sie das Ende des Fadens. Es dämmerte bereits und sie war froh, ihr Ziel zu erreichen. Sie standen vor einem Haus, hell erleuchtet und offenbar bewohnt. Hierin befand sich Blanche, anscheinend hatte sie bereits eine Unterkunft gefunden. Ratlos standen Snow und Alec vor der Tür. Rechts befanden sich Namensschilder, aber wonach sollten sie suchen?

Alec zuckte mit den Schultern und entriegelte die Tür. Sie betraten das Treppenhaus und folgten der magischen Signatur Blanches, die Snow noch immer vor sich hatte. Sie erklommen den zweiten Stock und klopften an eine Wohnungstür, die ihnen kurz darauf von Chelsea geöffnet wurde.

»Snow, Alec, allen Heiligen sei Dank!«, stieß die Jüngere aus und schloss Snow in die Arme. Schritte waren zu hören, dann standen die restlichen Magier hinter ihr und begrüßten die beiden Neuankömmlinge.

»Bin ich froh, dass ihr wohlbehalten hier seid«, sagte Kassie. »Wir sind zusammen angekommen, doch von euch fehlte jede Spur.« Alec berichtete kurz, was sich zugetragen hatte. Als er auf die wilde Energie zu sprechen kam, hoben sich die Augenbrauen der Zuhörenden.

»Es wäre auch zu einfach, wenn es hier niemanden gäbe, der die Energiequelle nutzt«, sagte Rain. »Zauber funktionieren einwandfrei und mit geringem Aufwand. Wir hatten die Wohnung in Windeseile eingerichtet.«

Die Wohnung stand leer und die Magiestudenten hatten sie mit einem Zauber belegt und mit Möbeln versehen. Sie verfügte über drei Schlaf- und ein Wohnzimmer, genug Platz für alle.

»Ich möchte bei Gelegenheit dorthin zurückgehen und herausfinden, wer die Falle installiert hat«, sagte Alec.

»Wenn es denn eine war«, wandte Damocles ein und legte den Kopf schief.

Alec funkelte ihn feindselig an.

»Du würdest anders sprechen, wenn dich die dunkle Energie getroffen hätte. Snow wäre beinahe erstickt.«

Unter den schockierten Blicken der anderen wurde Snow rot. Aber irrte sie sich, oder sah Blanche ein wenig ungläubig aus? Sie hatte das Gefühl, dass ihre Freundin über ihr Auftauchen nicht halb so erleichtert war wie die anderen.

War sie etwa noch immer verstockt wegen ihrer eigenen Tratscherei?

Snow spürte Ärger in sich hochsteigen, kämpfte ihn aber nieder. Der Tag war anstrengend gewesen, sie konnte sich jetzt nicht mit Blanches Gemüt befassen.

»Sicher ist es eine gute Idee, sich zunächst einen Überblick zu verschaffen«, ergriff sie das Wort und kämpfte mit ihrer plötzlich trockenen Kehle. »Wir könnten morgen schon ...«

Sie brach ab, als Schwindel sie erfasste. Ihr Schädel fühlte sich an, als sei er zwischen den Zwingen eines Schraubstocks gefangen, die sich immer fester spannten.

Erschrocken schnappte sie nach Luft, doch da wurde ihr schwarz vor Augen.

*

*Z*aras Schädel dröhnte, als sei sie mit einer Keule niedergestreckt worden.

Stöhnend kam sie zu sich und rieb sich die Schläfen, während sie sich aufsetzte. Dabei fluchte sie leise.

»Zara?« Sie öffnete die Augen und sah sich um. Sie befand sich in einem schwachbeleuchteten Raum voller Möbel. Blinzelnd versuchte sie, zu erkennen, worum es sich dabei handelte.

Sprachlos kam sie auf die Beine.

Kleidung.

Berge von Kleidung hingen an Metallgestellen. Jetzt roch sie das Leder.

»Zara?« Das war Madisons Stimme. Sie drehte sich um und erblickte ihre Freundin, die sich mit ebenso großen Augen umsah.

»Wie das größte Schneideratelier, das ich je gesehen habe«, murmelte sie. »Dagegen sieht der Stoffmarkt in Pargosz arm aus.«

»Wir sind jedenfalls nicht mehr zuhause«, stellte Cory fest, der auf sie zukam. »Nachdem Quies uns durch das Portal geschleudert hat, wurde ich bewusstlos. Ich erinnere mich an keine Details unserer Reise.«

Zara versuchte es, doch es war sinnlos. Auch sie war ohnmächtig geworden.

»Sind wir vollzählig?«, fragte sie und kratzte an den Schnitten auf ihren Handflächen. Sie schloss die Finger zur Faust, als sie wieder zu bluten begannen.

»Ja.« Stroke kam zu ihnen herüber, Candle und Morgan im Schlepptau. Links sah sie Gotham und Sill, die anscheinend gestört worden waren. Sie schüttelte den Kopf. Dafür hatten sie keine Zeit.

»Wir haben ein Problem«, sprach Madisons Geliebter weiter und riss sie aus ihren Gedanken.

»Welches?«

»Eigentlich sind es mehrere«, sagte Candle. »Die Waffen sind verschwunden. Und wir sind eingesperrt.«

Zaras Herz machte einen Satz. Hektisch sah sie sich um, suchte das Bündel, in dem sie die Waffen verwahrt hatten. In dem sich die Phiole befunden hatte, mit deren Hilfe sie die Energie transportieren sollten.

»Das kann doch nicht sein«, keuchte sie. »Stroke, du hast dir das Bündel auf den Rücken gebunden!«

»Ich weiß. Es ist trotzdem verschwunden.«

Zaras Fingernägel schnitten in die offene Wunde an ihrer Handfläche. Cory trat zu ihr und ergriff sie.

»Ruhig bleiben«, sagte er leise.

»Wie denn?«, fragte sie verzweifelt. »Wir brauchen unsere Waffen. Wir brauchen die Phiole!«

»Und wir sollten hier auch irgendwie wieder herauskommen«, sagte Candle.

»Unsere Bündel sind auch verschwunden«, bemerkte Morgan leise. »Unsere Kleidung ...«

»Nehmt euch etwas von hier«, winkte Zara ab. »Kleidung ist unser kleinstes Problem.« Sie sah auf ihre Hand. »Cory ...«

»Bleib ruhig«, wiederholte er. »Die anderen brauchen dich. Du musst einen Plan schmieden.«

»Unsere Mission ist gescheitert«, flüsterte sie. »Ohne die Phiole können wir keine Energie mitbringen.« Sie tastete nach ihrem Gürtel und dem Beutel daran. Schlüssel und Schriftrolle waren noch da. Sie atmete auf. »Wir müssen sofort zurück und Quies um eine weitere Phiole bitten.« Ihre Stimme war etwas fester. »Dann können wir es erneut versuchen.«

»Ich kenne mich mit Zaubern nicht aus.« Cory zuckte mit den Schultern. »Aber ich glaube nicht, dass Quies uns ein weiteres Mal helfen wird. Und Oran ...«

Zara wurde bei dem Gedanken an ihren Gott schlecht. Er wäre so enttäuscht von ihnen. Er wäre wütend.

Sie senkte den Blick. Cory hob ihr Kinn mit seinen Fingern. »Noch ist nichts verloren«, sagte er sanft. »Hier gibt es Magie. Meist gibt es dann auch Menschen, die sie wirken können. Wir müssen nur jemanden ›überzeugen‹, uns zu ›helfen‹. Das können wir.« Er sah ihr tief in die braunen Augen.

Zara lächelte matt. »Deswegen musstest du mich unbedingt begleiten.« Sie riss sich von ihm los und wandte sich den anderen zu. »Deckt euch mit Kleidung ein. Achtet darauf, dass ihr notfalls darin kämpfen könnt. Dann sollten wir versuchen, hier heraus zu kommen. Nadie, bitte such nach einem Weg.« Die Spionin nickte und verschwand zwischen den Metallgestellen.

Zara griff sich eine lederne Jacke und zog sie über. Erstaunt befühlte sie das weiche Material. Die Gerbung war anders als sie sie kannte. Schnell sammelte sie ein paar Stücke zusammen und verstaute sie in einer Tasche, die Madison ihr reichte. Zu stehlen behagte ihr nicht, aber sie konnte nicht ewig die Kleidung tragen, die sie am Leib hatte. Und war sie nicht ohnehin eine Diebin, seitdem sie Chelisons Gold gestohlen hatten?

Hatte dieser Diebstahl sie nicht überhaupt erst in diese Situation gebracht?

Hier in dieser Welt kannte sie niemand, es würde nicht auf Oran zurückfallen.

Nicht dieses Mal.

Nadie kam zurück. »Alles vergittert«, berichtete sie. »Aber ich habe eine Tür entdeckt, deren Schloss wir aufbrechen können.« Sie sah Cory an. »Entweder mit Gewalt oder mit etwas Geschick.«

»Wir wissen nicht, wie viel Zeit wir haben«, erwiderte er. »Vielleicht ist Gewalt in diesem Punkt von Vorteil.« Nadie zuckte mit den Schultern und bahnte sich ihren Weg durch den Raum. Zara rief die anderen zusammen und folgte ihr.

Die Tür bestand aus Metall und wirkte stabil, doch Gotham fand schnell ihren Schwachpunkt.

»Die Angeln sind innen«, sagte er. »Wir können sie aushebeln.« Er und Stroke setzten Teile eines auseinandergeschraubten Metallständers in den Türspalt und zogen. Mit einem klagenden Laut gab das Metall beim vierten Versuch nach und die Tür rutschte aus den Angeln. Sill und Cory fingen sie auf und legten sie auf den Boden.

»Wir sollten nicht zu laut sein«, sagte er. »Solche Gebäude werden sicher bewacht.«

Die Priester schlichen durch die Tür und liefen einen engen Korridor hinunter, an dessen Ende sich nur eine weitere Tür befand. Stirnrunzelnd blieb Stroke stehen und besah den grünen Kasten unter der Klinke.

»Was mag das sein?«

»Ein Schloss?« Candle spähte an ihm vorbei, bis er sie beiseiteschob.

»Sei nicht so neunmalklug«, rügte er sie, doch ihm entging, dass sie ihm die Zunge herausstreckte. Zara nicht.

»Candle«, sagte sie scharf und die junge Priesterin lächelte reuig. Zara glaubte ihr keine Sekunde.

Stroke kam derweil zu dem Entschluss, dass er nicht wusste, was der grüne Kasten bedeutete. Er drückte die Klinke hinunter und öffnete die Tür.

Ein ohrenbetäubendes Geheul ertönte und das Licht ging an. Von einer Sekunde auf die andere war es taghell. Die Priester duckten sich instinktiv und gingen in Angriffshaltung, während sie in das Licht blinzelten. Zara sah sich hektisch um.

Sirenen!

Die Tür war mit einer Sirene verbunden!

»Schnell!«, rief sie und stürmte an Stroke vorbei. Wer auch immer alarmiert wurde, er würde nicht lange brauchen.

Sie gelangte in einen riesigen Raum mit mehreren Ebenen. Sie sah Galerien mit gläsernen Brüstungen, große Fenster und Treppen. Unten im Erdgeschoss ein Brunnen. Dahinter ein Ausgang.

»Da runter!« Sie umrundete die Galerie und sah sich hektisch um. Wo waren die Wächter?

Die anderen folgten ihr dichtauf. Sie schlossen sich zusammen und sicherten sich gegenseitig. Niemand konnte wissen, aus welcher Richtung sie angegriffen wurden.

Endlich erreichte sie die Treppe, da hörte sie Stimmen durch die Sirenen.

»Da oben! Stehen bleiben!«

Sie dachte nicht daran. Niemand wusste, was dann mit ihnen geschah. Wohin man sie bringen würde. Auf keinen Fall würde sie in einer Zelle verrotten, während Chelison ihr Heimatland in Schutt und Asche legte.

Die Sirene war ohrenbetäubend laut. Sie konnte die Wächter kaum verstehen, behielt sie im Auge. Sie sah keine Waffen, aber das bedeutete nicht, dass sie keine hatten. Einer von ihnen zog etwas aus dem Gürtel.

Noch bevor er etwas damit tun konnte, ließ Zara sich instinktiv fallen. Hinter ihr gingen die anderen zu Boden, dann schlug etwas in die Wand neben ihr ein. Eine Scheibe zerplatzte.

Panisch sah sie Cory an, dessen grüne Augen geweitet waren. Scherben fielen auf sie nieder.

Solche Schusswaffen kannten sie nicht. Wenn sie Glas zerstörten und ... Ihr Blick glitt zu dem Loch in der Steinwand. Sie durften auf keinen Fall getroffen werden.

Ihr Blick suchte hektisch nach einem alternativen Fluchtweg. Ein Kampf war ausgeschlossen, sie würden nicht nah genug an die Männer herankommen.

Aus dem Augenwinkel sah sie Nadie davonschleichen, geschmeidig wie eine Katze.

»Die Polizei wird gleich hier sein!«, schrie einer der Männer.

Zara wusste nicht, wer die Polizei war, aber sie würde nicht auf sie warten. Cory hatte die Wächter fest im Blick, sie suchte nach Nadie, die sich an der Wand entlang drückte. Sie war im toten Winkel der Wachleute.

Zara ballte die Hände zu Fäusten. Sie mussten hier herauskommen. Unverletzt und vollzählig.

Nadie war stehen geblieben und deutete auf eine Tür im hinteren Teil der Galerie. Sie lag halbversteckt, aber das grüne Schild daran markierte sie als Ausgang.

Allen Göttern sei Dank.

Zaras Blick glitt zurück zu den Wachleuten, die unten an der Treppe standen, ihre schwarzen Waffen im Anschlag. Sie würden sie sehen, wenn sie aufstanden und hinüberliefen.

Und ihnen rannte die Zeit davon.

»Wir müssen sie ablenken«, sagte sie zu Cory. Er nickte und griff in einen Zierkübel neben ihnen, aus dem ein schmaler Baum wuchs. Im Kübel waren weiße Steine, die er nun in der Hand wog.

»Das ist zu gefährlich«, raunte Zara, gleichzeitig sah sie Madison ebenfalls in den Kübel greifen. Sie hielt ein Stück Stoff in der Hand.

»Lass mich das lieber machen. Auf dich zu zielen ist ja, wie ein Scheunentor auf fünf Meter anzupeilen«, sagte sie zum obersten Heermeister. Corys Mundwinkel verzog sich, dann zuckte er mit den breiten Schultern.

»Du weißt, was du tust.«

Die übrigen Priester zogen sich langsam auf den Knien zurück und tasteten sich in Nadies Richtung. Unten im Erdgeschoss wurden Türen aufgestoßen und die Sirene verstummte so plötzlich, dass Zaras Ohren klingelten. Sie schüttelte den Kopf, um den Druck loszuwerden, da hörte sie Stimmen.

»Wo sind sie?«

»Im zweiten Stock vor dem Sportladen.«

»Sind sie bewaffnet?«

»Das konnten wir nicht sehen.«

»Kommen Sie langsam über die Rolltreppe herunter und zeigen uns Ihre leeren Hände!«, ertönte eine laute Stimme. »Wenn Sie keinen Widerstand leisten, wird niemand verletzt.«

Ihr Blick glitt hinüber zu Madison, die verächtlich lächelte. Wer fiel auf solche leeren Versprechungen herein? Und wie unehrenhaft waren diese Menschen, dass sie Unbewaffnete erschießen wollten?

Die Spionin bezog Position und formte aus dem Kleidungs-stück in ihrer Hand eine Schlinge. Sie war geschickt und Zara betete, dass dieses Geschick sie nicht im Stich ließ.

Die Muskeln an Madisons Arm spannten sich an, als sie die Schleuder schwang, schneller und schneller. Sie ließ los und der Stein zerschoss mit einem ohrenbetäubenden Knall eine große Glasscheibe auf der anderen Seite der Galerie.

Erschrockene Schreie waren zu hören. Dann Schritte. Zara kam auf die Beine und rannte zu Nadie, die bereits an der Tür stand und sie aufriss. Sie gelangten in ein dunkles Treppen-haus und rannten die Steinstufen hinab.

Hinter ihnen knallten Schüsse. Zaras Herz machte einen Satz. Über die Schulter konnte sie nicht sehen, ob alle hinter ihr waren.

Madison!

Nadie kam im Erdgeschoss an und riss die Tür auf. Sie sah blaue Lichter am Ende der Gasse. Sie hob die Hand und die anderen kamen atemlos zum Stehen. Vorsichtig spähte sie hinaus, doch es war niemand zu sehen.

Links versperrten die blauen Lichter den Weg zur Straße, doch rechts war nur ein etwa zwei Meter hoher Zaun. Sie tauschte einen Blick mit Zara, dann liefen sie voran. Sie halfen sich gegenseitig in Windeseile über den Zaun und kamen auf der anderen Seite auf dem Boden auf. Endlich konnte Zara zählen.

Madison fehlte.

Sie widerstand dem Drang, umzudrehen und nach ihrer Freundin zu suchen, doch Stroke war schon auf dem Weg zurück zur Tür.

»Stroke!«, rief sie verhalten. »Nicht!«

Sie sah ihm an, dass er keine andere Wahl hatte. Sie aber auch nicht.

»Komm zurück. Das ist ein Befehl.«

Seine breiten Schultern strafften sich. Sie sah die Wut in sei-nem Gesicht, doch er war Soldat. Er musste ihr gehorchen.

Mit schweren Schritten kam er zurück und überwand den Zaun. Sie schlossen zu den anderen auf, die bereits um die nächste Straßenecke gelaufen waren. Zara nahm kaum etwas von ihrer Umgebung wahr, ihre Gedanken waren nur mit Madison beschäftigt.

Ihr Herz pumpte und das Adrenalin brannte in ihren Adern. Sie wollte ihre Freundin nicht verlieren.

Sie konnte und wollte nicht auf sie verzichten.

Ihr durfte nichts geschehen sein.

Stroke ging mit schweren Schritten neben ihr. Zara sah ihn an, sein Gesicht war wie aus Stein, seine von der Seefahrt gebräunte Haut bleich. Sie hätte gern etwas gesagt, doch sie wusste nicht, was.

»Wir müssen Abstand zwischen uns und das Gebäude bringen«, sagte Cory. Stroke schüttelte den Kopf.

»Ich werde hier warten. Nur zehn Minuten.« Zara sah ein, dass sie das nur akzeptieren oder ihm befehlen konnte, ihr zu folgen. Wie hätte sie sich an seiner Stelle gefühlt? Was konnte sie von ihm verlangen?

Sie müsste ihm befehlen, mit ihr zu kommen, doch ... Sein Blick war hart, als sie ihm in die Augen sah.

»Zehn Minuten. Geh nicht zurück.« Er nickte.

Schweren Herzens ging sie mit den anderen weiter. Hinter sich hörte sie leise Stimmen.

Sie wusste, dass die meisten umgedreht wären, um nach Madison zu suchen, doch sie trugen nicht ihre Verantwortung. Sie folgten ihrem Herz, doch Zara durfte das nicht. Egal, wie sehr es schmerzte.

Sie und Madison waren seit ihrer Ankunft im Tempel befreundet, sie war ein Teil von ihr. Andersherum hätte Zara von ihrer Freundin erwartet, dass sie weiterging. Die Mission hatte Vorrang vor allem anderen. Auch vor Freundschaften und gebrochenen Herzen.

Was Stroke anging ...

Ihr Blick zuckte hinüber zu Cory, der mit ernster Miene neben ihr ging. Sie erriet seine Gedanken. Er litt mit seinem

Freund. An seiner Stelle hätte er ähnlich gehandelt. Sie wusste nicht, wie es ihr gegangen wäre, wenn er zurückgeblieben wäre.

Die Mission hatte Vorrang.

»Wohin gehen wir?«, fragte Candle.

»Weit genug weg, dass sie uns nicht entdecken. Nah genug, dass Stroke und Madison uns finden können.« Zara sah sich um und entschied sich, Richtung Westen zu gehen, Orans Himmelsrichtung. Diesen Gedanken würden die Freunde verfolgen. Es dämmerte bereits, also musste sie sich nur von der aufgehenden Sonne abwenden.

Sie erreichten einen Fluss, der sich breit durch die Stadt wälzte. Mehrere Brücken spannten sich über das gemächlich fließende Wasser, das im Dunkeln lag.

»Nadie und Cory kommen mit mir. Ihr anderen geht ein Stück nach links«, ordnete sie an. »Ich weiß nicht, ob sie uns zählen konnten. Bleibt in Sichtweite.« Gotham nickte und entfernte sich mit seiner Gruppe von Zara.

»Ich sehe mich um«, sagte Nadie und verschwand im Schatten, bevor Zara ihr die Erlaubnis geben konnte. Frustriert sah sie Cory an und wog die Tasche in der Hand.

»Ein hoher Preis für ein paar Kleidungsstücke.«

Er zuckte mit den Schultern. »Sie hätten uns auch gejagt, wenn wir sie nicht mitgenommen hätten.«

Zara ließ ihren Blick schweifen. Zum ersten Mal hatte sie die Zeit, sich umzusehen, herauszufinden, wo sie gelandet waren.

»Die Stadt ist größer als alles, was ich bisher gesehen habe«, murmelte sie und betrachtete die hohen Gebäude. »Dagegen wirkt sogar Kanaan wie ein Dorf.« Und Kyaceron wie eine Ansammlung von Lehmhütten, fügte sie in Gedanken hinzu. »Die Energiequelle zu finden wird nicht leicht.«

»Sie werden sie nicht in irgendeinem kleinen Haus verwahren«, meinte Cory. »Wir suchen ihren Tempel, dann werden wir sie finden.«

»Aber ohne Waffen ...« Zara holte tief Luft und besann sich auf ihre Stärken: Taktik und Planung. »Das werden unsere ersten drei Schritte sein: Wir suchen ein Quartier, besorgen uns Waffen und suchen den Tempel.« Cory nickte.

»Das sind die Schritte, die wir planen können. Alles andere werden wir hinterher sehen. Gut, dass wir Nadie dabeihaben.«

»Und Madison«, wandte sie ein. Er sah ihr in die Augen.

»Denkst du, dass sie lebt?«

»Solange Stroke noch nicht zurück ist und mir etwas anderes berichtet, ja.« Er nickte.

»Gut.«

Zara starrte auf ihre Hände mit den kaum verheilten Schnitten. Ihre Priesterinsignien hatte sie noch, doch sie wusste nicht, ob sie ihr in dieser Welt etwas brachten.

Der Drang, die Götter nach Madisons Verbleib zu fragen, wurde übermächtig. Aber würden sie ihr antworten?

Konnten sie es überhaupt?

Der Schrei eines Seeadlers riss sie aus ihren Grübeleien. Ihr Kopf ruckte hoch und sie sah Sill wild gestikulieren. Sie folgte ihren Armbewegungen und sah Madison und Stroke, die auf sie zugerannt kamen. Ihre Gesichter waren gehetzt, gleich darauf sah Zara auch, wieso: Ihnen waren mindestens fünf Mann auf den Fersen.

Adrenalin flutete Zaras Adern, gleichzeitig fühlte sie sich wie gelähmt. Die anderen warteten auf ihren Befehl, vorher würde sich niemand bewegen. Sie musste entscheiden, wie es weiterging. Ob sie angriffen.

Ein Schuss knallte durch die Nacht und sie sah, wie sich die anderen zu Boden warfen. Madison und Stroke rannten weiter. Dann hörte sie einen dumpfen Laut, als einer der Verfolger zu Boden ging. Dann der Zweite. Die anderen drei blieben alarmiert stehen und sahen sich um, sie hörte Stimmen.

Der Dritte ging zu Boden. Zara hörte die beiden Männer fluchen. Der Vorletzte fiel um wie ein gefällter Baum, der Letzte schrie auf und sah sich wild um. Er zog seine Waffe und feuerte einfach drauf los. Zara ließ sich fallen und bedeckte ihren Kopf mit ihren Armen.

Dabei betete sie, dass niemand verletzt wurde.

Dann war es still.

Sie sah hinüber zu Cory, der vorsichtig den Kopf hob und sich umsah. Sein Mund verzog sich zu einem Lächeln und er kam auf die Beine. Er griff nach Zaras Hand und zog sie hoch. Ihr Blick folgte seinem, dann sah sie, warum er lächelte: Nadie kam aus einer dunklen Gasse im Rücken der Verfolger, in der Hand hielt sie eine Schleuder wie die, die Madison genutzt hatte.

Als hätte sie nie etwas anderes getan, hatte sie alle fünf niedergestreckt.

Schnell lief sie zu Madison hinüber. Die Freundin war außer Atem, aber unverletzt.

»Bist du in Ordnung?«, fragte Zara dennoch, doch bevor Madison antworten konnte, kam Nadie heran.

»Sie werden nach denen da suchen.« Mit dem Daumen deutete sie auf die Niedergeschossenen. Zara sah mindestens drei noch atmen. »Wir sollten hier verschwinden.«

Zara nickte. Die anderen kamen heran und sie beeilten sich, den Ort zu verlassen.

Wieder wandten sie sich nach Westen.

Alle waren wachsam, lauschten auf die Geräusche schneller Schritte und hielten Ausschau nach blauen Lichtern. Gleichzeitig staunten sie über die Größe der Stadt.

Es war seltsam, dass sie so groß und doch so leer war. Ihnen begegneten nur wenige Menschen, die sich hektisch fortbewegten, als seien sie spät dran. Manche warfen den Priestern misstrauische Blicke zu, doch keiner sprach sie an. Zara bemerkte, dass sich ihre Kleidung stark von denen der Menschen hier unterschied.

Orans Priester trugen einfache Kleidung aus Leder und Wolle, sie hatten nicht genug Gold, um sich gefärbte Stoffe zu beschaffen. Nur Zaras Priesterinnenornat war rot, doch den schweren Umhang hatte sie im Tempel gelassen.

Candle war die Erste, die sich die erbeutete Lederjacke überzog und an dem Ärmel zupfte. »Wir werden uns anpassen müssen«, meinte sie. »Sonst fallen wir zu sehr auf. Wir wissen nicht, ob die Wächter unsere Gesichter sehen konnten.«

Madison strich ihr kastanienbraunes Haar zurück. »Meins haben sie gesehen. Ich weiß nicht, wie viele und wie lange, aber mindestens zwei konnten mich genau sehen, als ich floh.«

»Darüber können wir uns später Gedanken machen«, sagte Zara. »Fürs Erste ist eine Unterkunft das wichtigste.«

»Dort«, meinte Nadie und zeigte auf ein Haus, dessen Fenster dunkel waren. Vor der Tür war ein gelbes Band angebracht, als sei es abgesperrt.

Sill lief hinüber und nahm das Haus in Augenschein. Nicht alle Priester konnten gut lesen und schreiben, meist half es ihnen bei ihren Aufgaben nicht, doch Sills Familie war früher wohlhabend gewesen und hatte ihrer Tochter Bildung ermöglicht. Dann waren sie im letzten Krieg gefallen und ihr blieb nichts anderes übrig, als in den Tempel zu gehen.

Kurz darauf kam sie zurück.

»Das Haus wurde zwangsgeräumt«, berichtete sie. »An der Tür ist ein Schreiben. Sieht wichtig aus.« Sie zuckte mit den Schultern. »Ich denke, da wohnt momentan niemand. Es scheint eine Herberge zu sein.«

»Das passt perfekt«, erwiderte Zara. »Eine Herberge dürfte genug Schlafzimmer für uns alle haben.«

»Ich würde teilen«, sagte Sill und zwinkerte Gotham zu.

»Klärt das später.« Zara wandte sich Nadie und Madison zu. »Würdet ihr?«

Die beiden Spioninnen verschwanden in der Seitengasse neben der Herberge. Sie hatten sich schon oft Zutritt zu verschlossenen Räumen und Gebäuden verschafft. Zara war sich sicher, dass auch dies kein Hindernis für sie darstellte.

Ihr Blick glitt über die breite Straße und hinauf zum Himmel, der pfirsichrot gefärbt war.

Wie lange hatte ihre Reise gedauert? Ein Tag? Mehrere?

Wie lange blieb ihnen noch, bis Chelisons Armee ihre Heimat angriff? Ihre Hand tastete nach ihrem Gürtel, an dem sie die Schriftrolle und ihren Beutel verwahrte.

Dass sie die Phiole verloren hatten, war ein herber Rückschlag. Egal, was Cory sagte, sie war sich nicht sicher, ob sie diesen Verlust kompensieren konnten.

Keiner von ihnen beherrschte Magie. Keiner von ihnen war in der Lage, die Energiequelle aufzuspüren.

Sie zu fassen, zu binden und nach Hause zu transportieren.

Zara schluckte und versuchte, neuen Mut zu fassen. Sie würde eine Lösung finden. Das war ihre Stärke. Bisher war es ihr immer gelungen, auch die vertracktesten Situationen aufzulösen. Oran von unmöglichen Plänen abzuhalten, die er schon für unumgänglich hielt.

Sie hatte Hungersnöte verhindert. Kriege.

Sie würde jemanden finden, der die notwendigen Fähigkeiten besaß, die sie brauchten, und ihn dazu bringen, sie anzuwenden. Notfalls mit Gewalt. Der Zweck heiligte die Mittel.

Sie atmete tief durch. Es wurde leichter.

Als sie Schritte hörte, wandte sie sich wieder ihren Begleitern zu, die sie schweigend beobachteten. Immer lastete die ganze Verantwortung auf ihr.

Damit kam sie zurecht. Sie hatte einen Plan.

Ihr Blick blieb an Cory hängen. Solange er bei ihr war, hatte sie Mut.

Madison und Nadie kehrten zurück.

»Es sieht gut aus«, sagte Madison. »Das Haus ist verlassen, aber eingerichtet. Es liegt schon Staub auf den Möbeln, es ist also nicht erst seit gestern leer. Ich denke, wir können es versuchen.«

Zara lächelte.

Der erste Schritt war getan. Jetzt konnte sie sich in Ruhe um die nächsten kümmern.

Ende des ersten Bandes